右边是太阳 左边是月亮

沙枣树◎著

云南出版集团
云南人民出版社

图书在版编目（CIP）数据

右边是太阳　左边是月亮 / 沙枣树著. -- 昆明 :
云南人民出版社，2022.4
ISBN 978-7-222-20894-0

Ⅰ. ①右… Ⅱ. ①沙… Ⅲ. ①长篇小说－中国－当代
Ⅳ. ①I247.5

中国版本图书馆CIP数据核字(2022)第056877号

出 品 人：赵石定
项目策划：陈长明
责任编辑：肖　薇
刘松山
责任校对：马跃武
装帧设计：汇蓝文化
责任印制：窦雪松

右边是太阳　左边是月亮
YOUBIAN SHI TAIYANG　ZUOBIAN SHI YUE LIANG

沙枣树　著

出版　云南出版集团　云南人民出版社
发行　云南人民出版社
社址　昆明市环城西路609号
邮编　650034
网址　www.ynpph.com.cn
E-mail　ynrms@sina.com
开本　787mm×1092mm　1/32
印张　7.375
字数　185千
版次　2022年4月第1版第1次印刷
印刷　北京金特印刷有限责任公司
书号　ISBN 978-7-222-20894-0
定价　58.00元

如需购买图书、反馈意见，请与我社联系
总编室：0871-64109126　发行部：0871-64108507　审校部：0871-64164626　印制部：0871-64191534

云南人民出版社微信公众号

一

农村过年很讲究，腊月二十三，打发老灶爷上天；二十四，扫房子；二十五，花花儿贴；二十六，蒸馒头；二十七，胡个列；二十八，胡个走；二十九，捏饺子；三十，端着饺子把头磕，严格按照规矩走。

我回到家刚坐在炕上，母亲抹着泪说："你张五爷快不行了，卧床一个冬天了，多善良的人，对咱家有恩，对你也好，过去看看吧。"

我父亲去世得早，母亲这么多年生活不容易，我们兄弟对母亲极为孝顺，她的话就是圣旨。

我提了一篮水果，买了五斤肉，包了两百元钱，去了张五爷家。进院子，张屠夫正带着儿子媳妇和女儿女婿，还有一群晚辈，祭拜列祖列宗，保佑一家人健康、平安。一家人离开前深深地鞠一躬。

张屠夫的独生儿子栓柱与我同村，比我小九岁，是我看着长大的，他崇拜我，向我学习，很多事请教我，对我很热情。见我进屋，连忙大声地叫着："哥，哥来了，哥快坐下。"

我刚坐在炕上，他又忙着给我端茶倒水递烟，生怕对我招呼不周。我说："我先去看张五爷，完了咱俩好好聊聊。"按村上老人的辈分排，我叫他的爷爷是"五爷"。

所以他叫我哥，否则，论年龄，我可以当他小叔了。他叹息着说："恐怕熬不过这个冬天了。"

他带我到东房，进了门，五爷躺在炕上，盖着厚厚的被子。

他知道进来人了，想推开被子，没有推动，费力地扭头看是谁，混浊的眼球肿胀着，怔了一会儿，竟然没有认出我来。栓柱大声地对着他耳朵说：“放羊娃看你来了。”

五爷过去在生产队放羊，我十二岁时接了他的鞭杆，后来又到沙漠放了半年羊。自此以后，五爷不称我大名，叫我“放羊娃”。他苍老而微弱的声音像是从破风箱里发出来，幽幽的，嘶哑地说：“好，放羊娃来了，娃有心，年年来看我，年年来把村上的老人看一遍，给老人们拿些礼品和钱，是个善人、好人呢。”

我说：“五爷，我都过五十了，还叫我娃娃呢，在您老眼里我都永远长不大了。你身体好着吧？现在社会好了，日子也好了，你孙子栓柱发了大财了，给你们家荣宗耀祖了，你的孙子孙女也多，满院子跑，你是这个村子上最有福气的人，要吃好喝好，好好享福啊！”

他让栓柱把他扶起来，又招手让我到他跟前。我闻到那种死前人身上特有的酸腐气味，看来五爷的五脏六腑不通，淤积堵塞不行了。他伸出粗糙干枯毫无血色的手，摩挲着我的手说：“好娃娃哩，我八十多的人了，快死了，恐怕过不了这个冬，我心里念叨着还想见你最后一面，你来了就好。”说着，他拿起一张破旧发黄的纸，讲了一段往事。

“你和栓柱一起长大的，你眼瞧着，栓柱这辈子不容易呀，遭了不少罪，周岁时，西村园子谢瞎子瞧见娃说：‘此儿一生多舛，多灾多难，大起大落。少年多灾伤身，成年多难伤心，老来有钱享福。头上是右边太阳，左边月亮，水里马咬，地里马踹，洞中喝水，空中断脚。命里有四个女人三个娃，男犯桃花，四个女人是死一个，伤透心；跑一个，恨透心；冤一个，悔透心；捡一个，爽透心；三个娃，不是你老婆生你娃，是你老婆不生你娃，是你娃不像你，像你不是你娃，你娃来讨你债，不是你娃来还你债。’留下了这张纸，栓柱用了四十五年的时间，终于验证了这段话的含义，这就是命啊。”

五爷絮絮叨叨还要讲下去，栓柱阻止说：“爷，我和哥还有正事聊，我哥来还连口水都没喝呢。”他才依依不舍地松开了我的手，放我们走了。

到了栓柱屋里，喝着茶，抽着烟，他说：“我爷不行了，见来个人，就抓着手不放，不断说自己或家庭的陈年往事，张家长，李家短，夹杂着他过去的不少感叹，有自身的悔恨，也有对他人和事的褒贬，讲得最多的是做善事积德，拿我的一生做评价，拿别人的遭遇做对比。上了年纪的人喜欢听他絮叨，年轻人都不爱听，聊几句借故都走了。”

栓柱的命运多舛在村上是出了名的，他一次发生意外，灾祸降临。随后，一个女人尖厉的声音，一个女人嘶哑的声音，好像二部合唱，一声接一声，划破了这村庄沉沉的空气。四邻八舍的村民听到哭声，都知道栓柱又遇事了，村里人也哀叹着这一家的不幸，栓柱的妈妈和奶奶哭天喊地，那幽咽的如泣如诉，赛过孟姜女哭夫，若还有长城，恐怕也倒了，那声调进了人的耳朵，深入骨髓。她们觉得天快要塌了，栓柱是她们的天，她们的地，她们的未来，她们家族延续香火的人，她们的世界也一下子混沌了，六神无主了。胸间淤积着悲哀和痛苦，心情复杂得无以言表。

我也是从这一次次的哭声中，知道了栓柱的意外。

他说：“按照我爷的说法，人若敬天信命做善事，就相安无事，赐以富贵和平安，如果有一点疏漏和不敬，就让人受灾受难，以示惩罚，世界上最厉害的算命叫作因果，世界上最神准的消灾叫作忏悔，世上最灵验的延寿叫作护生，世上最稳当的招财叫作布施，世上最有效的美容叫作欢喜，世上最便宜的幸福叫作随缘，世上最殊胜的功德叫作孝顺，世上最快速的解脱叫作放下，世上最损德的行为叫作自私，世上最坚固的迷信叫作我执，世上最难算的变数叫作无常，我奶奶和我妈还奉劝一句：‘世上最睿智的选择叫作学佛！’可是，我也没做啥坏事，没有招谁惹谁，可麻烦事总是发生，直到最后一次结婚才安宁了。”

栓柱与我聊了一个晚上，早晨起床，我在他家的院子里看着对面的黄河，河像一条长长的脐带，连接着上下游，网着村庄几百户人家。他家门前有个码头，一条铁索横架在黄河两岸，铁索系着一条木船，静静地窝在岸边。现在是冬天，黄河冰封，不能行船，但我的思绪却如那黄河之水滔滔不绝，千百年来，这河滋润着两岸，养育着这一带的子民，这村庄的兴衰都是因这河而起，多少次风暴，多少次灾难，也是因这河而起，这里充满了故事。我想不明白：一个人的身上蕴藏了无数的奥秘，一个大自然孕育了无数的神奇，一个社会形成了无数的复杂，好多事我们想不透，猜不明白，说不清楚。要探索和等待发现和揭秘的事情太多了，我对栓柱这事产生了浓厚的兴趣。我觉得那个时代，缺乏文化和科学知识，没有安全理念和防范意识，医疗卫生条件差，人们抗衡自然灾害、抵御伤害的能力低，他们只能屈服于自然，崇拜自然，依托命理，靠命运往前走到了迷信的程度，也是弱者聊以自慰的寄托。我不相信在床脚钉铜钱或垫个龟，就可以保证财源滚滚来，人可寿及龟长；我也不相信在屋里挂个风铃，摆个鱼缸，就可升官发财。我相信事物发展的因果、轮回、报应、消灾。栓柱的意外，我从他的思想、行为、习惯、性格，看到了命运风水是宿命的影子，一切由心，心生万物，后期他心思澄明，心境清澈，心地善良，心怀悲悯和感恩，一切都好了起来。

栓柱这一辈子充满了传奇，身上的故事太多，我把它们写成一本书，以此作为纪念。

二

黄河由西向东逶迤而下，流经沙坡头，顺流而下，南边是香山，北边是沙坡头，再往下一泻几十公里，两边地势平坦，黄河之水天上来，到这里流进平原耕地，沿河向两岸延伸十公里，北边有照壁山，南有香山，形成两山夹平原，中间黄河缓缓流过的奇特地形，河水在落日的余晖里波光粼粼。河水分出一个支岔，不知历经了多少年多少次洪水冲刷而成一个小岛，月牙式地耸立在河当中。土丘如孕育般隆起着肚子，显出大自然的杰作和女人的灵秀。那土丘顶上、沟壑里、崖壁上受到黄河水的滋润，虽无人经营，却参差不齐地长着一些树，荆棘藤条和茂密的芦苇草丛，在秋天经霜染成一团团的黄和红，还有紫色，成了野鸭、野鸟和野兔的世界，更渲染出一缕珍贵的景色。隔河北面是一望无际的平川，夏天架着一条铁索，系着一条小木船，与岸上相通。黄河宽阔水多，冬天会结冰，河一结冰，人和车从上面行走会招引一群玩陀螺的儿童，因为玩得兴起，每年冬天都有人掉进河心的冰窟窿里淹死。岸上散落的村庄，田畴相间，土房低屋里，世代生活着百来十户孙姓、张姓、倪姓、刘姓、林姓人家。村里的几座房子已升起炊烟，土房低屋，连接着猪圈羊栏鸡棚、熏黑的锅台、木质的风箱、粗糙但却喷香的食物。村外土道上不时有人匆匆走过，整个村庄田野都沐在落日的余晖里，隐隐传来的狗吠鸡鸣羊叫驴吼，使人感到一种祥和的宁静。

河原上，土地平整、肥沃，引黄河水浇地的大小沟渠如蜘蛛网盘在大地上，可种五谷杂粮，人称“塞上江南”。三月桃红柳绿，四月杏花散发着浓浓的香气。五月大片的麦子随风翻滚，一团绿焰铺向大地，到了六七月，天气炎热而干燥，鹧鸪不停叫着：“玄黄玄割”，人们开始了一年中最繁忙的收割，田间地头，大人小孩，男男女女，黄金的草帽在麦浪中流动，镰刀闪闪，一片片麦茬裸露出来。月光下的打麦场，机器轰鸣，人声鼎沸，笑声不断……离开麦穗的麦粒被装入口袋。晚上，围着艾草烟火，赤着上身，感受着蒲扇送来的阵阵凉风，耳畔响着蛙声、虫吟……八月风吹得稻浪波涛起伏，水稻的清香四溢而来。九月多雨，雨顺着屋檐泼打下来，淋湿了树林中单调乏味的蝉鸣。十月收稻和高粱、玉米，初秋的太阳并没有被乌云笼罩，依旧明亮地挂在天空，不时有彩虹闪现，亮晶晶的雨丝下，骤然诞生了许多只翔舞的蜻蜓、蝴蝶、蚱蜢，做着生命的最后挣扎。

村庄正中偏西住着张五爷和儿子张屠夫两家，福祸相倚，爷爷种福田，爹种祸地，三代单传，求生孙儿。张五爷祖辈籍居此地，为人和善，与邻相睦，极得人心。那时候大集体，大锅饭，村人没什么盼头，出工不出力，地本来少，又不出产量，年底每人分上不到三百斤粮食，无钱无肉无瓜果菜蔬，日子清淡苦焦，每日稀饭、清汤面条、土豆、粗粮搅团过活，人人脸现菜色，面黄肌瘦。张五爷除了在地里干活，还兼着河里那条铁索木船的摆渡，空闲时间，他在河中丘陵小岛上，开了一些荒地、隙地，随手撒些瓜果蔬菜种子，也不施肥，也不用浇水，更不用看管，开春菠菜苜蓿小油菜，头伏萝卜二伏菜，豌豆蚕豆一齐下，茄子白菜加苋菜，样样都有，四时不断。那野地积聚了多年的腐叶鸟粪，地气足，长啥都使着劲儿，恣意疯长，开春绿油油，水汪汪一片好菜，碎碎的萝卜籽、白菜籽下地了，沾了地的湿气就抽芽了。初时，看不出样来，萝卜不像萝卜，白菜不像白菜，只是星星点点的绿。动植物世界，越高级越有形，特征和差别就越明显。人和猫狗再小也不一样，越低级的越不明显，小狗和小狼崽几乎一个样，小树苗几乎一个样，菜蔬刚发芽一个样，但也有一个共性，小时候都差不多，婴儿几乎都是一张天使的面孔，刚孵化出的小鸡小鸭小鸟，你若能区别个张三李四王麻子，我服你了，除非长大了，可以叫芦花公鸡，大冠头，长尾巴，呱呱之类的特征。菜苗也是一样，小时候看不出个子丑寅卯来，只是绿油油的可爱，在风吹雨打下，颤抖着拔节，纤纤弱弱的摇晃中成长。过个十天八天，萝卜、白菜都长出了宽大的叶子，一簇一蓬的，其他的菜也一样，葫芦开着喇叭花，茄子吊着破旧篮，豆苗开着碎白花，黄的、白的、红的、紫的，如百花园，姹紫嫣红。蝴蝶上下翻飞，成群结队，翩翩起舞，只为展现那美丽。夹杂着蜜蜂紧紧地叮在花蕾上，嗡嗡叫着，采花吸蜜，忙忙碌碌，这花那花，任其采集。偶有蜻蜓转动着硕大的眼睛，颤动着薄如蝉翼的大翅膀，如直升机在空中表演飞行技术，起、飞、驻、停、忽上忽下、突左突右，好不自在，翘着尾尖落在菜叶尖上，吸食露水，过着不食人间烟火的日子。菠菜、油菜、小白菜半月即收，果实类的，摘了又结，结了又摘，只知道奉献；青紫的茄子和红红的西红柿吊在架下，豌豆苗和豆夹嫩绿水汪汪的，生吃满口清香，绿蚕豆煎炒煮香甜可口，结在枝上的辣椒、豆角、丝瓜、黄瓜在叶丛中攀着枝架挂着、垂着；黄黄的大南瓜在蒲扇大的叶子下如枕头样横着；萝卜挤着日益肥胖的身子钻出地，撑破地皮。五爷按时令收着这些菜，放在船头，任村人自取，来了小孩，就着黄河水洗去萝卜、西红柿和黄瓜上的泥巴，孩子们接过去咬着咯巴脆响，他就欣慰地笑了。村人取菜，向他感谢，他乐呵呵地说："地闲了长草，反正也是闲着，撒把籽儿的事，谢啥哩，你们能打打牙祭，甜甜嘴，乡里乡亲的，我心里也甜。"也有不自觉的村人，贪心、多拿，五爷会沉着脸，冷哼几声，那贪婪的手也就缩了回去，久而久之，形成了风俗，拿一把够一天吃的就行。他种的菜，春、夏、秋品种不同，菜一茬一茬地摘，地一遍又一遍地种，他却不贪嘴，好像那是属于大家的，老婆劝他多给自家和亲戚拿些，照顾下自己人，他却笑嘻嘻地说：“我看村子里人，都亲着呢，分不出个彼此和亲疏远近。”有人笑他傻，说自己赔上种子和力气，人不为己，图个啥？他憨笑着回答：“人不能干什么都图个啥，村里人日子苦焦，没肉没菜的，吃个菜蔬瓜果，心里高兴，我也高兴，就图个高兴，就是很乐的事。”

张五爷的菜可救济了不少人。从二十世纪七十年代开始，生产队农业学大寨，改造农田，看上了河中那块丘岛，挖树烧荒平田，五爷劝阻过，说那地方只适合长野草和种菜，种粮食不行，小麦遇地湿水会沤死。水稻生长期长，到收成时秋汛水淹，队长和大队乃至公社领导都不信这个邪，种两年水稻，都在稻穗沉甸甸快收时，黄河水泛滥，一冲而过，成了黄泥汤，队上放弃了这块“鸡筋肉”地，嚼不烂，扔之可惜。五爷又种上了菜，村人又有了打牙祭，改善生活的菜蔬瓜果，都感谢着他的恩德，称颂他的善行。一个村庄邻里之间，磕磕碰碰闹别扭的事比较多，只有他与任何人都没有争执。也正因为他这样乐善好施，有爱心，每当谁家有大事的时候，大伙也都愿意请他来指教谋划，闹矛盾了，请他来主持调解、“抹光墙”。他总是劝人为善，勤勉，凡事让着点，他的这个品行像个修行的老和尚，家乡的居士劝他皈依佛门，起个榜样，他乐呵呵地笑着说：“只要心中有善，处处行善，不都一样吗？”

张五爷擅长种庄稼，饲养牲畜，他长相前额突出，头发光亮，小肚凸出，浑圆似一皮球挂在肚子上，人称长寿翁张把式。开春，他一手拈须，一手掐算，根据二十四节气，定下耕种的日期，全村出动，耕牛遍地走。入夏，他挽着裤腿，腰间系个草绳，将提不起来、容易脱滑的破裤子系在臀部上，戴着一个油腻腻的破旧的草帽，手提一把镰刀，在田埂上巡视庄稼，指导乡人务农，讨论什么时候施肥、间苗、锄草、浇水，他不是生产队队长，但生产队队长听他的。张把式爱庄稼如命，天不亮就起床，最早到田头地间，夏天炎热如火炉时，农人避暑回家喝绿豆汤，他随便往一棵树下躺着就打呼噜，小圆肚子一鼓一鼓，好像要从身上跳出来，小孩儿们逗他，拿草笈笈挠他胳肢窝、肚皮，他打一个喷嚏，醒来骂一句：“狗日的，坏小子。”笑嘻嘻地接着又睡，张把式脸晒得黝黑，但眉眼低垂，和颜悦色，与老头下棋，与农家小媳妇逗笑取乐，与小孩嬉笑玩闹，人人觉得他和蔼。上工的时候，也不知耍奸猾，耕耪锄种，一丝不苟，像个匠人一样，务农当事业，种粮食当艺术，对庄稼精雕细琢，常常很晚才回家，乡人不知道“天道酬勤”这个词语和道理。但乡人知道谁好谁坏，谁值得尊敬，这个老实人，善良人，直肠子人，成了村里德高望重的名人。几十年来，村人都爱戴他，每当家里有大事，踌躇不定时，都请他来定夺分拨，若请他不来是很丢面子的事。人们私下议论，看老爷子这长相，这福分，可是长寿翁转世。

张五爷的儿子栓柱的爹叫张义，是个有名的杀猪匠。因鸡和小羊温顺，村里人杀鸡宰羊都是自己动手，不需外人操刀，也不想让别人染指拿去鸡头羊尾巴。但杀猪是个难事，需杀猪匠操刀，村里应运而生出个张杀猪匠，是行伍出身，颇有军人作风，个性十分鲜明，张义提一个柳条编的鸟巢式的笼子，里面放着各式刀具，经常在磨刀石上“镬镬”地磨着，磨得很专注，虎着一张黑脸盯着刀刃，一双浓眉紧锁地用着力量，直到刀锋已经发出白森森的光来，伸出手指，在刀身上弹了一下，发出“叮”的一声脆响，又用手指在刀锋上荡了一下，确定刃口已经锋利无比，才走向猪圈。他龙行虎步，杀气腾腾，猪看着他，预感到冤家要命来了，号叫着后退，张杀猪匠用一个自制的套马杆似的绳套，撒渔网式扔出去，套住猪头，拉紧绳索，提腿拽绳，单臂一较力，将整头猪生生提了起来，几步跨到案板边，那一头猪两百斤左右，一个人就提了起来，力量多大呀。杀猪时，平时一个正常人，突然变得柳眉上扬，眼睛圆睁如张飞，甚至有人说看到他头发立起来过，嘴钳一把一指宽的扁叶长刀，一脸凶相，隔着几米外，感到森森杀气，小孩子吓得当时大哭，小媳妇掩面躲开，不敢直视。只见他摆好马步，一个箭步上前，一手抓住猪耳，一手提起后腿，猛地将猪放在砧板上，一脚踩住后腿，腾出左手丈量，拿捏猪脖子和胸脏的长度，接着从嘴上拿下长刀，一刀直刺，不深不浅，直达心脏，一股血线顺着刀口直喷而出，接入盆中，前后动作麻利连贯，章法有度，轻松快捷，一点也不拖泥带水，接着将猪放进热水脱毛，水烫难以下手，别人抓一把毛速将手放回来，他双手在热水里将猪上下翻滚划拨，一刻不歇，不知他是否练过铁砂掌，接着他拿钢钎从猪脚处捅入，将皮松动，随后用嘴将皮吹胀鼓起，但见他两脚蹬地，似从地下获得力量的源泉，肚子开合，腮帮子一鼓一鼓，将气吹进，有比他身强力壮的人也尝试过，竟然吹不进去，大家为他的功夫感到惊叹。第二头猪杀完，第一头猪已经褪毛洗净，放在另一边干净的案板之上，第三头猪又交厄运了，然后回过头来，只听“唰唰唰”一阵刀风过后，二百多斤重的一头肥猪已经四分五裂，肉是肉，骨是骨，内脏是内脏，猪头和下水正好落在案板下的木桶之中，那叫一个干净利索。果然名不虚传，刀快、准、狠，人威、猛、雄壮，混得风生水起，有肉有酒，算是个吃饱喝足的活计和本事。猪收拾干净后，他会拿刀提着猪尾巴从屁股上剜下一块肥肉，当作酬劳带走，这时猪的主人眼睛也睁得很圆，担心他下刀太狠，剜的太多，似乎将自己的肉剜走一样心疼。他气定神闲地将几头猪宰杀分解完毕，伸手拿过一块干净抹布，擦去刀上血迹，一撩衣摆，反手将刀装入笼子，几个尾巴加屁股也入了笼，回去卤着喝酒。

父子二人都是村里的名人、能人，美中不足的是三代单传。张屠夫媳妇翠儿连生二个女儿，第三个是个儿子，月子里就夭折了，眼看着要断了香火。不孝有三，无后为大，一家人十分着急，张屠夫看着爹愁眉苦脸，心中有火，气也不顺，借酒浇愁，酒后乱性，抓着婆娘翠儿就打，嫌她肚子不争气，家里经常传出打骂声和哭声。

这天，他媳妇翠儿正在洗切他拿回来的猪尾巴，尻子撅着一晃一晃的，他厌恶地看着那瘦削的三角屁股，还不如个猪屁股肉实丰满，走到媳妇跟前，骂道："看你个不争气的东西，磨蹭半天了，老子还吃不上。"骂完照老婆屁股上猛踢了一脚，翠儿一个趔趄，嘴啃地栽倒，满眼是泪。

五爷在门前晒太阳抽烟，看着这不顺眼的事，使劲磕着烟锅袋，"咚咚"响着，表示着不满和警示。

这样的场景多了，老汉骂那酒鬼儿子多次，什么话都说了，没用，只能表示无声的气愤。

腊月里，堂弟媳妇生了儿子，过满月，张屠夫又喝醉了，踉跄着到家，翠儿上前搀扶，他手一推，翠儿倒在地上，他把眼里杀猪的凶光射入老婆惊惧的眼神里，媳妇大气也不敢出，忙不迭自己爬起来，一边去倒茶一边问："到谁家喝酒去了，又灌这么多。"

张屠夫气哼哼地说："老子喝人家儿子满月酒去了，你有本事生一个带把的，也让别人来沾沾老子的喜气。"

翠儿这叫煮山芋烫着堵了嘴，有苦说不出，脸红着，吭哧着说："你杀猪害生，积下德了吗？好好的儿子夭折了，能怨我吗？"

张屠夫觉得自己脸上的皮被媳妇揭了，火辣辣地烧疼，鼻孔里喷着粗气，忍无可忍了，上前一脚踹倒媳妇，同时，揪住婆娘头发，抡起巴掌，朝着那张虽很年轻却毫无生机的脸，狠狠扇了几个呲斗（当地土话，意为扇耳光）。

翠儿号叫着大哭起来，五爷气愤地骂儿子："畜生，造孽呀！

真正的畜生不如。”

翠儿的哭声引来了隔壁家哥的大女儿秋子，秋子看着自己的姑妈脸红肿胀着，气愤地质问姑父张屠夫：“这叫个啥人吗？不愧是杀猪的，一点人心都没长，看把人打成这样，把人当猪狗一样地打呢？”

秋子扶起倒在地上的姑妈说：“姑妈，你摸摸身上好着吧？你老是让着他，都是你给惯下的毛病，坐在棺材头上放屁哩，欺负死人了。”

这翠儿才二十三岁，十八岁嫁过来，已生过三个孩子，虽比秋子大五岁，也都算是年轻人，平时很合得来，老在一起叽叽歪歪的，秋子经常去她家看到姑父打骂姑妈，就挡在前面叫喊：“你喝点酒，二胡朝阳耍酒疯，为啥打骂姑妈？她比鸡起得早，比毛驴还勤快，比奴隶还辛苦。”

张屠夫问：“一个娃娃家的，少管大人事，她肚子不争气，要她有屁用，打她还是轻的，老辈人的规矩，我应该休了她。”

秋子眨着眼睛认真地说：“你懂不懂常识，生男生女是男人决定，与姑妈没关系。”

“真是不得了了，女娃子念个啥书么，你听听，这胡话也能说得出来，还没结婚呢，说男人长短。女人生娃娃，怎么个是男人的事？你才狗大的年龄，我们祖祖辈辈多少代人，谁听过男人生娃，怪毬事，女人生男生女，还跟婆娘没关系，反了，反了，嫁了人还不把公婆给生剥着吃了？都是书念多了惹的祸。”

秋子说：“念了书才懂事哩，你和我爹就是因为没念书才这么没文化，不懂科学常识，什么事都赖在女人头上，人家国外，女人优先吃饭、坐车、走路，啥好事情，都先紧着女人、让着女人，哪像你们没文化，愚昧无知。”

“呵呵，你听听，这还了得了？真是应了老祖宗那句话，女人三天不打，上房揭瓦，你这个女娃子不但上房揭瓦，还想骑在男人头上拉屎，谁还敢要？男人管不住！”

秋子气愤地说：“打人犯法，小心哪一天把你抓去坐牢。”

张屠夫睁大着眼睛，吃惊地问：“犯啥法？自古如此，这是家里的事，清官难断家务事，谁教你的糊涂话？”

秋子说：“老师教的，书本上写的，打人犯法，打老婆也犯法，再说你摸着良心，是个人都能觉得姑妈不容易，天不亮就早早起来忙上了，白天与你一起出工干活，一样少不了，晚上回来你抽烟喝酒，她做饭，涮锅喂猪簸粮食推磨，天黑了你睡觉了，她还做衣服纳鞋底，大人娃娃的衣裳鞋袜，哪一样都少不了她做，你的心肠就是块石头吗？”

张屠夫觉得这个堂侄女，简直是反了，气哼哼地骂道：“哪家女人不是这样，女人生来就是围着锅台转，生儿育女，相夫教子，暖被窝伺候男人的，你厉害，看你怎不转世做个男人，看你找个婆家，人家把你当神敬上。”

秋子却笑着说：“姑夫，我让你看着，新社会了，男女平等，妇女能顶半边天，我可不做姑妈这样的媳妇，做媳妇也是人，凭啥非要被男人骑在头上？当驴一样使唤，猪狗一样被打骂？”

张屠夫说：“好好好，你娃的嘴皮子厉害，看将来嫁了人，你的嘴还硬不，你娃娃有吃不了兜着走的那一天，我再跟你翻老皇历。”

张屠夫说不过侄女，很反感秋子，气呼呼地走了，但反感归反感，每一次他打老婆时，秋子拦挡着给他台阶下，他事后还是觉得这娃善良，还是打断骨头连着筋，自家人亲。

张屠夫在门外抽着烟，凉风飕飕的风一吹，头脑也清醒了，他是个粗人，杀猪匠，动手不动口，打老婆是强项。他也后悔自己今天手太重了，他一手能提二百斤重的猪，这一掌下去，猪都受不了，何况是人呢？儿子没满月就死了，媳妇哭得死去活来，嘴里经常念叨，心里和他一样苦，家里家外，洗洗涮涮，一天到晚地忙，伺候一家人，才二十出头，面黄肌瘦，皮包骨头，也可怜呢。想到这他就后悔了，可每次喝完酒，一想到没个儿子，他这心里呀，就烦得难受，所以打老婆出气。

晚饭后秋子惦记姑妈那又红又肿的脸，过来陪她姑妈说话解闷，姑妈在炕上给女儿做花衣，她逗着姑妈的四岁大女儿和两岁半的小女儿玩，猫在她们中间凑热闹，翻过来滚过去。姑妈两眼无神地望着空洞洞的门说："秋子，你听谁说，生男生女是男人决定的，我这肚子不争气，断了老张家的后，就没法活了。"

秋子说："书上说的，我也不懂。"

姑妈又说："我要是生个男娃，还能站住脚，我怎就这么命苦，活不下去了，要不是这俩娃没长大，我苦得实在忍不住了，不想活了。"

"姑妈，你年纪轻轻的，又瞎想瞎说啥哩，我姑夫就那么个人，暖水瓶，外冷里热，他心里疼着你哩，我还要你等着看我过门子哩，陪着我一起好好聊天呢。"

小儿子夭折一年多了，她肚子如未灌浆的稻谷，秕秕地，不见动静，张屠夫烦，翠儿更愁，家里没个温暖，也没个喜色，日子一天天苦熬着过。她比以往更勤劳了，女人一旦死了心，发起狠来，那心劲、泼辣劲，瘦弱的身子迸发的能量，让人不可思议。她起得更早了，扫地清院做早餐，喂猪赶鸡，白天给公公婆婆、丈夫和娃娃做春夏秋冬的衣服和鞋袜，晚上张屠夫一觉醒，趿拉着鞋起夜，看见她还在炕里缝缝补补，嘟囔一句："怎还不睡呀？"接着倒头又打起呼噜来。她木着脸，像个僵尸一样没有血色，也没有表情，更少了言语，思想也消失了，机械似的忙忙碌碌。

秋收后，粮食搬回家，房檐下挂着一串串金黄的玉米，门上吊着红红的线辣子，终于可以从地里回来站直身子歇口气了，一场西北寒风漫过，地里的庄稼茬子，大白菜、草、稀疏的洋芋干秧枝，翻过的地垄覆盖上了一层白白的霜，月亮的清辉冷冷地浸着，糅合着覆盖在大地上的白霜，有秋风秋霜萧瑟的惨白。傍晚，归巢的乌鸦黑乎乎一片在树枝上飞来飞去的聒噪，透着不祥，村里的狗也拉长声音号叫着，呜呜哭着，这个村庄，一旦有老人去世或发生不幸的事，狗就会像看见了什么东西，又像在撕扯什么，嚎叫声里带着向虚空的诉说，呜咽悲痛的哭泣，躲避黑白无常的无奈，失去亲人的呻吟，上了年纪的老人，嚅动着没有牙的嘴，露风散气地叹息道："这是谁要走了呀？老辈子又少一个了。"

女人家听了心里发毛，早早填了热炕，催娃娃上炕，招呼一家人早点围在热热的被窝里，生怕被外边什么东西抓走了似的。

这么个冷天，这么个狗呜鸦叫，心里毛躁躁的，秋子到姑妈家赶心慌，看着姑妈把家里的一切归整得井井有条，说话答非所问，回避着她的目光，神不守舍，姑妈很喜欢她，总是留她多待会儿，今天却反常地老催她回去。秋子到家了，右眼皮如抽筋似的跳，总觉得有什么不对劲，可又说不清楚，突然觉得姑妈反常，还是回去看看好，急忙出来，恰好看见姑妈的影子从东墙边闪过去了，她在后面远远地跟着，西北的寒风冷飕飕地吹着，姑妈穿过村子向打麦场走去。奇怪，粮食都收完归仓了，那里除了鸟做窝，几乎没人去，这么晚到麦场干啥啊？天上月白清冷，地上霜白冒着寒气，姑妈穿戴整齐，步伐虽然踉跄，但每一步都很坚定、倔强，如样板戏里上刑场前的视死如归。秋子不知道，她姑妈心里苦极了，无后的压力，丈夫的暴力，无尽的苦难，无边的苦楚，无望的日月，使她没有了生活的希望，心底里的光芒枯暗了，人世间所有的美好都破灭了，她万念俱灰，心已经死了，还拖着这受伤的身子有什么用，家里的活做完了，大人小孩的衣服缝制好了，每天夜里，抱着两个女儿，亲了哭，哭了看，犹豫过多次，今天她受够了，活够了，走吧。她走到打过麦的柴草垛边，面向村庄，长长地叹了一口气，像是要把这世上的一切累赘都卸下了似的。拿出一个瓶子，脖子一仰，喝了起来，秋子这时才明白姑妈到这寻短见，可能喝的是农药，一边往过奔一边大声喊："不要，不要喝。"可翠儿这时好像什么都不想看，不想听，不想做，一气将一瓶农药咕噜地灌了下去。

张屠夫梦见自己正拿刀准备从猪脖子顺着动脉捅到心脏，这是他一生中最拿手，最激越的时刻，豪气冲天，杀气罩身，突然，媳妇面无血色，苍白的手指着他："来，捅我，我死了，不碍你的眼了，你好生儿子，家里的苦活重活我都做完了，你的冬衣棉鞋都做完了，就放在炕柜里，你把我苦命的娃带好，抚养成人。"张屠夫从梦里挣脱出来，睁开眼愣了愣神，他天不怕地不怕的人，这会心里惊出了汗。听见外边闹嚷嚷地喊着："张屠夫，快！快！出事了，你老婆喝农药了……"

他听了脑袋嗡的一声，血冲脑顶，眼睛就黑了，两条腿软得迈不动步了。来人连搀带拖将他拉来，村里赤脚医生早已上门来了，是秋子发现姑妈神色不对，跟了出去，幸亏发现得早，急忙背过来。秋子在门口大声哭着，一会儿，村上陈赤脚医生出来说："多亏送来的及时，灌肠洗胃把命救下了，回去好好休养。"门口的众人才松了口气，都回过头来指责张屠夫。五爷也来了，抓着张屠夫，像逮住小孩子，拿着鞋底子猛抽，张屠夫软软地蹲在地上，脑袋耷拉在裤裆处，自言自语地说："我不是人，我混蛋……"任凭五爷抽打，不躲闪。这时媳妇娘家人闻讯赶来，抱着奄奄一息的翠儿放声大哭，一起将仇恨的目光凶凶地指向张屠夫，翠儿的两个哥哥扑上来，一脚踹翻张屠夫，不分轻重，雨点般的拳头落下来，张屠夫鼻青脸肿，头破血流，抱着头一声不吭。不知谁喊了一句：

“蹓这个畜生。”几个人放翻张屠夫被几个人倒拖着双脚，背和头着地，像拉个死狗样，在地上拖着走，这时翠儿醒了，看到这一切，大喊着：“不要，不要你们管。”说着扑上去护着张屠夫，张屠夫的后脑勺已经掉了一层皮，露着骨头和渗着血的肉，后来落下个终身秃疤，背也像狗咬猫抓似的，一道道血迹。两个哥哥不理解妹妹护着经常打她、欺负她、害她的张屠夫，恨恨地骂道：“没出息，天生挨锤子的命，属核桃的，被人家砸着吃，以后不管你的毬事了。”气得甩着胳膊走了。

五爷一辈子好强，要面子，祖祖辈辈都是安分人，祖居此地，世代务农，家无偷鸡摸狗之辈，也无再嫁之女，到了他这一辈，更是恪守家训，行善积德，宅心仁厚，勤俭持家，孝悌家和。没想到儿子干起了屠夫行业，脾气暴躁，打骂婆娘，儿媳寻死，至今没有孙子。这不是天怒人怒吗？这不是败家的征兆吗？五爷的脸面尽失，愧对先人，难见乡邻，这过的是啥日子？

五爷痛定思痛，认为这是失德招来的祸，是心上的问题，无药可治，心病还需要心药治，请刘老来家里给儿子和儿媳“说病”。刘老是我姑姑的丈夫，我称他为刘姑老子，当地人尊称为刘老，有德高望重的意思。刘老身材高大，一张“国”字脸，老了后眉毛如须，长得长而下垂，眼袋鼓起如泡，显得慈眉善目，人缘极好。他早年在县委工作，烧了一辈子锅炉，这么一件微不足道的工作，竟然让他在平凡中干出了大名堂，烧水、添壶、灌暖瓶，热水不断；擦洗、打扫、锅炉房，干干净净；认字、学文化；热情、厚道、乐于助人，人人尊敬；工作普通、平凡、细微，一丝不苟，竟年年先进，领导亲自为他戴大红花，奖状贴满了墙，还上了省报宣传他的事迹，成了名人，更准确地说，后来成了大善人。

退休后，分房和特殊待遇，他都不要，说：“农村老家的房够用了，睡得也踏实，你看我这双手双脚，天生是干活的，闲不下来，我要回村，干农活，心里踏实，不要把这身力气在身上捂酸了，把人废了。”刘老回村了，住在自家老屋，一天也不闲着，和五爷一样，在二道湖荒畔野地，植了三架葡萄，一架黄瓜，一架西红柿。两年后，藤枝上架，绿绿的葡萄在蔓枝上垂下，黄瓜、西红柿、豆子等新鲜时蔬，除了自己够吃外，还大量剩余。村里的孩子放牛挖野菜都喜欢上二道湖去，听刘老讲《三字经》，仁、义、礼、智、信和忠孝节义，吃刘老自己种的瓜果。临走时刘老还要为每个孩子摘一些带回家。我们小时候，除了课堂的正规教育外，不知世外的天地，也没有历史常识，刘老给我们补了这一课，岳飞精忠报国，苏武牧羊，还有牛郎织女，梁山伯与祝英台的故事，使我们充满了好奇，刘老也给我们讲做人的事，要有一颗善良的心，多为别人着想，人不要闲着。讲他在县委烧水，工作是一天烧一炉开水，但他一辈子没离开锅炉房，烧水是他的职责，送水不是他分内的事，但自打工作那天起，水烧开后，自己提个大壶，挨个办公室给暖瓶灌水，一天三个轮回，从不间歇。现在退休了，来放羊，就是让人不能闲着，喜欢这个世道，喜欢这地方，喜欢这人，喜欢这绿油油的田地，感到漫山遍野都是好田地，空着可惜，再种点瓜果时蔬，望着长得红红绿绿，心里舒坦，你们念书也是一样，这么好的课本，要多学，弄明白，多学一个字，多读点书，将来总是有用的。我在烧开水时，多跑腿给人端茶倒水，不为别的，就是敬重那些肚子里有墨水的能人。

他的这些话，在我们幼小的心里埋下了种子，升起了希望。此后，常听他教导的几个孩子，学习都有了明显的进步，几十年后，这些孩子有当干部、工人、经商的，个个有爱心，善良、正直、努力、乐善好施，不能不说是受了他的影响。刘老乐善，自己种的瓜果蔬菜任人采摘，平时还自己摘了送人，谁家孩子上学交不起学费，村人病了需要治病，他都会出手相助，从自己的退休金里支援伸手，像及时雨宋公明一样，雪中送炭。也正因为他这样乐善好施，有爱心，虽说大半辈子不在村里，但回村后德高望重，每当谁家有大事的时候，大伙也都愿意请他来指教谋划，他总是劝人为善，讲仁、义、礼、智、信，逐渐讲出了名堂，说好了许多人，成了有名的“说病”先生。

刘老上了五爷的炕，正中端坐，双腿盘好，五爷和老伴在两边陪着，翠儿在炕头欠着屁股，坐了半边，张屠夫不敢上坐，站在地上，低头垂手，像个做错事的孩子，听候训示。

刘老喝口茶，清了清嗓子，柔声说道：“中国古人的标准，做人的标准，像个人，一定要具足五常，五常是人的标准。五常，仁、义、礼、智、信，这五个字具足，这是人，这是正常的人；五常不具足，缺一个、缺两个，残废的人；缺三个、缺四个，不是人，这中国古人的标准。张义啊！你做到了几条？我们掰着指头算算。

“‘仁’有二意：一是同情，友爱。二是对朋友的敬称。也就是对天下人都持友爱的态度，对天下可怜人都持同情的态度。怀着一颗“仁”心去对他人。你打骂老婆，逼得她喝农药自杀，大失仁义，这是一缺。

“孝：古人说百事孝为先。孝是一个人做人的基本，‘老’字是‘人’字的一半埋进了土中，底下还有一把刀子在割余下的时光。那么‘孝’字便是一个“子”顶着入土的半个‘人’，这个“子”就是儿女的意思呀！父母老了，是要儿女背着扶着的呀！你把家里搞得鸡犬不宁，让你爹担心，过不上个安稳日子，老人图个啥，不就是图个你们平安，家里安省，家和万事兴吗？这是你二缺。

“‘礼’有三意：一是敬意，二是做人的准则，三表示尊敬的态度或言语、动作；这几条最反感的是打和骂。你在这一点上问题最大最重，这是三缺。

“耻：听过《说岳全传》这本书吗？骂秦桧是坏蛋‘无耻！没有羞耻心！’吧，那‘耻’这个字究竟是什么意思呢？一是羞愧；二是可羞的事情。你做的事是不是可羞愧的事，这是四缺。

“说到‘信’，马上会想到信任、诚信、对人真诚、不虚伪；我们就要诚信，对人真诚，不虚伪，这样才能不伤害别人，也不让别人伤害自己。你娶翠儿是来过日子的，还是用来打骂和欺负的，你伤害她，她也有父母女儿，能不心疼吗？你爹妈能心里舒畅吗？

“除仁、孝、礼、耻、信外，还有悌、义、廉、智、勇，此十字可谓真言，教会我们如何做人，讲了五点，你缺失五样，还能是个人吗？”

说到这里，触动了张屠夫的心灵，眼泪扑簌簌流下来，“扑通”一声跪倒在地，煽着自己耳光，连声说：“我不是人，我不是人……”

刘老接着说：“古时候，人是不能够离开这五个字的，每个人都遵守，无论顺境、逆境、善缘、恶缘。‘仁者爱人’，一花一叶一如来，每个人都是一朵花，每朵花都有自己的世界；每个人都是一片叶，每片叶都有自己的绿意。每个人都要生着、活着，都有自己的意义，张义你怎么能把翠儿不当人呢？只活自己呢？对别人恭敬、爱人，为什么？这是性德。这个性德是从哪里来的？从‘父子有亲’来的。‘五伦’是道，‘五常’是德，人生在世间不能离开‘道德’，道德都脱离了，人就是妖魔鬼怪。娶媳妇叫爱人，这个字含着心和友，就是心里的朋友。爱人就不能害人，哪有害人的道理？‘义者循理’，做人做事要合情、合理、合风俗习惯，这叫义。再把这一个亲爱推展到对兄弟、对家族、对邻里乡党，就像《弟子规》说的，‘凡是人，皆须爱’，还有更高的，‘凡是物，皆须爱’。人生最大的修养是包容。它既不是懦弱也不是忍让，而是察人之难，补人之短，扬人之长，谅人之过，而不会嫉人之才，鄙人之能，讽人之缺，责人之误。包容是肯定自己也承认他人，是一种善待生活，善待别人的境界。在包容的背后，蕴含的是爱心和坚强，是挺直的脊梁，是博大的胸怀。

“更重要的是夫妻本是同枝鸟、并蒂莲，这么大个世界，你俩能走到一起，是几辈子修来的缘分，俗话说，血浓于水，亲不过父母，近不过夫妻，爱不过子女。再说了，人与人之间，就是一种缘分；心与心之间，就是一种交流；爱与爱之间，就是一种感情；情与情之间，就是一颗真心；错与错之间，就是一个原谅，人生就是这样一种交往。人人都有自尊，人人都有苦衷，人人都有自己的想法、做法、活法。理念不同，做法不同，活法就不同，没必要去改变别人，做好自己就可以。对自己好，就要用心；对别人好，就要关心。

“你打人骂人，显不出你能，你选择善良，不是软弱，因为要明白，因果不空，善恶终有报应；你选择宽容，不是怯懦，因为明白，宽容了他人，就是宽容自己；敬天、敬地、敬万物。”

听到这里，张屠夫痛心疾首地承错，涕泪交加，说记住了，今后一定改，绝不打骂翠儿了。

刘老和五爷同声说：“好！”五爷的眉目才由阴转晴，对着刘老会心一笑。

刘老话锋一转，接着说：“你们俩的事，也是个病，张义肝火旺暴躁，翠儿脾虚，人面黄肌瘦，一火一阴，五行不合，若不改，恐难生育。人生病有三个原因，有外在的，有内在的，和不内不外的。外在的原因是风、寒、暑、湿、燥、火。内在的原因是七情，也就是喜、怒、忧、思、悲、恐、惊。不内不外的就是饮食和生活起居。”

五爷的老伴听了，爱怜地看着翠儿瘦黄的脸，心里想，刘老可说准了，嘴上跟着说：“说的对。”

刘老抽口烟，又说：“一个人在正常状态的时候，他是明智的；

反过来，不知道天道地德，肆意妄为，其结果就是凶灾。凶灾的一个体现就是疾病，甚至会有一些绝症，实际上很多绝症是我们的内心自己造出来的。人只要心正了之后，气就正；气正了之后，形就正。按照中国古代的中医理论，人由三部分组成，是三者合一。哪三者？就是形、气、神。形是我们的外形；气是身体的经络、气血；神是精神。"

五爷也懂一点中医，赞同着说："五常里面头一个就是仁，仁对应的五行是木，木在春天，是草长花开，仁者爱人，要慈悲善良，同情怜悯人，张义你亏人，缺了这一点。木对应肝脏，阳木性人，仁德、正直、有主意、能忍辱。阴木性的人，好抗上、不服人、刻薄、好说酸话，做事太刚强，你现在不就是这样吗？好怒气大，爱发脾气，常怒气则伤肝，肝不顺会胸膈不舒，耳鸣牙痛。要想病好，必须拨阴取阳，以仁德存心，爱人爱物。"

说完了张屠夫，刘老喝口茶，收了对张屠夫的怒容，换作慈眉善目对翠儿说："翠儿你经常怨天尤人，致脾有问题，脾脏属土，阳土性人，信实、忠厚、宽大、能容能化、勤俭朴素、笃行道德。阴土性人固执死板、蠢笨蛮横、心小量窄、疑心特大，一生多累。好怨人、怨人伤脾，膨闷胀饱，腹痛吐泻，虚弱气短，面黄懒惰。要想病好，问信实，拨阴取阳，认因果，戒妄语。心里从不计较，肠胃就特别好。反之特别容易计较的人肠胃就不好，只要一埋怨，阴气就上来了，气血会受阻。人只要气血流通，脾主四肢，四肢一活动脾胃强健了，胃口好吃饭就好睡眠就香，能吃能睡人没病就完全恢复了。热爱天地人，爱护自己，好好过日子，行持日久，元气复初，方能再生。"

张屠夫通过这次教育，记住了，不再打骂老婆，人有了很大变化。

翠儿受人爱了，也开朗了，脸上渐渐有了血色，也丰满了起来。

三

开春宜动土，要修缮房子了，张五爷经不住别人的撺掇，请来村子里经验丰富的郑老先生来看下房子怎么修才好。

郑老先生戴着茶镜，头顶瓜皮帽，肩上搭个口袋，腰上插着烟锅子烟袋，走进五爷家的院落，汪汪叫着乱扑，五爷抽着烟闻声出屋。一见是郑老先生，连忙地招呼着，两人走进堂屋，坐在方桌两边木椅上，儿媳妇端上茶来，五爷递过烟袋，两人喷云吐雾，阳光透进门缝拉进屋子，形成一个光柱，能看到悬浮飘动的尘埃，几只苍蝇围着盖碗茶飞来飞去，趁人不注意的空儿，落在碗沿上，这小东西也极灵性，它能准确地判断出人分神，不注意，或看到了无动于衷，会飘然落下，若人有不高兴的目光盯着它，意识里刚产生驱赶、撵打的念头，还未付诸行动，它就未卜先知地飞走了。院子桃花粉嘟嘟的，虽细碎却抱成团开着，把树枝围成个花枝，蜜蜂也不知从哪儿飞来，小小的翅膀带着肥胖的身子，这世上的事，都随着节令和时令，桃三杏四，花未开时，不见一个蜜蜂。花刚开，就采蜜授粉，那么契时准确，天衣无缝。老子曰："大道无形"，顺从自然，教人无为、无名，顺天道，还自然本来面目，不用人为的方式去改变时空、生态、命运、理数，可能就是这个道理。

郑老先生在屋里走了几圈，跟五爷解释说："大多数人都相信，风水与人的命势、工作、婚姻、家庭、钱权利禄、平安健康有着什么神秘的联系，有着对应关系。听起来很复杂很神秘，其实调理风水，就是顺命，这个风水用现在的话说就是要顺其自然。

房子的门窗要朝阳，有充足的阳光照晒，门窗要开在合理的位置，经常保持通风，水要干净，阳光好，空气好，水好人的身体就好。有些人建房和居家，不懂自然，把房子盖在阴暗潮湿的地方，石头砌墙，屋子像个碉堡，密不透风，破坏了自然的规则，风不顺，水不净，光不足，大自然惩罚人，让人多病多灾。”

这一番话讲得透亮，但张五爷听了心里拔凉拔凉的，他请郑老先生来就是想使他们家人丁兴旺，多子多孙。

张五爷用失望的眼神盯着郑老先生，求助似的说道：“郑老先生，咱几辈人在这个村庄里，打断骨头连着筋，我和你也是多年的交情了，你能忍心看着我家断了香火吗？”

“你也知道，人人都说好的风水是背靠大山，左青龙右白虎，前面一马平川，脚下还要有水。咱这疙瘩虽然没有那个气势，但也是个好地方，黄河水浇地灌土地，有灵秀之气，两岸一马平川，是个很好的平原，种什么有什么，不愁吃不愁穿，这是个多么好的地方，人要知足啊！我们不可能在地理上造个新的靠山，两边再建个左青龙右白虎屏障。”郑老先生和张五爷是多年的关系，不想糊弄他，更不想欺瞒他，话说的直接，道理讲的直白。

可张五爷不这样想，也不想听对他没有帮助的废话。他就像一个溺水的人，想抓住一颗救命的稻草，哪怕是有一点点希望，他都不会放弃。他还是请求郑老先生把房前屋后看一看，给个好的建议。

郑老先生无奈，他明白一个道理，一个信自己患病的人，如果医生对他说他没有病，病人会认为你是个庸医，根本什么都不懂，也会不配合，医生也无法行医问病开药治病。

郑老先生只好屈从，他背着手，围着五爷家的院子端详，查看前后邻居院子，足有个把时辰，看完后回堂屋继续喝茶抽烟，闭着眼睛思谋。他知道张五爷家的情况，更了解他的心病在哪儿，疼在哪里？张五爷在后代子孙的事情上早已心灰意冷，他的儿子张义和儿媳妇翠儿早已不和，没有了生活的信心。要想治病救人，首先要把他们的心气和心劲提上来。

郑老先生手捋胡须，慢吞吞地说道："老五，乡里乡亲的，何必客气，我既然来了，又把话亮明了，就得罪了前面人家，彻底禳治，除非拆了后院，你们住了多年，和和睦睦的，这种事干不得，为今之计，折中为好，在你家后墙靠近他家前院之间，砌道高墙。"

五爷沉吟良久，吐出一个字"好"。

看张五爷很认真地接受了，他话锋一转又摆了许多好的地方，给张五爷增加信心。他掰着手指头说："其次，从总体上看，你们家在村子的前沿，意思是走在人前头；另外前面开阔，一马平川，视野好，意思是路途顺利，更重要的是前面三百米黄河流过，这是一个多么灵秀的地方，水好地就好，地好庄稼就好，庄稼好人就有保障，吃穿不愁，对我们老百姓来说，这就足够足够了。"

对于郑老先生说的这几句话，张五爷还是赞同的，因为这个说法，从他前几辈人开始，就不断地说起。这个地方旱涝保收，那从天而来的黄河水，穿越中北部地区向北流淌，这一段黄河水几乎没有暴发过洪水，也没有泄堤，没有淹没当地的土地和人畜，是大善之水，而且引水方便，利于自流灌溉，沟渠纵横，土地肥沃，盛产水稻、小麦、玉米、甜菜和瓜果，老百姓不缺吃不缺穿。张五爷也从中受益，从他手里开始，乡上在黄河上进了铁索拉船，让他经管，摆渡拉货送人，方便了大家，自己手里还能挣点小钱，喝点小酒，抽点纸烟，多好的生活。更重要的是，他摆渡送人过河，又在河心岛上种了瓜果蔬菜，送给乡里乡亲，得了一个大善人的名号。他们老张家人从他这一代开始，有了面子。

说话间，翠儿端上热腾腾的面条，还有酸菜炒土豆丝，油煎鸡蛋，凉拌苜蓿，这就是农家最好的饭。

郑老先生善于察言观色，他看翠儿，脸色蜡黄，眉头皱着，结着气郁。他心中就有数，知道五爷的儿子张义性格暴躁脾气大，与媳妇翠儿经常吵架，翠儿生闷气，导致肝郁气滞，生育能力下降，这才是关键原因。

五爷拿出自己藏着的二锅头散酒，热情招呼郑阴阳，酒过三巡，重重地放下酒杯，说："老弟啊！有句话本当不该说，可我们是多年的好兄弟啦，跟我说句老实话，交个底，我一生行善，但是三代单传，到底怎么回事？"

"老五啊！神龟虽寿，也有竟时，你这辈子积德行善，口碑很好，远亲近邻，哪个不夸，这就是最大的风水，天时、地利、人和，你把人和做足了，您福大命大，万物草木哪能与您相比。"

张五爷承认郑老先生说的这一点，但还是隐隐地担忧后继乏人这个大问题。他絮絮叨叨地袒露着心迹："人就怕得云而鲜，得雨而润，得风而鸣，当一切有滋有味有声有色时，就要走下坡路了。我家人丁不旺，后继乏人，这就是走下坡路啊！"

吃完饭，太阳早坠下去了，月牙浅浅的挂在天边，繁星在村里的上空格外明亮，夺去了月亮的清辉。

郑老先生要走了，张五爷留住不放，老泪纵横，唏嘘不已地说："事情还没有说清楚，问题还没有解决，你不能走啊！我三代单传，儿媳去年生一子不足月夭折，后继乏人，我找你来，就是看有没有什么补救的法子，好延续我老张家香火呀！"

郑老先生知道，这个问题与所谓的风水毫无关系，与他儿子和儿媳妇不和有关。叹口气，装作无意间问了一句："你儿子张义呢？"

张五爷愤愤不平地说："我懒得搭理这个畜生，没有叫他过来。"

“我粗通医理，也懂得做人的道理，你把他两口子叫过来，我帮着你说道说道，也许会有点用处。”郑老先生走不了，只能横着心坐下来，也不怕得罪张屠夫那个暴脾气。

张五爷把儿子儿媳妇叫了过来，张屠夫大大咧咧的就上了炕，翠儿怯怯地叫声“大伯”，屁股挨着炕沿，坐了一半。

郑老先生咳嗽两声，算是开场白，接着开口说道：“你爹叫我到你们家来看风水，我来了大半天时间该看的也看了，该说的也说了，都好着呢。”说到这里停顿了一下，掏出烟给张五爷递了一支，自己点了一支，张五爷不好意思地说：“我的烟是卷的自己种的烟叶，没有你这个好使。”

郑老先生接着说：“你们两口子也来了，我就讲讲做人的道理。”

张屠夫一听这话就打起了呵欠，郑老先生瞧在眼里，知道他对这些话不感兴趣，多说无益，只得变了个说法：“如果把命比作是舟的话，运就是水。如果把命比作是车的话，运就是路，这两句话你们能听得懂吧？”

张屠夫骚挠头皮不吱声，翠儿“嗯”了一声，算是回应听明白了。

他好人做到底，继续开导说：“听明白了，后面的话就好理解了，先天的命，后天是运，可后天的运是人能把握的，掌握在自己手里。所有的风水中，第一是人心，人的善心、善行，风水是福人居福地，你要是个善人，你住的地方会变成福地，在这方面，老五你是我们学习的榜样啊！”

郑老先生转过头盯着张五爷说：“你说说？这大半辈子，给人没红过脸，没有占任何人的便宜，没有干亏心事啊！种菜种果，周济村子里人，都是善举啊！”他说这话是说给张屠夫听的。张屠夫缺的就是这个，杀猪害命那是为了生活，这个不说了，但是张屠夫性格暴躁，脾气大，争强好胜，在家里打老婆，在外地与人吵架斗殴，这可是出了名的。

张五爷还没有明白郑老先生说这话的意思，憨憨地笑着说：“这些事都不值得提啊！人闲着也是闲着，地里丢些种子，手里费点力气，那些东西自然就长出来了，给四邻八舍，嘴里有个嚼头，尝个甜味，没啥！亏人的事，叫我做，我也做不出来，占便宜的事，大家都穷得叮当响，地下丢个烂绳头子，都有人捡，占啥去呀？”

郑老先生说：“这世上，积德的事少，不积德的人多，坏事也多。看看你们这个村子，孝敬父母的有几个？兄弟不和打架斗殴的有多少？偷偷摸摸，鸡杂狗碎的名堂还少吗？老五，能都像你这样，世道就好了！家里就和睦了！”

“是啊！是啊！”张五爷随声附和。

“你们家里的事啊，好的和坏的糅在一起，善的和恶的掺在一起，好比是做了一锅夹生饭，当然不太好吃。”郑老先生这次把话转移到了重点问题上。

张五爷一家人对这句话很惊讶，张着嘴侧着耳朵，想听明白这句话什么意思？

郑老先生也不客气，直说道：“老五，你心善，儿子却心恶，你行善积德，儿子却杀猪害命，你省吃俭用周济邻里，儿子吃肉喝酒挥霍不已，你与人为善，不争不吵不闹，儿子脾气暴躁，争强好胜，在家打老婆，在外与人争高比下，闹出多少是非……我就不一一说明了，你们自己将心比心，好好检讨吧！把这些毛病改了，就把自己的路修好了，把水渠修通了，车也好走了，船也行得安全了，自己的命运自然就会顺风顺水了。”

张屠夫听了这话，脸一阵红一阵黑的，翠儿却投去了感谢的目光。张五爷认真咀嚼着这一段话，只有点头的份。

郑老先生走后，张屠夫这次也听话了，在他爹妈的劝说下，忍痛割爱，放下杀猪刀，凭着一身蛮力，到大队掌管油坊，又凭着一手好刀工，做席面，逢婚丧嫁娶，做些农村宴席的菜，倒也有肉吃，有酒喝。

日子平静，张屠夫不再打媳妇了，翠儿的病也看好了，最显著的特征是肚子终于又隆了起来。

第二年入夏，先是连日来不断的绵绵细雨，倒像是秋雨如丝，如爱哭的女人不断线的眼泪珠子，下个不停，初夏的庄稼得到老天的滋润，拔着节儿疯长，一天一个样，十天半月不见，苞谷杆有半人高，小麦过了膝盖，老天似乎也终于累了，觉得该喘口气了，太阳终于出来了。农人天生是受苦的命，雨天在家窝了十来天，气都不顺畅了，趁天晴，纷纷扛着锄头，拿着铁锹，背着筐篓，来到田间地头，那充足的雨水把地浇了个透，湿重的泥地下不去脚，汪汪汤汤的到处都是水，麦地变成了水稻田一样，喜得庄稼可美了。大家伙议论着："今年一定是个丰收年，杆壮苗粗，籽一定又大又结实。"

太阳一出来，雨水洗过的天空，镜子似的，阳光也同样充足，一个个水坑都变成了一面面明晃晃的镜子。老天爱护万物，庇护农人，这样好的日头，如刚出生的牛犊、羊羔，得到了母牛、母羊的舔犊，那些坑坑洼洼里还未被晒干的雨水，接连不断地泛着一串串句号一样的小气泡迅速地干了，庄稼从湿漉漉中被晒得干燥舒服，迅速地站了起来，万物在这一阴一阳中，平衡生长，生机勃勃。

张五爷人刚过四十，人不老，辈分儿大，人称五爷，叫老了，养成了老的习惯，每天睡得早，起得早，儿媳妇腆着大肚子送饭到地里时，他已在地里干了一上午的活，吃完饭，儿媳妇说："爹，就剩二趟活了，你先回去午休一下，我趁这工夫，一会儿也就干完了。"

五爷点头称是，放下碗筷，往烟锅里捻了一袋烟丝，划根洋火，点着烟，深深地吸了一口，憋下去，在肚腹里咕噜一圈，才慢吞吞吐出来，浑身上下的酸困轻松了，拍拍身上的土，径自回了家，大中午，天气炎热，躺下就打起了呼噜，做了一个梦，梦见一位老人在村间田头领着一个浑身脏兮兮伤痕累累的小孩，从亦真亦幻的虚空中来，在村舍田间时现时隐，不太真切，如风行于萍，悠然间又站在他面前，小孩脸儿稚气，眉清目秀，惹人爱怜，老人微微颔首，似有话要讲，也听不到啥。忽然，老人将那小孩往前一推，孩子失声大哭，他猛地惊醒了，他心悸动着，手微微颤抖，眼望着屋子四周，心想，这是思孙心切吧！正在这时，村子里有人急忙来报信，说："你儿媳妇在地里生了，这会儿送赤脚医生那儿了。"

四

五爷一个激灵，鲤鱼打挺式地从炕上跃起，急切地问是男是女，来人说不清楚，五爷趿拉着鞋急忙去了，让来人去大队部给儿子张屠夫报个信。"栓柱的出生就很意外，用今天的话说就是个事故。人生的所有机遇，都是在不经意间悄然到来的。刻意地追求，往往只能收获一声长叹。栓柱的一生，似乎注定要由命运做出某些安排。"

五爷儿媳妇，接过公公手里的铲子，挺着个大肚子在地里薅草，地里太阳赤裸裸地烤着大地。麦子长得严严实实的，钻不进一丝儿风，热得让人喘不过气来，田埂边柳树上的知了一齐可着嗓子大叫着。她早上喝的稀饭多，中午又吃汤面条，一阵尿意袭来，她忍了忍，再干几把就到田头了，可那尿急得不等人，终于到田头了，那个急切已经到了不可控制的程度，她扑到田埂边，解下裤子，蹲下可劲地尿，突然间肚子剧烈地疼痛，宫缩一阵紧似一阵，起身一用力，娃娃就掉了下来，头刚好碰在地上一块石头上，稚嫩的小脑袋在太阳穴右侧碰了个坑，小家伙疼得拼命哭，她流着血，忍着疼，脱下上衣，赶忙将娃娃包裹起来。她又急又累又害怕，大喊："来人呢！"声音却突然变得沙哑，因失血难受，人软得没有了力气，连喊好多声，过了好一会儿，同村的杜占奎路过，循声赶来。她见到来人，有了救星，软塌塌地抱着娃娃倒在地上，不省人事，杜占奎看明白了一切，一边大喊一边将自己衣服脱下来盖在她身上，占奎声大，远处干活的人闻声而来，七忙八乱地将母子俩送到赤脚医生家中。

那是一阵响亮的婴儿啼哭声，划破了那令人窒息的闷浊的空气。邻人们听见了，都知道张善人家又添一丁。孩子躺在一个柳条筐里，小小的、乖巧巧的，小鸡支棱着刺出一泡尿，五爷和张屠夫越瞧越欢喜，只是额头偏右太阳穴摔咯在地上小石头上，有块坑点伤，五爷看着心疼。

盼星星，盼月亮，已过不惑之年的张五爷家喜得孙子，盼来了个太阳，喜不自禁。孩子被老伴爱不释手地抢在怀里，白白胖胖，可爱极了，娃长了一对招风耳，脸上还皱巴巴的，老两口越瞧越欢喜，容不得别人说那眉眼像个干瘪的小老头，不好看。

可翠儿在野地受了风，又失血过多，这次偏不下奶，急坏了一家人。栓柱饿得哇哇大哭，奶奶心疼得直跳脚，爷爷眼睛盯上了家里一头正哺乳羔羊的母羊，拉过来揪着发红的大乳头捋了起来，随着手上下的节奏，一股羊奶喷射到碗里，奶奶赶忙接过来，加热放温，给孩子喂上。娃娃不哭了，小羊羔在旁边委屈得咩咩直叫，爷爷说，小羊羔正是二毛子皮最漂亮的时候，不但断了羊羔的奶，还宰杀要了小家伙的命，来维持娃娃的命。从此，这小家伙的命就与动物有了牵连，发生了许多意外。

翠儿前面生两姑娘，第三胎男娃夭折，这次生了个带把的，续上了香火，孩子满月那天，大人捧着宝贝疙瘩，放在手心怕摔着，含在嘴里怕化了，为保住这脆弱的小命，爷爷奶奶和父母可是花费了不少心思，五爷又想起梦中场景，担心难养，起名栓柱，谐音是拴住，意思是不能被拉走，好养，不怕磕、不怕碰、不怕摔，结实得很。

栓柱在一大家子人的溺爱呵护下，满了周岁，小家伙颤抖地刚能迈步，咿咿呀呀学话，发音不清地会叫："妈妈，爷爷。"一家人高兴，爷爷心里像灌了蜜似的甜，听着小家伙稚嫩地喊一声"爷爷"，耳朵根都痒痒，再想想指望这独苗传宗接代，看着抱着亲不够，爱不够，尽管生活紧张，还是把一家人的口封着，勒紧裤带，宁可克扣着自己，省下钱和粮食摆了宴席，请了乡亲，祝贺栓柱一周岁，席间请了邻村谢瞎子，谢瞎子走近了看栓柱，上下打量一会儿，说："娃娃，眼睛下面有一颗泪痣，云朵一样的泪痣，是'乌云痣'，长在眼睛的下面是要让身边的亲人流尽一生的眼泪，直到那颗泪痣消失。说此儿一生多舛，多灾多难，大起大落，少年多灾伤身，成年多难伤心，中年发达，老来有钱享福，头上是右边太阳，左边月亮，水里马咬，地里马踹，洞中喝水，空中断脚，命里有四个女人三个娃，男犯桃花，四个女人是死一个，伤透心；跑一个，恨透心；冤一个，悔透心；捡一个，爽透心，三个娃，不是你老婆生你娃，是你老婆不生你娃，是你娃不像你，像你不是你娃，你娃来讨你债，不是你娃来还你债。"说完捻须写下此语，递给家人，吩咐保管好，一屋子人听了云里雾里，莫名其妙，栓柱爷着急，请他另屋说话，谢瞎子说天机不可泄漏，望家里人多多行善，对娃娃多加看护，也许能逢凶化吉，少些灾祸，说完闭口不言，任凭栓柱爷百般求解，再不吐露一个字。栓柱一家虽半信半疑，还是小心为妙，从此栓柱身边不离人，百般呵护。

那些话说起来饶舌，听起来云里雾里，让人费解，可事情还是一件件发生了。

栓柱出生那年，我上小学二年级了，也随着妈妈到他家贺过喜。

又过了两年，栓柱虽有磕磕碰碰，倒也平安健康，活泼调皮，与同村小孩并无不同，漫长的时间稀释了人的记忆，家里人渐渐忘了谢瞎子的话。一天，栓柱跟他妈一起去渠边洗衣服，村西头的老渠不知多少年了，宽阔处一洼一洼的，水浅慢悠悠地流着，窄处水深而急，渠绕着大弯，不直也不太弯曲，两岸杨柳垂枝，轻风摇曳，婀娜多姿，榆树沧桑，老木疙瘩一蹴一块的，是村里人纳凉，娃娃戏水，妇女洗衣的好地方，炎热的夏天，能在凉爽的渠水里窝着、泡着，真是清凉舒服。大中午已有十多个大娘大婶小媳妇在渠边树荫下，一边乘凉，一边捶打揉搓漂洗衣物被褥，手里忙着，嘴里也不停，唠嗑家里长短和村里的闲言碎语，大点的小孩，脱了衣服光着屁股，在渠道里扑腾玩水，小点的坐在浅水滩上玩水抓泥巴，栓柱妈怕孩子热，将栓柱放在渠转弯水浅缓慢的浅滩上，在自己眼皮底下盯着。这里的水刚到脚脖子，娃娃坐里面水刚好漫到肚脐眼上，小家伙在里面高兴得哇哇乱叫，脚踢手扬，水哗哗乱扬，不时从水里抓点泥玩着，浅滩多水草，被正午的太阳一晒，比其他地方水温高点，暖暖洋洋温温的，是蚂蟥最喜欢的环境，女人们不知道这个道理，娃娃们更不知道这个危险。女人贪嘴叽叽喳喳说个没完没了，娃娃贪玩，下了水就拉不上来，一晃就个把小时过去了。大家收好衣，端着盆，收拾完要走了，各自招呼娃娃回家，小家伙们还不愿上来，赖在水里，更欢实地显能，给妈妈奶奶表演着自己的本事。栓柱妈过去将孩子拉起来，接着“哎呀”一声喊了起来，只见栓柱身上腿上爬着黑乎乎软绵绵的十几条蚂蟥。这东西多栖息在稻田草地浅水滩，爬在人畜动物身上吸血时，会释放一种麻痹神经的毒素，感觉不到痛痒，大人都不易察觉，何况刚三岁的栓柱，被这么多蚂蟥爬了，咬吸这么久都不知道，几个女人闻声过来一看，都倒吸一口凉气，被这像蛇一样的东西吓得身上起鸡皮疙瘩，几个胆小的直往后退，栓柱妈也挺发怵，这会顾不了了，用手往下揪，竟扯断二个，另半截身子还冒着血紧贴在娃身上，王姨有经验，脱下鞋就往蚂蟥身上抽，一个个掉下来缩成一团。还有几个半截身子已钻入娃娃皮肉里，打不下来，张老太从腰里抽下烟袋锅，赶忙点上，用热热的烟袋锅连熏带烫，蚂蟥才从孩子身上缩着掉了下来。栓柱又是被拍又是烫，加上揪掉蚂蟥时皮肤的撕裂疼，张着嘴哇哇大嚎，折腾好一会，几个人手忙脚乱才将蚂蟥弄完，再一看栓柱身上的皮肤像挠痒痒抓烂一样，娇嫩的皮上紫紫红红，有的还渗着血。栓柱妈再仔细检查一遍，发现小牛牛上露着像绿豆颜色和大小的东西，赶忙用手掐住，几个人帮忙，拍不着，烫不上，拉不出来，没了主意，眼泪扑簌簌掉下来，大家急得团团转。有人反应过来，说上医院，栓柱妈一手抱娃一手掐着栓柱蚂蟥尾巴，急急向医院奔去。娃娃在她的怀中痛苦地嚎着，翠儿抱着这独苗，生怕有个闪失，心急火燎，一路小跑，足下的黄土路像是跑不到尽头，其他人有的跟着，有的急忙回家给栓柱家打招呼。当时乡卫生院医疗条件差，大都是赤脚医生出身，也没有处理这事的方子和临床经验，救人如救火，没有办法，只能拿手术刀划开栓柱小牛牛的皮肤，将蚂蟥也划个小口，涂上辣椒和花椒汁，蚂蟥才退了出来，救了小家伙一命。栓柱爷爷奶奶赶来后，心疼地直掉眼泪，埋怨栓柱妈疏忽大意，让娃娃受这么大的罪。

栓柱这次历险后，爷爷像护着自己的宝贝一样看护着孙子，不相信别人，也不让别人插手，他像个老母鸡一样，走路、寻食、玩耍，都置于自己的身边或保护在翅膀下面，一个中年汉子慢慢地变成了一个女人似的，迸发出了母性，产生了母爱，孙子的每一声啼哭都会撩动他内心深处的爱怜，其他人逗弄或抱领栓柱，他都会像个母狼一样，眼睛盯得紧紧的，就差没有獠牙露出呲着了。

五爷做事坦荡，行善不记功德，不怕吃苦出力。队上有二十来头羊，也没个合适的人照应，算过来算过去，还是交给他放心。兼着河边那条索子船，五爷带着一条杂毛花狗，领着栓柱游走在烟村雨街，田间地头，阡陌荒地。一老一小，一狗一群羊，走在乡间的小路上。清晨，植物湿漉漉的带着露水，树叶释放着无尽的朝气和生机，每片叶子都绿莹莹的，哗啦啦地响着，抖动着身姿，蜻蜓和蝴蝶立在上面，日上三竿，才飞起来随着蜜蜂一样忙碌起来，上下翻飞，麻雀成群地从这棵树欢快地飞跃到那棵树上。正午的阳光从树顶洒落下，随着微风，树叶抖动，一束束光在树缝隙里摇曳，斑驳的亮点被树叶的油皮反射，光怪陆离，毛毛虫也开始弓着身子，一蠕一蠕地爬行，整个世界都活泼泼的。村子东北角大水渠旁，有些年代的大水车轰轰隆隆，吱吱呀呀，笨重而缓慢地转动，水随着木片水槽带上来，又哗啦啦向下扬着落花落下去，带动石磨艰难地转动着。栓柱随着爷爷，如这水车，一天又一天，周而复始，慢悠悠地成长着。

五爷戴着草帽，手持一把镰刀，身上穿一件汗渍渍的失了颜色的褂子，高高地卷起裤腿，光着脚，看着孙子玩，看着羊吃草。那狗也许热了，偎躺在他脚下，伸着舌头喘气。田里的庄稼，齐刷刷地往上伸着穗子，叶子青绿青绿的，麦尖芒刺如利箭在风中舞着。五爷摸出烟袋，捻上烟丝，摸着几缕胡须，惬意地眯着眼，随那一吸一亮的火头有节奏地笑着。孙子茁壮成长，羊一天天上膘，粮食长得比往年好，对一个农民来说，哪一件都是高兴的事情。

太阳悬在当头，中午，儿媳妇提着稀饭和馒头，两盘青菜，来到田头放在树荫下，招呼爹和儿子吃饭，顺便抱栓柱稀罕地亲着。

五爷不放心地喊着："田埂滑，小心别把娃摔了。"儿媳心里不满地想，我还担心你领不好娃呢，一边吃一边说："爹，我领栓柱回家，你一个人看羊吧。"爹不满地说："不行，娃在这里玩得好好的。"不容分说，拉着孙子的手向自己靠近了点。

吃完饭，五爷抱起栓柱，举上放下地耍了几下，就把脸靠在孩子脸上亲热，小家伙细皮嫩肉的小脸被那硬茬茬的胡须扎得生疼，连忙喊叫："妈妈抱我，爷爷的胡子扎人疼，不要不要嘛。"栓柱妈心疼地去接孩子，五爷却放下就拉手看羊去了，不给这母子团聚的机会。

村落中间有一眼老井，几个石碾子，三五株茂盛老树，麻雀和喜鹊在枝上飞跃鸣叫，女人们围着井边洗衣。姑娘在笑着，老人们晒太阳捉虱子，抽烟谝闲传，水槽里老牛在喝水喘着气，小女孩在树下玩过家家，男孩子掏鸟蛋、躲猫猫，扮演警察、小偷，颠来倒去，一刻不停。傍晚，日落西山，彩霞西坠，大人们牵着牛，扛着工具，沿着田埂，呼喊着各家孩子的名字一起回家，不一会村落炊烟升起。这是自然刻画出的一幅乡村画卷。童年，时光是那样漫长，缱绻绵延，梦也多，梦里飞跑，张着没有翅膀的双臂，奋力扑腾，扇动但跑不快，飞不高，很着急，盼望长大，期盼到外面的世界看看。栓柱和同龄小朋友像几片羽毛在自然中轻轻飘飞，在自然的梦里微笑。

五爷领着栓柱也从田间回来了，太阳快坠入地平线的西头，土房低屋的顶上，家家烟囱炊烟缭绕，这是个穷地方，没有肉味，也没有冒出油的香味，连那烟都是白的轻的薄薄的，透着素淡，贫瘠。栓柱母亲翠儿做饭，从房子后面的柴火堆里抱来一把子干枯的麦柴和麻秆，噗的一声扔在灶台边。泥砌的炉子，上面架着一口黑铁锅，相连着木案板，旁边是粗制的泥胚胎烧大水缸，先用文火将麦柴点燃，再将长长的麻秆两手抓了折断，枯枝发出咯吧断裂的响声，扔进黑乎乎的灶膛里，火就在灶膛里噼里啪啦地燃烧起来，这一带人们不用风箱，那麻秆、高粱秆、枯树枝、秋叶都是烧火料，易燃火大，做饭有天然的香味。焖米饭压点灰，火就下了，下面条、饺子，炒菜，拿个柴棍在灶膛里一拨拉，火苗子腾地蹿了上来。饭做完了，在余火灰堆里扔几个土豆和红薯，烤得皮黄内酥，吃着由外到里的香。

五爷抽着烟，看着栓柱在院子里玩儿。院子有三间正房，东西两间耳房，附带着一个仓房。院前有土坯基子砌的猪圈、羊圈，木条搭的鸡舍，房前屋后稀稀落落地长着杨树、榆树、杏树，杨树也叫窜天柳，直溜溜像旗杆往上蹿，高过房子十几米，太阳光斑驳陆离地洒在院内。菊花家在他家西南头，离得不远，她端着一碗汤面条，来与栓柱比试，她这碗饭虽然没油水，但是她母亲特意加了些酸菜、土豆丁和萝卜条，她已多次输给栓柱，等了他一小会，他也端了碗面条过来，碗里汤面上飘着几滴晃悠悠的油花，碗一倾斜溶成一小片，筷子一搅又成油星星，菊花噘着小嘴说："这一项不能比，谁让你爹掌管油房呢？"看碗里，也有酸菜和土豆，却又比她多了几颗嫩绿的蚕豆，菊花眼里冒着泪花沮丧地吞咽着，栓柱高兴地拿蚕豆在她面前嚼着，炫耀着，五爷喊菊花过来，从他家大锅里寻着捞出几颗蚕豆，放在她碗里，她才破涕为笑，才算扯平。吃完饭正要起身的时候，几只小麻雀，从房顶飞下来，落在他俩刚才吃饭的地方快速啄食。小麻雀也很警惕，身子像跷跷板，低头猛啄时，尾巴翘起来，赶紧抬起头来，四处观察时，尾巴又落下去，然后再低头啄食。栓柱好心扔过去一块馍渣，那几只小麻雀就惊了一下，扑打着翅膀飞起来，落在屋檐下。菊花往回走时，看到麦柴垛上落很多麻雀，一只只地飞起来，又在树枝上落下去，或者向河边掠去，她就犯了魔怔，幻想着自己要是一只鸟多好，天上地下地飞，多能耐，穿河越房，多自在，田间地头，树上草里，寻着自己爱吃的东西，多快活。想着，她的心就跟着麻雀跑了，在马上就要成熟的麦穗上飞快地啄一口，又落在麦地里。再到下面的河沟里，对面的林子里，还有很多鸟儿，喳喳叫着飞，你一声我一声地叫。

夏末初秋的田野是富有的，杏黄沙枣甜，瓜果飘香，一切都开始成熟了，夜间摸知了，白天听金蝉鸣，蝈蝈唱歌；捉蜻蜓、逮蚂蚱，树荫下，三五玩伴，玩“狼吃娃”。最快乐的地方是河塘湾，水缓清凉，黄泥铺地，小鱼漫游，微风细雨燕子斜，晴空银鹰自盘旋，小孩们浑身精光，如泥鳅入水，尽情玩耍，或浑水摸鱼，蚯蚓钓鱼。

离放学还有一个小时，栓柱、菊花、乒乒、刚刚四个小孩按照中午的约定，悄无声息地溜出学校，背着空书包，跨过学校北边操场，沿着田间小路，向西北方向蹑行。时近中秋，走过一片稻田，金黄色的穗子向着风吹的方向弯着头，齐刷刷，沉甸甸，叶子还绿中带黄，不像快要成熟的麦叶那样干硬，也没有麦芒的坚硬扎人，菊花一边跟着走，一边用手抚摸着田埂边伸进路径的稻禾，如抚弄家里的狗尾巴猫耳朵似的，手心里麻痒痒的。刚刚大步向前，用脚像踢球一样对拦路点头哈腰的稻穗扬回去，碰得别的稻谷前仰后合，又走过一片苞谷地，将他们掩挡得一点人影也看不到。苞谷杆长的小树一样，一行行排列着，叶子密密匝匝，几个人用手拔拉着，开辟出空隙，一步步钻过去，到了中间，栓柱举手“嘘”了一声，大家停住脚步，围在一起，栓柱是他们的小头目，讲明来意：“今天搞个采摘和烧烤活动。”菊花年龄稍小，还想着小时候他们玩的过家家，随口来了一句：“我当妈妈给大家做饭。”栓柱不耐烦地打住：“谁给你玩小屁孩的把戏，我还当爹哩，今天不回家吃晚饭，来真格的，乒乒去水渠摸鱼，刚刚去挖土豆捋青豆，我和菊花掰苞谷，摘沙枣，挖炉灶，刨柴草，东西准备好后在沙枣林集合。”几个人刚要分头去行动，栓柱又补充一句：“不要刨自家的地，谁要偷我家的，隐蔽点，不能让大人看见，回去挨骂。”几个人第一次野餐，分工合作，激动又神秘，胸脯一起一伏，双手攥着拳头，好像去执行一个重要的任务，其实是当一回小贼。

栓柱和菊花连着撕裂几个苞谷棒子的外衣，寻找着成熟一点的芯子，苞谷棒像个婴儿一样，被里三层外三层的衣服裹着，包得紧紧的，密密的，外皮粗糙厚实，越往里越细嫩光滑。菊花力小，吭哧半天才剥开一个，一看白白的，用手一掐，玉米粒渗出白浆，用手抹在嘴上，甜甜的，像糖浆牛奶一样，很好吃。栓柱不满地催促道：“别磨蹭，快点掰好走人，别让人发现了。”这个季节的苞谷正处于灌浆后期，再过半个月，就成了嫩玉米，煮和烤着吃很甜很香，也有个别成熟早的，籽粒饱满，也还是一挤一粒白浆水，这几个馋嘴猫，急了点，来的早了些，糟蹋了几十个棒子，矮子里面拔将军，寻了相对结实的七个，去了沙枣林。天已经接近辰时了，透过稀疏的树枝，阳光洒在树林子里，树影斑驳。正在这时，啪啪啪一阵拍打翅膀的声音在附近响起，栓柱赶紧抬头一看，只见有两只鸟儿刚从不远处的树上飞走，哈哈，看来可能会有鸟窝。搓了搓手，抱住那棵大树就开始往上爬，菊花不放心地喊着让栓柱小心点，栓柱说了声知道就继续往上爬，看到鸟窝在树枝丫那儿，栓柱轻手轻脚地抓住鸟窝附近的树干，慢慢地爬过去，伸手摸了摸鸟窝。哇！果然有鸟蛋，而且还不少，好像有七八个呢。心想道：这只鸟还真能生蛋。栓柱轻轻地将鸟蛋拿出来，朝菊花晃了晃，笑道：“菊花，你看，真的有鸟蛋！而且还有不少呢。”菊花在下边担心地说道：“栓柱，你快下来吧！小心点啊！”栓柱听菊花这么说，就把鸟蛋放进怀里，生怕压破了鸟蛋，下树可比上树容易多了。很快就跳了下来，从怀中掏出了鸟蛋，交给菊花，接着又爬上沙枣树。

树上结着一串串黄澄澄的沙枣，隐映在浓密的碎叶之中，栓柱二话不说，蹭蹭地爬了上去，菊花模仿着他的动作，爬两下，哧溜又滑了下来，显得滑稽笨拙，栓柱说：“我在上面捋摘，你在下面捡拾。”沙枣树有刺，采摘要戴驴皮做的手套，或等枣树蒂落，用枝条抽打，沙枣会落下来，功到自然成，栓柱显然没想到这一点，没有做这方面的准备，爬树时已挂破了裤子，在摘捋第一个枝时，指头上扎了刺，疼得龇牙咧嘴，当着菊花面逞能，装英雄好汉，不好意思喊出声来，忍着疼继续摘，摘在手里的放在书包里，捋掉地上的，菊花捡拾起来，栓柱像麻雀一样，从这个枝头换到那个枝头，一声不吭，只顾寻食，菊花像麻雀一样叽叽喳喳叫个不停，跳跃不停。“你让开，我要往下跳了！”栓柱逞能地说。菊花担心地说：“这么高，你好厉害呀？”这话顿时激发了栓柱傲娇的心升起一丝不屑。“你让开。”栓柱说着，随后朝着下面跳了下去，落地一双脚正好踩在了树根丫上，孬了脚，瞬间失去身体重心朝着菊花的身体上扑倒了下去。

菊花躺在地上，一双眼睛睁得巨大的看着趴在自己身体上的栓柱，那张脸孔如此靠近的出现在自己的视线里，忽地觉得胸口一阵温热，菊花看过去，顿时看见栓柱的一双手抓在了自己的胸口上。“啊……”菊花把栓柱一把推开，栓柱的身体不受控制地撞到了一旁的大树上，额头重重地和树干来了一个亲密接触，撞了两次的额头终于渗出一抹血红来，菊花一双手抱在自己的胸口，抓着自己的衣服，坐在一旁，脸上一片绯红，栓柱从地上摸索着坐起来，脸上粘上了灰色的泥土，咧着嘴喘息着。“都叫你让开了！你还傻站在底下，还大呼小叫的！简直烦死了。”栓柱一脸的不高兴，手掌根按揉着自己的额头，菊花猛地转身看过去，看着他。“你……你……你……”心里想说：你把我压的！我能不叫吗？

话到嘴边了，又觉得说不出口，不知为什么，觉得男女有别，不知道别在哪里，妈妈说，男女不能挨在一起、抱在一起，可不知道为什么，刚才栓柱压在她身上，不痛不痒，也没有少了什么，就是觉得不好，不应该，所以喊了起来。沙枣皮黄带着黑色和白色的斑点，是成熟的标志，有的干皮已裂了缝，仿佛在张着小嘴说，我熟透了，快来尝尝吧。菊花捡个大好看的塞到嘴里，舌尖上有股大枣的甜味，可下咽时又有一点沙沙的生涩。不一会儿，兵兵提着一柳条串着鱼赶来，柳枝从鱼鳃帮穿过鱼嘴，个个如小梳子大小，鱼还努力蹦闹着甩尾，栓柱看了不高兴地说："你捉些鱼儿鱼孙，不够塞牙缝。"兵兵辩解地说："这会水凉了，大鱼都藏起来了，只剩这些碎仔还活动，不信你去看看。"菊花说："我喜欢吃小鱼，肉嫩味鲜，沙枣都装满书包了，够了，下来烧吧。"这会儿，地里农活不多，大人们都收回家了。

太阳西坠，一轮金辉带着黄昏的光晕，沿着地平线漫溢散射，庄子上炊烟升起，远看与天际融为一体，远处巨大的黄红色幕布，近处袅绕着灰白色的烟雾，一条条、一缕缕上升散漫，浓妆淡抹，将红尘俗世，人间烟火衬托得灵动起来。地里没人，偶有牧归的老牛慢悠悠在乡间的小路走着。蜻蜓和蝴蝶抓紧着时间，上下翻飞，不为采花吸露觅食，只为抖动华丽的羽衣，展现优美的飞行舞姿，遍树的蟋蟀和着地里的蛐子、虫、蝉及青蛙汹涌地叫了起来，蛙鼓虫鸣蟋蟀音尖，构成了和弦音，动听而美妙，寻食倦归的鸟被这几个入侵者扰得不得安宁，另寻高枝，惊恐地叫着寻找着配偶子女，一起进巢。当火光燃起时，成了鸟和昆虫的篝火晚会，整个林子都被惊扰了，它们的叫声连成一片，如水中的涟漪，向远处波动，持久覆盖着周围，喧闹一片高过一片，你方唱罢我登场。太阳静了，地上开始沸沸扬扬的，人进家了，动物才开始欢呼歌舞，空间显得深邃，地伸展得更远，近处被火照亮了，衬托远处天地被黑色慢悠悠的幽深覆盖，田野显得宁静致远。柴薪已越燃越旺，用泥巴糊住鱼，像烤葫芦鸡一样，放在火底，刚刚把土豆带着泥巴秧子，插在木棍上，夹在火上，等大火燃尽，投进玉米和青豆，随着噼里啪啦的爆响，豆子一个个炸开，接着鱼腥味混杂着苞谷的清香，四溢开来。四个小家伙也许是第一次狩猎成功，迫不及待地要撕咬猎物，更多的是新鲜的香味诱惑，也有一点饥肠辘辘。急匆匆用木棍拔出青豆，带着草灰和火星，拨开就吃，豆子嫩绿，烤的清香，吃的脆生生、甜滋滋、香喷喷的，豆子吃完，苞谷和鱼也熟了，玉米粒还未熟透，嫩的黄中显白，烤的皮焦汁露，鱼掰开泥巴，鱼鳞和皮随着泥脱落，腥味也被泥吸走，剩下白嫩的肉丝，当菜吃，和着玉米的焦香，满嘴生津，四个人手抓嘴啃，鼻子嘴唇抹的黑乎乎的，互相看着取笑，开心极了。刚刚吃的上瘾，提议下次带狗，抓只兔子，菊花说她会带个锅，煮着喝鱼汤，计划越来越宏伟。

天已黑了，猫头鹰不知在哪儿叫着，声音瘆瘆的，蝙蝠扑腾扑腾地乱飞，土豆才迟迟烤熟，拿在手里像个火蛋，左右手烫着交替拿着，一边回村，一边吃着。路过瓜地，看着那青皮绿油的大西瓜，在太阳刚落山的昏黑里，如匍匐的士兵戴着伪装的绿叶趴在地里，勾起了他们的馋虫，四个人一合计，刚刚和兵兵顺着沟渠悄悄地爬过去。正在偷偷摘瓜，突然被看瓜老头发现，二人慌忙掐断瓜秧，不辨生熟，抱起一个就跑，看瓜老头在后面急急地追着，田野里像一只鹰追赶几只兔子一样奔跑着，栓柱脚孬了，跑不快，由刚刚和兵兵架着，一瘸一拐地跑着，菊花抱着西瓜，吭哧吭哧地喘息着。

栓柱脚孬得红肿，一瘸一拐，家里人一边埋怨，不能爬高上低，应了空中断脚的话，一边说万幸，幸运的是伤情不重，其实是不解卦语，这是后话，暂且不提。

他们四人，这几年来不知不觉就结成了伙伴，成了“四人帮”，上学一起走，回家一起玩，在家都呆不住，夏天在渠道游泳耍水，菊花妈老提醒着：“一个女孩子家家的，老跟男娃待一起，也不含羞，成何体统！”菊花回答：“我们穿游泳裤呢。”菊花妈对游泳裤不懂，强调着说：“什么裤，还不如个裤衩齐整，庄子上人说败风气哩，你婶子见了，说不敢睁开眼睛看，看你疯癫成那样，谁敢娶你。”菊花不服气地说：“你们都是老封建，没见过世面，电影上不也有吗？体育比赛都穿成这样，全国人民都在看。”菊花妈说不过丫头，再说城里女人都那样穿，由着她性子去吧，只能感叹世道变了，他们老一辈都是男不露脐女不露肤，虽不像阿拉伯妇女一袭长袍从头裹到脚，却也一年四季穿得正正规规，夏天那么热，一件衣服也不能少。

秋天，像今天一样，地里掏点，水里摸些，树上采摘，赶着季节吃新鲜，碰上瓜果飘香时，编个草衣披在身上，戴着土豆秧子作掩护。农村嘛，难免有些馋嘴的孩子偷个瓜摸个土豆，摘个豆的。那天晚上月亮又圆又大，漫天繁星闪烁，和风微掠，偶尔几声狗吠蝉鸣，他们四人，匍匐到地里偷瓜，择菜，拔萝卜，带着泥土，不干不净，吃了没病，肚子撑得圆鼓鼓的，气多放屁，一个比一个声音响亮。菊花会抿着嘴笑，她不会当众放，而是偷偷放，有时她无缘无故脸红，那一定是偷偷放屁哩。冬天，我们最喜欢下雪，雪大了，用簸箕扣家雀儿，柴火垛，房檐洞里掏麻雀塞在火炕洞里烤着吃，肉可香了，赛过天上的龙肉地下的驴肉。更好玩的是堆雪人、打雪仗、滑冰车，村里十来个孩子，分成两组，他们四人组是不会变的。菊花灵巧，采用偷袭、埋伏、迂回、声东击西战术，偷偷地捏一个雪球，看准一个傻不愣叽的，悄悄溜过去打中，转身就跑。冰天雪地，小手冻得红萝卜似的，可身上出着汗，嘴里呼着白气，玩完了，打累了，开始在麦秸垛上掏洞，东西南北贯通，如《地道战》的坑洞，随时堵一头开一头，猫在里面，松散而温暖，隐蔽而安静，看着雪花飞舞，将远近的景物披上白纱，一切都旷古深远而渺茫。尤其是黄昏来临时，麻雀在麦秸堆一边做窝，一边刨着柴火觅食，跳着舞着飞着，小孩的心就跟着幻想着，沉沉地睡去。只有融入自然才能真正理解和欣赏大自然，城里的孩子住在楼房里，远离着自然，冬天讲雨夏天讲雪，跟着狗学狼叫，永远体会不到大自然的美和妙趣。春天，爷爷奶奶们会用麻秆篾子扎成三角形或动物的样子，糊上纸，到旷野里随风放风筝。随着一阵急跑，借着风的阻力，风筝从地面升到空中，然后收线放线，风筝越升越高。他们比赛谁的飞得高，飞得远，那笑声也传播的远远的。当然，也不能整天玩，他们也会结伴挖野菜、割猪草、赶羊喂鸡放牧，到地里干一些力所能及的活计，干活捎带活动，挖一会野菜，玩一会狼吃娃的石头土坷垃，要到快吃饭了，才想起野菜才挖了一点点，垫了个筐底，栓柱主意多，教会他们糊弄家长，匆匆割几把草，虚虚的垫在筐底。上面撒些野菜，蒙混过关。一段时间，他们几个家的猪塌了膘，被大人发现，美美地挨了鞋底子、笤帚疙瘩，才长了记性。

农村孩子的活动是踢毽子、滚铁环、荡秋千、跳绳、藏猫猫、上树掏鸟、地上捉虫，上小学就应干些挖野菜、割青草、赶羊喂猪的活计。放学回到村子后，小孩们上山捉鸟下水摸鱼玩腻了，就会聚在一块找个地方玩躲猫猫，这个游戏嘛，没有啥危险，五爷和家人都放心，别人家孩子来叫："栓柱，藏猫猫去。"栓柱本来活动就少，老圈在家里，心早飞到外面去了，一叫就蹦蹦跳跳地去了。一般会在房前屋后，猪圈狗棚鸡窝，草垛麦堆，屋里的犄角旮旯一藏就行，若在野外，上树入水，沟坎渠畔，庄稼地，野草丛生，都是理想的藏身之所。这帮小家伙天天藏，日日找，很快把村里摸了个遍，藏根针都能搜出来，更不要说这么大个人了。

因此，不断寻新地方，发挥想象力，无所不藏，无缝不进，无洞不钻，到了难以让大人捉摸和想象的程度。这天，村上二狗子又来喊："栓柱，捉迷藏去了啊，到村上古井那儿集合！"栓柱在家无聊，眼睛盯着窗玻璃看外边，屁股早坐不住了，那一声喊，犹如冲锋的号角，跳起来就往外冲，爷爷喝止一声："栓柱，你出去干啥去啊？"栓柱急得抓耳挠腮的，头也不回地说："捉迷藏去了。"边跑边喊："二狗子，等我一下！"一阵风似的跑出院子。到了古井边，已经来了七八个小孩，二狗子年龄大，十一岁，是头，当警察，其他孩子八九岁居多，栓柱九岁居中。一声令下，二狗子捂着眼睛开始数数，七个小伙伴连忙各自散开寻找藏身之处，二狗子慢数着一二三四五六七八九，一边留心地择耳听着他们跑动的声音，辨别方向。随着十的声音结束，二狗子开始找小朋友，听着树上鸟叫，往上一看，两个在树叶茂密处缩着，下来吧；向宋家院柴火堆一寻，栓柱和另外一个被扒拉出来；再向石碾子后边一寻，另外两个人也落网，三下五除二，不到五分钟全找出来了。小家伙们聚在一起开会，总结经验，都认为是老地方，老方法，藏得时间短，找的时间也短，没意思，再玩一次。从一数到二十，让大家藏好再找，这次换十岁的明明当警察，明明腼腆，不如二狗子机灵，数得也慢，等二十数完，他心里一点谱也没有，笨手笨脚地挨个旮旯拐角处找人，在他第一次藏身的柴火堆里找出了两个最小的玩伴，好一会在一个鸡棚里找到王怀珍，其他的怎么也找不着。约莫过了五分钟，时间到，二狗子与另外一个人身上带着脏兮兮的麦柴从猪圈出来，骂骂咧咧说："你好笨呀，这么长时间找不到我们，臭死人了，憋得人受不了。"一边说一边在身上骚痒痒，估计是猪圈的跳蚤上了身。大家又再次总结，要玩出新花样，突然想起栓柱咋没回来，大家四处喊："栓柱，栓柱，你藏哪儿，我们都出来了，快来玩下一个。"可是没有回应。小孩子也没有安全常识，也许认为栓柱回家了，没有再过问，继续玩着游戏。可菊花心细，总觉得有那里不对劲，停止玩耍，又去找栓柱，一边喊着，一边在四周踅摸，看到井口，爬到台沿往里一看，水面上漂着一个黑乎乎的东西，光线幽暗看不清楚，直觉上是个人，吓了一跳再次急促地大喊："来人啊，有人掉井里了！"路过的郭老三循声跑来，伸头往里一看，可不是个人吗？赶紧用平时喂牲口打水的扁担钩子打捞，多亏井只有三四米深，钩子钩到衣服上，提上来一看是栓柱，人已软塌塌的没有气息，被拖到井上时，他的脸呈现了青草的颜色。已经疲惫不堪的郭老三抓起栓柱的双脚，将身体倒提起来，用脊背支撑着在那条路上奔跑。栓柱的身体在郭老三的脊背上剧烈晃动，小孩们也跟在后面。

在那个夏日中午，井口边乱作一团，栓柱身后是依然手捏头巾哭叫着的翠儿，嘶叫和呜咽之间，身体上下起伏。乱糟糟的村民，古井前后院的人也赶过来，经验丰富的村民让人去把生产队的瘦牛拉来，把栓柱驮在瘦骨嶙峋的牛背上，赶着牛走，突然栓柱嘴里吐出水来，接着哇的一声哭出声来，又吐了几大口水，大家将栓柱放下来平躺着，翠儿一家人号啕大哭起来。栓柱醒来后，大家问他怎么掉到井里，他说玩捉迷藏，找不到藏身的地方，突然看到井口，还没人藏过，趁小伙伴们不注意，灵机一动，顺着井口抓着绳子滑溜下去，井绳随着轱辘不停往下滑，他掉到了井里面，开始喊"救命"，这时明明刚好到别处找人，听不到井里的喊声，不一会，栓柱连呛几口水，灌晕了过去，小伙伴回来时找不到他，差点酿成悲剧。二狗子爹和明明妈怨恨自己娃多事，惹了这么大麻烦，抡起巴掌就扇，二狗子脸上和屁股上立刻起了红印，号啕大哭起来。明明被妈又掐又揪又拧，是那种撕心裂肺的疼，哭也是伴着那个节奏，像被宰的猪捅了刀子似的，撕心裂肺的嚎叫。其他几个孩子也被父母揪拧着耳朵回去收拾，村子从不同方位传来小孩的哭嚎和求饶声。打过哭过之后，几乎所有的家长都向孩子提出同一个要求，不能约栓柱玩，最好少在一起，不能再惹出麻烦。

栓柱又躲过了一劫，捡了条命回来，应验了洞中喝水的卦语。

五爷老伴拿了一背篓自家种的蔬菜，到菊花家感谢。栓柱一家也不闲着，痛定思痛，开会研究，吸取经验教训。五爷烟锅子不停，几口吸完，立马掏出烟袋，用手迅速捻在烟锅里，吧嗒吧嗒地深深吸着。老汉被接二连三的灾祸打击得心惊肉跳，头发白了一大片，栓柱爹过去不抽烟，也撕着纸，捻着爹的烟丝，一口一口地抽了起来，栓柱的奶奶和妈还惊魂未定，搂着栓柱："我的娃呀，我可怜的娃……"五爷经历的事多，是一家主心骨，思来想去，拿出四条主意：一是明天我去找谢瞎子，看看能有什么办法；二是以后与人为善，多做善事，积善必有余庆；三是以后给我盯住，栓柱不能上房爬树登山走高处，不能放牧犁地拉车赶马，离高远远的，离马也更远点，保护好我们家这个苗；四是谢瞎子说的话一定要保密，不能让娃知道了，这一步一坎的，不把娃吓死，也难活人，对外也要保密，外人知道了，看我们的戏，把娃当猴耍，难做人，难娶媳妇，过不上个正常日子。五爷当夜一宿未睡着，翻来覆去。

第二天，五爷起了个大早，拿起瓢，在缸里舀了凉水，咕嘟咕噜地喝了两大瓢，将一腔子火气浇了下去，早饭也没有顾上吃，背起个背篼，顺手拿了把小铁锹，径直往李家村去了。一路上，放羊捎带拾粪，赶了一个时辰的路，粪也捡了半篓，到了谢瞎子家，放下粪篼和锹，推门而入，喊着："老哥，在家吗？"一个瞎了一只眼的老汉迎了出来，五爷一看，那先生变化太大，几乎认不出来，大夏天的，花白的头上扣着一顶破烂的瓜皮帽，左眼闭着，右眼略睁，里边好像放着一颗发烂霉臭变色的葡萄，浑浊无神，流着眼屎，脸上也是多日未洗，一块白汗渍，一块黑煤灰，脏了吧唧的，身上衣服没有扣子，斜披在身上，颤颤巍巍的，五爷看了心酸，“老哥，十年不见，见老了呀。”五爷问候着迎了上去，抓着一双脏兮兮的手，进屋坐在炕上，瞎子说：“你说话声音大点，我耳朵也聋了。”五爷大声说着十年前的事，先生已经记不起来，五爷不甘心，又耐心地讲了过程和一些应验的事，先生推辞说：“这几年眼花耳聋，早就不干这营生了，等死呢。”五爷听了泄气，最后乞求似的问道：“可有什么办法化解？”先生摇着手说：“人不可逆天，谋事在人，成事在天，多行善，做善事。”说完闭口不言。五爷沮丧地回了家，火更大了，路上尿急，一边尿，一边用捧着接着尿喝，有个说法，喝尿败火，他的火太大了，到了家，老伴急切地迎上来问：“问着了吗？给娃咋办？”五爷没好气地说：“先生死了，没地方问去。”

五爷问老伴栓柱怎么样，老伴没好气地说：“不长记性，昨天差点要命，这会像没事似的，在南墙根与其他孩子甩纸牌玩呢（用烟包装纸叠三角形，用手甩打地上另一张，扇着翻个面，即赢一张）。”老伴叹着气担心着，“呵呵，这倒好，可以拴住这小子。”五爷以一个爷爷溺爱孙子隔代亲的胸怀开心地笑了，并有了拴住孙子的主意。

五爷并不糊涂，自己是过来人，知道爱玩是孩子的天性，不能让孩子闲着发呆，也不能把娃圈起来当猪羊那样养着，孙子高兴他高兴，孙子幸福他幸福，孙子甜蜜他也跟着甜蜜，可眼下出了这些事，其他孩子都被家人禁锢着，不与栓柱来往，这可不行，这不憋死我孙子吗？老汉想着能好玩又不危险，能吸引别的孩子来，又不用他张着这老脸去叫别人的办法。

五爷装好一锅烟，蹲在南墙根底下抽着，挨着猪圈羊圈鸡棚，粪尿水从地下溢出在外边，肥料充足，多日不见，竟长出了野草和花，狗尾巴粗粗壮壮的，在墙上斜插着，刺蒲草支棱着像向日葵的小花也朝着太阳，五爷想着我的孙子也是朵花儿，要栽个好地方，施肥浇水，茁壮成长才对哩。

五爷过去做过木匠活计，他拿出工具，找来一根锹把粗的木头，截了十段，拿着刨和钵在那儿又削又磨，像削铅笔一样，将木头一端削成圆锥体，在尖端用榔头打进小钢球，制成十个陀螺，又拿麻绳制成十个鞭子，教孙子打陀螺玩，随着鞭子抽动的响亮声，陀螺嗡嗡的飞快转了起来，村上小孩立马跑来一群，纷纷抢栓柱的鞭子，一试身手，五爷看在眼里，喜在心上说："莫急，莫急，只要和栓柱好好玩，不欺负他，人人有份。"说着拿出陀螺和鞭子，给每个小孩一个，一时村里啪啪的鞭声不断，到处转着陀螺，风靡了好几个月，栓柱抢尽了风头，荣耀了一阵子。

有爷爷的支持和栽培，栓柱在孩子中，点子多，玩的花样多，时间长了，自然成了孩子王。

午后，劳作一天的大人们休息，村庄静谧，微风吹拂，树叶哗啦啦的，地上的绿草和各种不知名的野花，有鸟在里面跳着清脆的叫声，或在草丛间匆匆掠过，飞上树梢。栓柱和菊花走在村巷小路上，看着四周的风景，只觉得浑身上下一阵清爽。他们去找刚刚玩，路过生产队废弃的仓房，菊花就看见刚刚撅着屁股趴在仓库门上，顺着门缝往里瞧什么呢。菊花踮着脚过去，伸手一拍刚刚肩膀，那家伙正聚精会神不知道在看什么东西，被她这么悄无声息地给了他一下，惊得猛一回头，看见是菊花和栓柱，忙伸手在嘴唇上做了个噤声的表情，又转头将眼睛贴上了门缝。二人顿时奇怪起来，也顺着门缝往里看去，不看不知道，一看吓一跳：仓库中间，竟然有一只大公鸡和两只母鸡在与一条菜蛇互相对峙着。菜蛇也不算小，通体青碧色，粗如大拇指，肚子中间鼓起一小块来，看样子刚饱餐了一顿，有两尺多长，那大公鸡惊乍乍的，羽毛扎着，昂着头，高脚尖嘴，那公鸡双翅一展，看上去倒有几分威风，扑棱几下后，竟然向大青蛇直扑过去，围着蛇身啄几口，母鸡则围着蛇转圈子，咯咯叫着。而菜蛇将身躯盘成一团，只露个蛇头向上昂着，吐着信子，见那大公鸡来袭，蛇头一晃，躲过大公鸡的一啄，伺机还击，蛇头猛地向前一伸一缩。那大公鸡一击不中，“咯咯”厉声叫着，双翅猛地一拍，身子凌空飞起，竟然伸爪向蛇头上抓去。菜蛇将头一晃往后急缩，躲了过去，公鸡闪电般将头一低，一下啄在青蛇眼睛之上。这下那青蛇顿时疼得满地打滚，公鸡趁势上前一爪按住蛇腹，那蛇突然蛇尾一卷，竟然将大公鸡缠了个结结实实，无论那大公鸡如何跳跃转动，那青蛇丝毫不为所动，在地上翻滚挣扎，蛇身躯反而越缠越紧了。片刻过后，大公鸡终于体力不支倒地。而此时青蛇已经将鸡身缠了个严实，随着蛇身躯不断蠕动收缩，甚至都能听到大公鸡骨骼被箍断的声音，母鸡也不敢靠前，刚开始还围着咯咯乱叫，随着大公鸡倒地息声，母鸡吓得从残破的墙豁豁溜了。刚刚比栓柱还急，见大公鸡和那青蛇斗了个两败俱伤，急忙推开房门窜进去，栓柱将公鸡丢给菊花去洗剥，竟将青蛇倒提起来，用绳子缠住蛇尾巴，拴在村口槐树上，拿鞭子抽着玩，引得村里不少人围着看。那蛇倒挂着，半翘着蛇身，昂着头，吐着信子，吓得周围的人连连后退，栓柱却越发逞能得意，直到他念佛的奶奶赶来，一边口念“阿弥陀佛”，一边追着撵打孙子，栓柱跑了，刚刚将蛇打死，将蛇剥开，蛇腹开一道口子，一只小鸡仔从里面淌了出来。他们才明白过来，怪不得这大公鸡和母鸡要和菜蛇开打，因为这菜蛇吃了它们的小鸡仔，大公鸡报仇来了，心中更是啧啧称奇。他们四人煮了一锅公鸡炖蛇，吃饱喝足，才回去了。

栓柱是娃娃头，胆子大。每次给猪、羊割草时，他领着刚刚、兵兵、菊花，还有其他孩子，都要抽空向河边和沟渠里的鱼、泥鳅、青蛙、蹦跳的蚂蚱，甚至飞行迅速地蜻蜓下毒手的。那时候农村人不吃鱼，也不会打鱼钓鱼收拾鱼，沟渠里鱼特多，随着季节性浇灌田地，一些水沟和槽闸在放和关时，水坑的水量或升或降，降下来时，他们拿脸盆和水桶将剩余的水泼出去，坑底有大量的鱼和泥鳅翻腾跳跃，拿背篓从水里捞，一次能捉几十斤鱼，他们用泥包了烧烤吃，当时缺少姜和辛辣调料，就用白水调醋煮汤吃。捕捉青蛙也有窍道，即一根长红柳条竿，竿的一头绑扎着一个用粗铁丝制作的小铁叉，如一个微缩的三股钢叉，手握木杈，晚上拿着手电筒沿河边或渠道搜寻，一旦有土黄色或翠绿色的青蛙从河里游到岸上，便悄悄靠近，然后对准了打开电光，青蛙愣怔时，猛地一刺，就将青蛙扎住，残忍地从竿往下取青蛙时，不停地在蹬腿、抽搐，不忍目睹。在这些“小刽子手”面前，麻雀同样逃不过劫数。那时除“四害”，认为麻雀是坏鸟，因为它们偷吃麦子、稻谷，为吓唬撵走它们，老农要用玉米秆或稻草绑扎许多像个大字的草人，插在庄稼地里，“手”里攥一条白色的塑料带，借助风力不时挥动。刚开始，草人吓得麻雀在空中飞来掠去的，不敢降落，时间长了，麻雀们觉得这影子不走不说不喊，程咬金的板斧，就那三招，识破了这种伎俩，一群一群地飞来，在黄灿的庄稼地里撒着欢儿“会餐”。所以，大人小孩都打麻雀，夜间，麻雀喜欢在麦柴垛和屋檐下的缝隙里投宿，他们拿上手电筒，长竿上绑着网兜，趁麻雀们熟睡之机，麻雀把脑袋埋在羽毛里正做梦呢，一道手电光突然对着麻雀眼睛照过来，麻雀受惊，强光下晕乎乎的，一个网兜就堵住了洞口，等麻雀惊醒往外飞时，“请君入网”。一个晚上能捉几十只麻雀。农村的孩子，缺少现在的动物保护意识，也没有什么娱乐活动，就是在残害小生灵的活动中玩着，在这种血腥中有口肉吃，没有条件，也不会做菜，他们围坐在一起点燃一堆火，或者围在炕上，利用填炕的火炉烧烤，开始“野炊”，用废纸裹着这些东西，外边糊一层泥巴，扔在火堆里，升腾的烟缕中散发出焦腥味儿，将干硬的泥团敲开，青蛙肉细嫩，白净，爽口，麻雀粘满羽毛的泥皮剥离，一个肉色红润的“烤全雀”便呈现出来，撕扯腿、肋骨、翅膀，蘸盐嚼食，味香而又有嚼头，听说这是冬天的大补。

栓柱领着他们在茫茫田野里奔跑，钻草垛搞“地道战”，扒房门当“平原游击队”，打土坷垃仗，戴草帽披草秧，伪装着爬进地里偷瓜摸土豆，没有清晰的原因和目的，就是疯玩。在月光下到新郎官新娘子门前扔土坷垃，唱酸歌，发展到后来，年龄比他们大几岁的二狗子，爬上别人家院子里的柴垛和树枝，透过窗棂，看到大人趴在一块扭动着打架，传来暧昧声，这天是在刚刚家，刚刚也与他们一块吊在树枝上看和听，小家伙们以为是他父母在打架，刚刚也莫名其妙。二狗子说：“瓜怂，不是打架。我们听了，都懵懂的不明白，他指着刚刚说，你娘大着肚子怀你时，别以为是石头缝里挤出来的，它就是这么被你爹搞大的。”刚刚听了就急了，一头撞向二狗子打了起来，刚刚年龄小，不是二狗子的对手，他爹的事也完了，闻声跑出来，他们都跑了。刚刚哭哭啼啼地埋怨他爹，他爹又踢了他一脚，撵到二狗子家，找大人论理，一会儿又传来二狗子挨揍的声音和哭声。

转眼学校放了暑假，同龄的孩子回村放牧，二狗子牵了队里两匹大马，兵兵和刚刚各牵了头骡子，其他孩子也有牛马驴骡。十几个少年骑着赶着几十头大牲口，扬威耀武，浩浩荡荡地出村，去往荒地野畔田埂水渠，孩子们在一起甚是热闹，空闲玩“狼吃娃”、五子棋、跳马、顶腿、捉迷藏的游戏，暑假是孩子们的天堂，田地是孩子们的乐园，地里的萝卜土豆红薯，水里的鱼是孩子们的菜篮子。栓柱被家人看着不准靠近那些大牲口，急得抓耳挠腮，村里没有同龄孩子陪他，他也不愿与小屁孩玩过去那些老掉牙的游戏，寂寞和孤单使他眼里露出孤单忧郁哀怨的神色，栓柱苦闷了，便在那边的老树林里，扔下镰刀，丢下草筐，挺着胸，仰着脸，手放在嘴上握成筒状，对着那些放牧的孩子，扯起嗓子放肆地大喊大嚷："啊……嗬……嗬……"，于是田野里便久久地荡起一阵回声："啊……嗬……嗬……"，牲口们惊诧地抬头望一眼，又埋下头吃草。有一次，栓柱刈满一篓子草又扯起嗓子大喊大嚷，以泄胸闷。他爷爷气咻咻地嗔道："喂！你成天在这儿瞎嚷嚷，叫魂？"栓柱不满地昂着头，叫得更欢实。

爷爷看在眼里，急在心上，主动找郭饲养员，让栓柱牵了母子二驴，危险小一些，每天孩子们赶着大牲口出村后，五爷领着栓柱，带着狗，赶着一群羊，远远地跟在后面。到了水草之地，隔着一段距离，五爷会领着栓柱与孩子们一道玩，在放牧的间隙，五爷手不闲着，在野地就地取材，用刀、矬等工具制作了缨枪、大刀、长矛、驳壳枪玩具十几把，发给孩子们玩。他偏向自己的孙子，拿驳壳枪的是连长，是头，把驳壳枪给了栓柱，领着这一群孩子，在地里玩着《地道战》《小兵张嘎》《平原游击队》等故事，孩子们开心地玩着，五爷开心地笑着，眼睛一会盯着栓柱，一会盯着牲口和羊群。夏末，稻子正抽着青，穗子绿油油的昂扬着头把节，苞谷长得比人高，虽未结报穗，叶子可像个镰刀一样，又长又锋利，迎着风刷刷地刮着摇着，像有人指挥着，随风整齐地摇摆俯仰。高粱结着红红的须子，嫩得淌水，娇艳欲滴，似小姑娘的红头巾，也像列队的少先队员戴着红领巾，举着拳头向国旗宣誓。水渠地头稗草芒草芦苇针叶草，吸尽了水分和阳光，可着劲地长，羊群低着头，似云团一样在草浪中呼噜呼噜嚼着漫涌地往前滚动，还不时发出咩咩的欢叫。牲口们裂着宽阔的大嘴，一股一把地往嘴里刷着揽着，密集而大的牙齿似镰刀一样，咔嚓咔嚓地收割着，不时打着响亮的喷嚏，屁股后面尾巴甩着的牤牛、蚊蚁，在头马的带领下，逶迤向前，犹如蜜蜂采花，花便有了价值，这些动物使这些荒草有了灵动的生机，草儿也跟着牲畜快活地起伏活动开去。

五爷帮孩子们照看着这些活动的天地，想起了自己小的时候，也是在这块地方，与老伴认识，有了偷偷的第一次，压倒了一大批草，衣服揉上了草的绿汁，那时忘了天地，忘了时间，忘了一切，牲口偷偷糟蹋了一片长势良好的麦子，被大人臭骂了一通。五爷心里涌起一股热潮，走了一会神，一抬头，已有哪头牲口偷偷溜进庄稼地，正贼头贼脑地大嘴吃稻谷秆，连忙吆喝起来“驾驾，二狗子快拉牲口”，二狗子正与栓柱争夺领导权，拿着木制手枪，扬着手斜着眼，嘴里啪啪地响着枪声，闻五爷喊叫，循声去拉牲口，赶过去迎着一马一骡，劈头盖脸地用鞭子抽打起来，嘴里说着“我让你嘴馋，偷吃”，那牲口仿佛也有灵性，知道错误，鞭子一落，腾起前蹄，一个转身，归到牲口队伍里。

家乡秋天的田野，丰收的季节，抬头看向天空，天是那么的高，云是那么的白。一群大雁排着“人”字向南方飞去，一阵微风吹过，沉甸甸的果实都频频点头，叶子发出沙沙声，稻谷沉甸甸低着头。一棵棵粗壮的玉米秆上都有三四个多胎胞，苞谷棒子硬撅撅地裂着，剥开叶子，金黄的玉米粒像列队的士兵一样排列着，高粱穗子红的如枪樱，齐刷刷的，高粱红，玉米黄，稻浪滚，大豆硬，芝麻香，人们手拿镰刀，喜气洋洋地收获着。

秋收后，粮食收上来，这时候的天地归了牲口，大地的庄稼被收割，田地一望无际，露着镰刀割后的茬根，齐刷刷的，沟渠野畔的草显露着高高的个头。下了几天秋雨，地里又发生了变化，野草和漏在地上的庄稼颗粒也发芽出苗，与草比着长，地里又绿油油的，东一片草，西一片苗的，还有地里捡剩的萝卜缨子，包菜白菜叶，都散发着青草菜叶的芳香，这时的草丰满，硬朗，营养丰富，有嚼头，牲口和羊撒出去，不用人看，人以群分，物以类聚，牲口们也凑热闹，撒着欢儿往一起跑，一二三四队的牲口聚在一起，放牧娃也聚在一起，牲口们扬蹄奔跑，嘶鸣。这个季节也到了牲口的发情期，一过一个夏天的啃青吃绿，秋草肥叶，牲口们膘肥体壮，攒足了力气骚情，牲口们互相靠着身体摩擦“换工”蹭痒痒，脖子伸着交颈捋毛，恶马叫驴公牛伸着鼻子，龇着牙，凑在母马母驴母牛屁股后面闻嗅，寻找发情的蛛丝马迹，不时伸出身子底下黑不溜秋的东西甩着。二队的一恶马老围着二狗子放的母马转圈，二狗子气愤地不满地嘟囔着骂着：“狗日的二队的想占我们四队的便宜，赶快给老子赶走，否则我这鞭子饶不了这狗日的。”他人在玩着，却提高着警惕，眼睛盯着马的动向，手里紧紧攥着鞭子。可不是吗？那马围着母马转了几圈，前蹄一扬，爬了上去，栓柱急了，比二狗子速度还快，急忙跑过去，对着那正在蹬着后腿用劲的恶马，使足了劲道，硬抽几鞭子，马负痛下来，身下还掉甩着黑棒槌，如洒水浇花的漏壶向地下撒撒滴答着，栓柱又朝那家伙给了二鞭子，马疼得嘶嘶直叫，黑棒槌弯曲着收不回去。二队放马的看见也急了，一边骂着，说着两人厮打在一起，接着二队和四队二十多个小孩全部混战，拳打脚踢，抓咬撕拧，打了个昏天地暗，人人挂彩，青一块紫一块地流着血。五爷在不远处牧羊，急忙赶过来，大声呵止，连拉带拽，才分开双方，两边才住手，嘴里还相互不服气地骂着。

在地里刨野食吃饱了肚子，放牧回来，夜长无聊，变着法子玩，到饲养场，找间空屋，把麦穰、稻草、豆秆垫在地上打个地铺，草上面铺张草苫子破席，从家里拿来破被烂褥子，他们八九个孩子聚在一起玩耍聊天，屋子四壁漏风地刮着，倒也凉爽，只是蚊虫太多，我们身上糊着泥巴，头上盖着麦柴，防虫咬蚊叮，比在家里还舒服，几个人讲着吓人的故事，打发时间。

天空的星星一眨眼一亮闪的，好像看着他们，夜清幽幽的，好像里面藏着许受东西，墙上冒着黑烟的小油灯一闪一闪，照得几个人的影子影影绰绰的。他们说得平静自然，像真的一样，听得人也后脊梁直冒凉气，头发都紧张得直了，透过窗棂子看着黑乎乎的外面。灯花“啪”地爆了一下，竟吓得菊花脸都白了，听了这些故事，谁也不敢一个人出去尿尿。当晚，他们不敢走夜路，也不敢回家，夜深了，家长寻上门来，领着小家伙们回家。

这个村子里的人，生活节奏慢，恋着自己的窝不愿离开，尤其是上了年纪的老人，在一个村庄生活得久了，就成为村庄的一部分，像老黄牛一样，走得慢，吃得慢，行动全慢了下来，还要回味，反刍倒嚼，细嚼慢咽，把过去、现在、未来经常反复嚼。时常看到一些老人，在南墙根底下，晒着太阳，讲村庄一些老掉牙的故事，说一些熟悉又熟悉的人、物、事，或者背着手、杵着拐，在村外的田野里转悠，看一辈子常看的田地、景物，也在瞅自己的墓地。在一个村庄的一个房子里生活一辈子，知道自己活到老了，在村庄择一墓地，死也离不开村庄，才是最幸福的。这样，等于没死，还可以躺着看村上头的日月星空，听庄稼长势的把节，田间地头的虫鸣蛙鼓，看着子子孙孙的成长和生活，求来生投胎轮回在这个村子，继续往日的生活。这样的离世，只像是搬一次家，暂时离开喧闹的村子，累了后安静地待待，这样，他们看透了生死的轮换，淡淡的生活，平静地离去，好像走也是生活的一个节奏，可以生前选择棺木，自己喜欢的样子和颜色，放在自己睡的屋子，一点也不害怕，二狗子和菊花爷爷奶奶的屋里都放着黑漆漆的棺材，就是为他们准备的，地方也是自己选择和看惯了的熟路熟地，一点也不陌生和隔世。小孩都不敢上他们家去玩，村里一些年龄较大的老人，谈生死好像是给人讲故事一样，甚至嘴里念叨着：“活成精了，该走了。”年轻人也开玩笑，你怎么舍得这间老房子、你养的老黄牛，怎么舍得那一碗香喷喷的油泼干拌面，老人指着没牙的嘴，听的说的人都哈哈大笑。村里老人有些一辈子没有进过城，不知道外面的世界有多精彩，他们总是对出去没有回来的人感到惋惜，尤其是最终死在外面没有落叶归根的人，他们会摇着头说可怜。

五

转眼小学毕业了，栓柱和菊花他们几个上了初一，随着农活的大小，放牧交给下一批孩子，放暑假该是参加生产队集体劳动的年龄，栓柱上午上学，下午回村，随着爷和爹娘参加劳动，还是信奉着不爬高、远离马的教条，倒也相安无事。学会了赶驴犁地，牵牛耙地，播种插秧，施肥浇水，薅草间苗，套种分季，啃吃苦，下力气，是个农家劳动的好苗子。这年秋收，雨季来得早，抢收割倒的水稻，地里的水稻已割倒翻晒干，天上阴云密布，黑压压，乌沉沉地翻滚腾挪，一场大雨在即，要抢在下雨前将水稻拉运到打谷场，向老天爷虎口夺粮。

生产队老老少少都出场，在地里忙碌着，捆扎、装车、运送，栓柱家套着一毛驴车，爷领着爹妈一边捆一边抱到车前，稻捆垛沉重，只有栓柱他爹张屠夫正值盛年，能用木杈举到高高的垛上，栓柱爷搬不动，也上不到高处。看着别人家都是十来岁的孩子在车顶上码垛，栓柱早想和别人一样，干过去没干过的活，也显示和别的小伙子一样能干，要求上去装车，爷爷犹豫了一会儿，爷爷正说着，栓柱就蹿上了车子，翠儿说：“孩子你别上去，妈来装吧，我这右眼皮跳得厉害。”栓柱一直听爷的，拿娘说的话不当回事，说着，麻利地干起活来。在架子车槽里先按车辕方向竖着放上四捆稻子垫底，接着反方向横放八塞拉梱稻子，垫好底，搭好架子，剩下的就是一层一层往上码，超过一人高时，张屠夫用木杈举稻捆往上码，栓柱用手接过来往上累积，很快码得有两人高。张屠夫熟练地将绳子甩上去，栓柱接着从前往后摆正位置，交给爹收紧，爹看着栓柱麻利聪明，稻捆堆码得整整齐齐，不偏不倚，头次装车能这么好，真是能干，将绞棍往里一插，将绳子系个扣套在上面，接着将另一个长绞棍插在扣里，利用杠杆原理将捆绳收紧，转了五六圈后，还差一点压不下去，爹再用手往下掰，栓柱站在上面用脚踩压，正在绞棍充满力道的时候，一声炸雷带着闪电在田地里低低的炸响，父子俩同时吓得“啊”的一声，张着嘴，张屠夫竟吓得撒开手松了绞棍，那棍子猛的反弹，狠狠地打在栓柱脚上，栓柱在雷击的“啊”声中还未闭口，脚上剧痛，带着长长的“啊”从车上摔了下去，说时迟，那时快，离这十来米远的一头马拉着空车，受电闪雷鸣，惊了，只见它瞳孔睁大，鬃毛立起，前蹄一扬，立时狂奔，冲着栓柱翻倒的地方冲来，张屠夫急了，不顾个人安危，冲上去就顶，来不及了，那马一脚踹在栓柱裆里，栓柱狼叫一声，双手捂在裆前，身体蜷缩痉挛起来，那马腾空而去，由于张屠夫的顶撞，那车子翻过从栓柱一边擦头而过。一家人和周围干活的人都围了过来，栓柱已疼得上不来气，嘴大张着，人已昏了过去，这过程大概不过半个时辰。

大家又是呼叫着栓柱的名字，又是掐人中，好半天栓柱才缓过一口气来，气若游丝，命悬一线，紧急送往医院。乡卫生所检查，发现睾泡肿大出血，右脚肿胀，人在半昏迷状态，情况严重，乡卫生院无能为力，速送县医院治疗。经检查，右足第 2~4 跖骨骨折，连续性中断，对位差，局部可见皮肤颜色发暗紫，压痛阳性，可触及骨擦感，足趾活动受限。这还不是最主要的，要命的是伤者卵睾肿大出血，左卵睾受马蹄踹烂挤碎，右侧血液通过受阻，肿胀充血。疼痛感七级感，伤者已昏迷，有生命危险，五爷和张屠夫，扑通一声，双双跪倒在医生面前，哀求着大夫说：“救救我的孩子吧，就这一个独苗，可不能失了呀，我们这一家子都活不下去了。”栓柱的奶奶和妈也跟着跪了下去，哭声一片。队长拉着大夫的手说：“娃在干活时受的伤，求求你了。”大夫说不要哭了，马上住院，先打一针杜冷丁止痛，接着输液消肿，再手术治疗。三天后，对柱柱全身麻醉，摘除了左卵睾，对右足第2、3跖骨切复内固定术，右足第4跖骨闭合复位内固定术，上了一层药膏，缚了纱布，拉上固架，他躺在床上输着液，疼痛减轻了许多，但还是很难受。脸色由先前的蜡黄苍白已成正常色，一家人知道捡了一条命回来，却失去了男人一个很重要，很宝贵的器官，悲喜交加，哭泪涟涟。住院半月后，出院回家静养三个月，不能下地，菊花和其他同伴经常来看他。刘老到医院看望栓柱，五爷和老伴抹着老泪，诉说着经过，哀叹着不幸。刘老安慰着，讲了些人生晚吃苦不如早吃苦的道理，给一家人宽心。

练就一颗忍耐、豁达、睿智的心，幸福才会来。苦难，会折磨人，可经受苦难，也许更能锻炼人。饥渴使你懂得一口水、一碗饭的可贵；贫穷困苦，冷脸风凉话，种种磨难和挫折，更能塑造你坚强的性格。

他举了个例子，在一个地主家里有两个做工的男孩子，一个男孩子强壮，一个男孩子弱小，地主本来分配强壮的男孩放马，分配弱小的男孩放羊。可是强壮的男孩欺负弱小的男孩，非要弱小的男孩去放马，而自己去放羊。于是每天那个弱小的孩子就骑着马去放马，把成群的马赶到草原上去放牧，而强壮的男孩则把羊圈到附近的山上去放，自己躺在山上睡大觉。弱小的孩子因为放马，需要练习骑马，身体越来越强壮，学会了很多骑马的本领，开始变得身体强壮；而强壮的孩子则每天睡大觉，身体越来越虚弱。最后放马的孩子成了将军，这个孩子就是成吉思汗的护卫将军虎哲。说起自己吃苦的经历，虎哲说，人要吃苦，不吃苦是不能锻炼一个人的精神和能力的，如果自己也想偷懒的话，现在也许还继续在地主家放羊呢。

天空不只有蔚蓝，云朵不只是白色，草木不只有碧绿，花儿不会永远绽放。从牙牙学语到夕阳西下，没有几个人会是一帆风顺的。换一种眼光看待生活的坎坷与痛苦，也许你会发现，吃苦也是人生道路上的一种幸福。因为人的一生是由前世的祸福所定，所以人的一生就会有苦有难。佛道两教有一个理：人在吃苦的时候业力就会得到转化；人在享乐的时候，也就是在享用自己的福分。一旦福分享用完了，又没有吃苦行善，将来就不会有好的归宿。如果在这期间不慎又造业而不知悔改，那么将来就会有灾祸的发生。

当你明白人生的哲理，你会发现吃苦是件好事，吃苦可以把业力消掉，吃的苦越多业消得越快，以后就会有好日子过；反之越享乐的人，福分消耗没了，以后就得受苦。所以说，吃苦不是坏事，以苦为乐，才是难能可贵的境界。时间也是药，时间能改变一切。验证了人心，见证了人性，懂得了真的，明白了假的，没有解不开的难题，人生是很累的，你现在不累，以后就会更累。人生是很苦的，你现在不苦，以后就会更苦。唯累过，方得闲；唯苦过，方知甜。

“老五和弟妹啊，古人讲‘艰难困苦，玉汝于成’。说句不该说的话，有过苦难的磨炼，会珍惜得到快乐的价值，能强化体魄，劳其心志，产生怜悯之心，他流下的泪水，能滋润你们的慈悲心肠。你老张家可能在这个受苦受难的孩子身上发迹，做出点大事，荣宗耀祖，你们跟着享福呢。”

五爷信刘老的话，可他老伴不信，苦着脸说：“老头子，你要拿个主意，孙子再出事，我这老命就没了。”翠儿被一次次的伤害吓傻了，心里还埋怨张屠夫杀猪太多，没积下阴德，可嘴里不敢说出来。五爷是村里最有主意的人，可在栓柱的命运上，心思费尽了，办法用完了，一筹莫展，前院的隔墙竖起来了，张屠夫也改行了，还咋整。

六

栓柱、刚刚、菊花、兵兵一起上了初二，他们对于自己和女生就有些明白了，有了朦胧的感觉，男娃娃声音变粗，说话有了瓮声瓮气，这样的“变声”令女同学们感到诧异，她们的胸脯隆起，屁股变得肥硕肥大，让男生心里有了的隐秘企盼。初二下学期，社会上讲男女都一样，女人也是半边天，学校安排男女同桌，女生们嘴上嚷嚷着不愿意，男生们有这种期盼和兴奋，嘴上却不说，心里还希望和漂亮的女生坐一个桌子，凑巧的是栓柱和菊花同桌，兵兵与一个城里下放到西北开矿改造的“黑五类”后代坐一起，她名字叫张彩云，他俩刚好相反，兵兵调皮捣蛋学习不好，还长的虎墩墩的，同学们送个绰号“王矮虎”。张彩云始终是班里第一，她虽然不是最漂亮的，可是最干净、整洁、有气质的。与那些个老是擦不完鼻涕，头发乱蓬蓬，脸上脏兮兮，手上黑乎乎，穿着补丁裁剪不合适的农村女孩比，她鹤立鸡群的如天鹅，身上散发着一股淡淡的香皂和雪花膏味。他们的课桌很小，一不小心，就会碰到她裸露的白皙小臂，于是用钢笔在桌子中间划了一条“三八线”，互不越界干扰，他们说话和对视时，兵兵的眼睛总有余光不自觉地看到她不知何时鼓胀起来的胸脯，于是一阵心跳，不知她注意到和发现没有，兵兵急忙收回的目光躲躲闪闪，她无意中捕捉到，她的脸红了，兵兵的脸烧乎乎的更红，就更加躲闪着她。

栓柱在农村是祸害小生灵的头，在班里也是个“刺头”，专爱欺负女生，他不欺负菊花，爱逗弄兵兵的同桌张彩云。一次，栓柱抓了只癞蛤蟆，用一张作业本纸裹着，让兵兵偷偷放进张彩云书包里，兵兵没有说不同意，可心里真不同意，为难着。栓柱说：“谁让她穿得好，吃得好，学习还比你们好，要要她一定很开心。”兵兵说：“我不敢，我爹那暴脾气，逮住我会打死的，还是你去放，我装作不知道。”趁下课，女生踢毽子，栓柱假装过来同兵兵说话，顺手把癞蛤蟆塞进了张彩云书包，兵兵的心就咚咚地剧烈跳着。上课铃响了，大家回教室整齐地坐下，老师说：“这节课，上语文第九课古诗词。”张彩云打开书包，那癞蛤蟆捂得久了憋不住，竟一个弹跳，子弹一样射在张彩云身上，只听她“啊”的一声大叫，晕倒向了兵兵，兵兵也蒙了，不是吓蒙的，而是一个他向往已久的美女倒在他身上，他懵晕了，不知该不该扶她，更不敢抱起她，像个雕塑一动不动。那癞蛤蟆又向别处跳去，女生们大惊小怪，跳开座位向后面挤去，教室秩序大乱，语文老师特喜欢张彩云，马上跑过来扶起张彩云，呼喊着她的名字，她在惊恐中醒过来，惊惧地看身上和座位，老师说癞蛤蟆已跑了，她哀怨的目光转向兵兵，老师也首先怀疑到同桌的他，拿着教鞭在他桌子上敲着。兵兵结结巴巴推诿着：“不是我，不是我干的。”

老师气愤极了，声嘶力竭地喊着：“谁？谁干的，站出来。”

大家低着头，没人吱声，这时，副班长马红站起来打小报告！“老师，下课时，张栓柱到张彩云位置上去了。”大家齐刷刷的目光看着他，唯有兵兵低着头不动。老师走过去，栓柱承认了。老师拉着张栓柱去了老师办公室。他会没事的，他的情况特殊，大家都知道，五爷到学校，也求老师多关照。放学后，走在回家的路上，栓柱大不咧咧地说：“看能把我毬咬了。”兵兵觉得今天乱子捅得大，张彩云肯定不理睬他了，赌气地说：“你的卵子被踢没了，毬再没了，真成太监了，可以进宫伺候娘娘了。”揭人不揭短，栓柱立马扑上去踢打起来，两人带彩回家，五爷最恨别人说他孙子的毬事，不依不饶找上门去，兵兵又挨了他老子的揍。

自此以后，张彩云对兵兵冷若冰霜，她很精，猜到兵兵知道这个事情的始作俑者和阴谋过程，他作为同桌，没有反对、阻止，没有提前告诉她，他和栓柱、菊花、刚刚是最铁的，同学都知道。兵兵想给她解释，设想了好多解释的方式和语言，当面不好说，写条子，通过菊花传话，可是一见她气鼓鼓的脸，他就气馁了，没有勇气了，嘴也张不开了，写好的条子也递不出去。人很奇怪，坐在一个桌子，挨得这么紧，却觉得隔了一座冰冷的雪山，冷得不近人情，远得说不上话，隔阂得让人窒息，生分得让人难堪，实际上就一层窗户纸，从里向外看是模糊的，不清晰的，从外往里看是黑的，不真实的，胆子稍大一点，捅开它，让阳光进来，让眼睛明亮，让心扉敞开，瞬间什么都清楚了，真实了，畅通了。兵兵第一次感到了自己的软弱。他不止一次地想，总有一天，我会对她说出和道歉的。

情窦初开的少男少女们，就是通过起绰号，捉弄对方等不合时宜的表现，来表达朦胧的青春意识。刚刚把坐在前面女孩的长辫子系在椅子上，菊花把图钉放在男同学椅子上，那是一个最爱搞恶作剧欺负女生的张瘸子，玩的疯狂，想不到有人会捉弄他。上课了，从外边兴冲冲跑进来，一屁股坐下去，有一个尖利的东西刺入臀部，他大叫一声，一跃而起，男同学惊诧，女同学哄堂大笑，菊花更是笑得前仰后合，看样子是女生集体预谋报复他的。鲜血从薄薄的裤子后面渗出来，张瘸子恼羞成怒，大声地骂着："谁干的？"抢在老师前面抓坏人，没有人承认，也没有人打小报告，此事不了了之。

年龄大了，他们照常玩水，以前在水渠游，现在河道拐弯的平缓处，姿势也多了，无师自通学会了狗刨、蛙泳、仰泳、自由泳，后来长大了看别人游，教练游，才知道以前的每个姿势都不正确。

菊花也不像以前，脱了外裤和他们一起游，男女有别，和其他女生在另一处耍水洗头发，他们路过看到她们时，女生们就蹲下身子，缩在水里，她们就高声骂：“流氓，不要脸。”对了，女生这期间学会了一个常用词“流氓”，用来形容任何一个男生的脏嘴脏话和不入眼的行为。男生听了也不生气，还觉得这个词的意思是自己长大了，内心里有一种说不清楚的激越情绪。

河水浑浊地流着，泛着黄泥汤，栓柱、刚刚、兵兵在河边游戏着，菊花再也不像以前一样下水了，他们也不再像以前光着尻子，他们都有了母亲缝制的裤衩，游累了，没意思了，三个光着身子穿着裤衩的野小子坐在石头上晒着太阳，身上有河水刷上的黄泥汤，活像三个展览的兵马俑在晾晒。菊花老爱脸红，当然他们也不知道她为什么那么爱脸红。菊花到了似懂非懂，春心萌动的年龄。这时栓柱一窍不通地问菊花：“哎呀，你是不是生病了，脸咋这么红啊？”脸红的菊花更加不知所措，索性站起来无声地走了。

上学的道路，是从我家门前向西北通往公社的三公里土路的中间，学校在这条沿着农田“之”字形的一公里路旁。春天，两公里长的土路凹凸不平，村里一群同龄的孩子，如放飞的小鸟，叽叽喳喳地结伴去上学，春天，桃三杏四，粉花开完红花开，田间地头，野花茂盛，蜜蜂蝴蝶与我们比着跑。夏天，路上尘土飞扬，一天几个来回，身上蒙上一层灰，个个像个泥猴子，下雨天，一路泥泞，穿鞋走不了几步，稍不留意，脚蹬下去，要么摔跤，要么鞋子陷在里面拔不出来，身上泥巴糊得像兵马俑。栓柱骑自行车，捎着菊花，显摆着，刚刚和兵兵特别羡慕。

这天，栓柱骑着车，捎着菊花刚出门，下起了暴雨，路上的塘土有半尺厚，雨和土形成厚泥，自行车派不上用场，栓柱回头放下车子，两人步行上学，菊花背着书包，迎着风艰难地走着，眼看就要迟到了，栓柱抓起菊花的手，拉着向前跑。小时候，她拉着栓柱玩过家家，两小无猜，孩童的世界里，没有你我他之分，心无情愫，身无感觉。现在他们进入青春期，你我他的身体不同，变化不同，心里更是复杂、敏感、多变，栓柱拖着菊花迎着狂风，向前小跑着，两人感觉不到狂风暴雨，手上传来柔软温暖麻酥酥的电击感，心也跟着拉扯过去，握得再紧一点，紧张得发了汗，分不清是雨还是汗，雨是凉的，汗是热的，那里温热顺着胳膊传遍全身，栓柱也不知道为什么，从菊花那里输送过来的是激情和力量，似乎每一步都充满了力量，而菊花觉得从栓柱那里传来的是麻痒温热的催眠剂，她软软的，失去了力量，好想躺在他怀里，被软化，被吸附，被燃烧。菊花还沉浸在幻想中，已经到了校门口，突然间，没有任何原因，菊花就觉得心怦怦直跳，脸滚烫，忙低着头，跑向教室。

一上午，菊花头埋得低低的，鼻尖几乎要贴到课本上，一颗心慌乱得好似要跳出来，却又甜蜜得好似要陷下去，就像小时候，吃酒心巧克力吃醉了，一时觉得快乐得要飞起来，一时又觉得难过得要死掉。栓柱问："你怎么了？"菊花脸红红的沉默地摇头。栓柱提醒说："书拿反了。"菊花发窘，忙把书掉转过来。

下午上体育课，农村学校没有体育活动器材，主要是让学生自由活动，大家疯玩，女的跳绳踢毽子，男的打篮球。菊花玩了一会，觉得下身渗透着什么滑腻腻的东西，觉得不对劲，感觉裤子有些湿，偷偷把手垫到屁股下抹了一把，手指上有淡淡的血迹，她又紧张又窘迫，赶忙假装孬了脚，蹲下身去，趁同学不注意，回到教室，坐着掩饰着，不知道该怎么办。菊花不是很明白发生了什么事，这件事情朦朦胧胧在女生中悄悄地传说着，班级里发育早的女生，谁与谁一年前就来了什么的，可都保持着神秘性，说的不清楚，心里不明白，更不知道女生每个月都要流血，也不知道怎么处理。菊花慌乱着，很害怕，她知道从那里流血，很丢人，不能让人知道。

她们这代农村女孩子的成长，常常伴随着无知、慌乱、惊吓、尴尬，甚至酿成悲剧。学校老师不讲，父母又都很羞于和儿女直接交流发育和性的知识，书本都是革命的、正统的，更不会宣传性的知识，农村女生第一次来月经都是在惊慌、羞窘、困惑、害怕的病态中惶恐不安中度过，以为自己得了羞人的重病。菊花紧张地感觉那地方湿渍越来越大，只能坐在凳子上，一动不动，放学了，班里的同学三五成群的陆续走了，栓柱也走了，一会又回来问了一句："你咋不回家？"菊花脸红红的，结结巴巴，语无伦次"啊啊……就走，我，我我。"不知道该说什么。栓柱越发怀疑，菊花淋雨病了，他一点也不知道，也想不到菊花屁股下的秘密。他问着，竟然坐了下来，等菊花一块走。

菊花低着头，如坐针毡，浑身不自在地扭捏着，甚至自己感觉轻微地颤抖起来。她盯着他，他看着她，两人都实在想不出来该说什么？做什么了？在那个男女生划清界限，授受不亲的时代和年代里，多看一眼，多说一句话，都不合适，别说开玩笑，上前拉一把、搀扶一下，更不敢想象抱一下了。两个人大眼瞪小眼，菊花不停地用手往身下拽衣服，恨不得连整个凳子都包住。他只能想她是病了，或者她家里有事了，同村顺路的，更应多关心照拂她才是，撇下她一个人怎么行，坚持着要送她回家。"不行，你病了，我非得送你回去，天快黑了，路上遇到坏人怎么办？"菊花也心里已咚咚响着，害怕起来，眼泪不由自主地流下来，自己的事没有好的女朋友可诉说，可眼前的人是她从小一起长大玩大的，亲如兄弟姐妹，豁出去了，哽咽着说："我流血了。"

栓柱一下子明白了，栓柱有两个姐姐，还有妈妈，家里晾衣服的绳子上，经常挂那个用布条缝的月经条，家里的旱厕只有一个，没有茅坑，都是平地蹲，用土坷垃和苞谷叶子擦屁股，也在这上面看到血迹，他虽不甚清楚，但朦胧地感觉到什么，比菊花经得多，略微明白点。他立即把自己的外套脱下来递给菊花，两人个头一般高，菊花穿上挡不住屁股，又脱下来挽在腰上，把屁股遮得严严实实。两人一路无话，到了菊花家，她低着头，羞涩地把衣服还给他，像蚊子哼哼一样，哼了声："谢谢。"

菊花回房子哭着不出来，不吃饭，她妈问得急了，她才羞答答地说她流血了，她妈关上门，拉她到暗处看了，刻意的压低声音，给她交代了些事，注意事项，把自己的月经条给了她用，并教了使用方法，还悄悄地说，这个东西很见不得光，一定要悄悄处理。菊花晚上吃了一点点东西，怀着心事，早早上炕睡了，想到自己见不得人的事情，让栓柱知道了，以后还咋见他，多丢人，想了很久，又想到栓柱对她多年来的好，心里就透着甜滋滋的味道，只觉得比所有吃过的糖都甜，糖是嘴甜，这是心甜，带动着全身甜蜜，想入非非，好一会儿才睡着。

栓柱回晚了，娘怪怨着："饭都凉了，咋才回来？"栓柱在娘跟前怯懦，低声把菊花来血走晚的事说了。翠儿突然想到，以前来家的道士说，首红可以避邪，但自己有血缘关系的不能用。饭后，翠儿去找了菊花的妈，第二天得到了一小片红纸，用一块红布包了个小荷包，让栓柱带在身上。

一年之后，他们一起进了中学。学习氛围也变得浓厚了，有一天，栓柱神秘的把刚刚拉到墙角，说下午到黄河边游泳，刚刚嫌秋天冷，学习紧张不想去那些年，随着青春期的突然来临，他们一阵慌乱，在他们的潜意识中，这是羞耻的，尽管它包含了新奇、冲撞、渴望和欲罢不能。他们不会给父母讲，因为他们有了逆反心理，男生们会在私下交流、神秘、猜测，偷偷地处理。在夏天劳动时，不会再光着膀子玩水，也不再赤身裸体了，出门也不再邋里邋遢了，不用父母催促提醒，知道把脸和手洗干净，头发梳平顺，衣服穿整齐，见了女生害羞低头。农村劳动强度大，男孩饭量也开始大得惊人，臂膀上出现瓷实的肌肉疙瘩，一股来自丹田的丰沛激流，沿着血液通向全身，情不自禁，青春的激情如脱缰的野马，如不驯服的黄河洪水，横冲直撞，不可遏止。他们掰手腕比试劲力，顶牛比试平衡，扛一百五十斤以上的粮食口袋，看谁走得最远，拉着架子车，一路小跑，比牛马驴骡还欢实，耗着那用不完的力气，几身汗出透，才能释放掉那过多的荷尔蒙，心里才实落。

转眼到了高二，学校分了文理科，又按成绩排名分了快慢班，栓柱和菊花进了文科的了普通慢班，刚刚和兵兵进了理科普通班，不再男女生混坐，男和男，女和女，按个头排序座次，他们“四人帮”在学校内瓦解了，很少有时间在一起玩，一起活动。有一次天热，河边洗完澡，三个男的躺在岸边聊天，菊花拿本书背着，他们三个无所事事地闲聊着：“你们说，高中快毕业了，想想咱们今后干个啥，咱这整天活着是为了个啥呢？活得没毬意思！”刚刚嘴上嚼着一根青草，竟然说出了这么一句话，他为什么会提出这个问题呢？这在当时是一个时髦的话题。

八十年代初，随着思想的解放和各种思维方式的涌现，人们开始表达自己的思想和情感，广东作家戴厚英的小说《人啊，人》引起轰动，用悲悯的笔调描写普通人的生活，表达了几十年压抑的呐喊；表现爱情的《庐山恋》和《天云山传奇》与样板戏完全不同的风格，打开了青年人的思想、感情、视角、生活方式，更是让青年人和学生如痴如醉地进电影院，公开地宣扬爱情、真、善、美，女主角张瑜的每一套衣服都引起青年们极大的好奇和效仿，社会一下子从军装、中山装的单调走向丰富多彩，社会像花一样开放；《大众电影》杂志刊登了英国电影《水晶鞋与玫瑰花》的剧照，一对青年恋人激情接吻，照片的印刷质量、清晰度前所未有。

五月，《中国青年》发表了“普通女工潘晓”《人生的路啊，怎么越走越窄……》的长信：“时代在前进，可我触不到它有力的翅膀；也有人说，世上有一种宽广的、伟大的事业，可我不知道它在哪里。人生的路，怎么越走越窄……真的，我偷偷地去看过天主教堂的礼拜，我曾冒出过削发为尼的念头，甚至，我想到过去死……心里真是乱极了，矛盾极了。”文章引起社会巨大的共鸣，代表了那一代人的心声。于是，就人生问题，社会上展开了一场规模庞大的讨论，一个国家的道路怎么走？一个人苦闷是什么？人生是什么？理想是什么？人应怎么活？苦闷被压抑在心中而不得宣泄怎么样排解？这也是他们四个人都面临的，却从未认真思考的问题。

刚刚看了这些，读了这些，受了启发，有感而发提出问题，他们都十分惊诧愣愣的，不知说什么好。刚刚的一句话让几个人都陷入了沉思，这个地方在过去，高中毕业生和上山下乡的知识青年，通过农村的劳动改造，择优推荐上工农兵大学，两个村庄搅在一起分四个队，几百户人家，几年来，才推荐走两个根正苗红的人，恢复高考九年了，村子里考上中专和大学的没几个。他们四个人今后如何，谁也说不清楚。菊花口快，吐出了三个字：“不知道。”栓柱牵强地笑了笑，说：“刚刚你是不是有病了，异想天开了，他妈的，我们出生在农村，泥娃子，泥腿子，上课坐的是泥凳子，写字用的泥桌子，走的土路，住的土房，上课的教室也是土坯房，一辈子离不了泥土，就是个修理地球的，将来，理想，莫非你家祖坟冒了烟，羊圈里出个叫驴，你高出一筹。”刚刚被栓柱呛得噎住了，一句话也说不出来。真是的，像我们这种农村野小子，出生就定了型，压根没什么大的志向，更不会知道为什么而活，多少农民，祖祖代代，谁会去想这种生与死，生与活，生命的意义这些无聊的事情，就像牛马骡驴，猪狗鸡羊，地上的蝼蚁，或卵生、胎生、湿生、化生，芸芸众生，一到人间，在地上奔忙，为了一口吃的，为了满足饿和渴的需求，活着就为这个，就这么简单。刚刚的话一出口，被栓柱讽刺了几句，大家回答不了这么复杂的问题，他也觉得脑子里怎么会产生这么荒唐的想法，怎么会问出这么无聊的问题呢？自责着，不再说话。

可栓柱却接着这个话题扯开了。“人生的历程中，人和动物都不能自己选择起点，做人还是做牛做马，自己不知道，生在帝王将相还是寻常百姓家，也不能选择，甚至是男和女也由不得自己，完全是个自然的过程，自己只有接受。终点我们人力也不能阻止，活多少年，健康还是疾病，自己也是没办法，只能往好处想，奔到头，眼一闭没了。只有生和活组合起来，生活不容易，这个过程使我们有很多想法，这个过程有无常，也有规律，有人为的努力，也有命运和际遇，有社会、环境、贵人的天时地利人和，也有自己学习、工作的努力和理想毅力的支持，这是科学的说法，不科学的就是迷信，是命运，想我这十几年来，多灾多难，我都不知道得罪谁了？惹了谁了？躲都躲不掉。我能想的就是平平安安活着，健健康康过着，再不要让我爷爷奶奶，爹和妈提心吊胆，为我担忧，我也不再受这些磨难和痛苦，就感谢上苍。”

兵兵爱思考问题，是他们当中学习最好的，显然是初中受了同桌张彩云的影响。他妈妈信佛念经，修心讲得多，知识面相对宽，思想深刻一点，他像个老夫子地劝导说：“我们都是农村穷孩子，做好一个凡人就行，汉字的‘凡’字就是中间多了一颗心，就是人的责任心、平常心、孝心、仁爱心、善良心、慈悲心、悲悯心、同情心、舍得心、满足心。有了这些，是凡夫，也不是凡夫，我觉得就够了，这与当不当官，钱多钱少，势大事小，谋事在人，成事在天，都由不得自己，有了责任，就会尽心尽力，成功与否，无愧于心；平常心是我们凡人的基础，每天的吃喝拉撒睡，学习还有劳动，照看家里猪狗鸡鸭，烧火、填炕、做饭，每天都是这些琐碎无聊的事，习以为常，恰恰是我们凡人生活的基础。可人们却忘了，没了这个平常心，想高的、远处的、没有的，自寻烦恼，人只有受到伤害、打击、失败而痛苦、焦虑、不安、烦恼时，才觉得平平常常最重要，像栓柱受了伤害，就觉得平安和健康才好，而平安和健康也是人最平常的。”

他还未说完，才讲了两个心，刚刚和菊花就反感地打断了，他们反驳他常用的口头禅是：“念经念多了，就变了，变成个软骨头，吃素的老汉了，全跟我们对不上眼，说不到一起了。”

菊花说：“我们家有个表姐，在城里，学也不上了，书也不念了，从去年开始跑广州，贩电子表、收音机、女的头上和身上戴的东西，跑一趟比我们一年挣得多，穿长长的裤子，还有裙子和高跟鞋，我们都叫不上名字，可时髦了。人家咋回事，咋活呀？”

栓柱不高兴地冷嘲着：“广州两个字你会写吗？广州在哪个方位你知道吗？你坐过火车进过城吗？光看贼吃香喝辣的，不知道贼挨打，不要羡慕别人，人比人活不成，他们有钱，你见了？”

刚刚说：“不过说实话，活着，还真的累。我也没啥事，就是心里有点闷，一句话惹出你们这么多屁话。”起身拍着屁股走了，其他三人也无趣地跟上撤了。

他们三个男的都喜欢体育课，菊花不喜欢热闹，多年来养成避事绕着走的习惯，也不会逞能的个性，体育课她就躲在一旁背历史年表。栓柱打得一手好篮球，定点投球十有八中，打比赛时生龙活虎，三步扣球起跳扣篮一步呵成，身姿优美，充满着弧度和力的美感，菊花每场必到，眼睛盯着栓柱的身姿和每一个动作，不断的鼓掌喝彩。乒乒喜欢打乒乓球，身姿如燕子一样灵巧，腾挪弹跳，也很活泼。

自从栓柱知道她来红那天起，菊花每次见到栓柱，脸红心扑通乱跳，迅速低下了头，生怕栓柱又窥破她心中的什么秘密。她们那个年代，青春勃发，却心理生涩，如未熟透的青杏绿苹果，看着很好，吃起来辛酸涩苦的味道都有，喜欢一个人，应当想着法子接近他，吸引他的注意，多和他在一起，创造温馨甜蜜的氛围，他们却是相反的。菊花喜欢栓柱，栓柱也喜欢菊花，心里早已沸腾、着火，甚至翻江倒海，表面上却看不出来，死水一样平静，不见任何波澜，甚至一缕轻的春风吹过，也掀不起涟漪，没有表露任何蛛丝马迹，他俩一见面就紧张，在同学中连话都不敢多说，一点儿关心的举动也没有，可在暗中，又时时刻刻留意着对方的一举一动，故意从面前走过，用眼睛的余光瞟一下，换件衣服，带个不同的饰物，有意地闪露着，希望引人注目，尤其是心中他的那目光。菊花常常眺望他在篮球场上奔跑，欣赏他那优美的姿势，健美的臂膀，就会心动，想入非非。她一面渴望着他的注意，一面却又害怕着他的注意，栓柱不看菊花时，菊花的目光总追随着他，希望他能看我一眼，可如果他看菊花时，菊花却总是赶在他发现前，匆匆躲避开他的视线。那时候她的喜欢特单纯，不要求任何回报，只要看着他就会很开心，如果他偶尔和她多说句话，那简直会偷笑一整天。

初恋，是一朵叫情窦的花绽放的刹那，没有早一步，也没有晚一步，它恰恰在那里。情窦，是人世间最洁白纯净的花，一生一世只开一次，开时芬芳，谢时苦涩，从不结果。全班的男生都会喜欢那么两三个长得好看、能歌善舞，被老师喜欢的女生，而班里的女生则毫无例外地全都喜欢两三个学习优异，被老师捧在掌心的男生。中学时代的喜欢和暗恋具有惊人的一致性。

七

时间过得飞快，转眼快要高考了，菊花有一天问栓柱：“哥，快要考试了，你有什么打算。”栓柱第一次听菊花叫“哥”，心里甜滋滋的，感觉距离一下子近了。这几年来，他在学校当一天和尚撞一天钟，老师教啥就学点啥，没有理想和毅力，学习不是很努力，也不是很落后，处于中间状态，体育课是他最喜欢最露头脸的时候，考大学肯定没有希望，望着远处眼神空洞，看着菊花却又热切地说：“我是农村孩子，上学没有什么压力，考上学也安排不了工作，回到家乡，文不能用，武又废了，成了‘二杆子’，种地都不是好手，白花一笔钱，我不打算考，我爸是厨师，我想学这门手艺，开个小饭馆。”菊花带着诚恳的表情说：“我去当服务员行吗？”“欢迎你来当老板娘”，栓柱话中有话地开了个玩笑，不承想若干年后，一语成谶。

菊花听了这句话，想入非非，“老板娘”三个字挑动了一个情窦初开少女的心扉，我是老板娘，那么他是老板，他这样说是不是在暗示我，给我递话，承诺我的未来与栓柱哥在一起，夫唱妇随，他当大厨，我来管账。菊花在这样的推理、想象中应付完高考，毕业回家，开始青春期的生活。

农村早已实行责任田承包，村里分了地，五爷领着儿子和儿媳在地里侍弄庄稼，人手绰绰有余，老伴在家做饭，喂猪养鸡，栓柱闲待在家里，除了上学，农活家务事，一把不让干，栓柱上学也没了心思，三天打鱼，两天晒网，被同村人起了个绰号“独卵子”“病秧子”，栓柱感到与人不一样，低人一头，经常耷拉着脑袋，抬不起头来，五爷知道后，在村里跳着脚骂“谁再要叫他孙子绰号，欺负娃娃，天打五雷轰，我跟他拼了”，村人当面也不敢再说，只是私下贫贫嘴，说说而已。栓柱就这样吊儿郎当地混完了高中，也不参加高考，当兵更没有他的份，在家窝着成了个半吊子农民，吃着闲饭，匆匆长大了。

“菊花，菊花，我们进城转去，你去不去？”栓柱在菊花家门口喊着，屋里传来菊花银铃般的声音“去，稍等一会”，菊花一边回答着，她突然想到此时最应该做的是什么，她将镜子拿到了那盏油灯前，仔细照了又照，看了又看，她看到自己微红的脸蛋，同时感到发烧，急忙从水缸里打出了半瓢冷水，倒在了脸盆里，冲洗了好几遍，擦拭了；又急忙找来木梳，将那头发仔细梳理了一遍，将头绳重新扎了一遍，又在镜子前端照了半天，这才看见自己的面孔有点紧张，她对着镜子做出了几个笑脸，最终，她自己悄悄说：“羞死了。”将镜子放回原处，转身又想这样子显得自己太过显摆了，又抬起手来，将额头的头发略略捋了几下，显得不是特别光滑，不让那人看出是刚刚梳理过的，她又怕这几下弄得太乱了，又拿来镜子，在灯前端照，才发现有一绺头发却没有被束起来，她笑了，想起妈妈常说的：“头发留一绺，客人到门外哩！”她捏着那缕头发，发了一下呆，看见自己镜子里的样子，脸又红了，于是急忙将那绺头发束起来，将镜子放回原处。一边往脸上扑粉、描眉、涂红嘴唇，又挑选衣服，她就那三五套衣服，挨个试了一遍，感觉没个中意的，思谋着再买几件，可是没有工作，没有收入，每次跟爹要钱，都像审贼似的，问上半天，说出个合理的理由，爹才慢腾腾地打开箱子，将包钱的布一层一层打开，沾上唾沫数那可怜的几张钱，给钱时还一再叮嘱，不要乱花，菊花聪明，一边甜甜地叫爹，一边连忙把钱接过来，担心爹反悔把钱收回去，这样的情况，过去多次发生过，今天爹不在，娘身上没几个钱，还是硬着头皮去伸手：“妈，我们几个同学上城里转转，给我点钱。”娘问：“去城干啥？”“我不是说了吗，同学一块去转转？”菊花妈想想也是，娃高中毕业几个月了，在家窝着，快捂出毛病了，转转也好，从身上摸出一百元递给女儿，菊花低着头想张嘴说点什么，想了想还是抿着嘴没有吭声，委屈着出了门。菊花知道这点钱买不了一件衣服，可是娘口袋里最多也就一百块钱，那几个人在外边等了半个小时，都等急了，催着抓紧上车走，菊花径直跳上了栓柱的自行车后座。

十五公里的路，对他们几个精力充沛的年轻人来说，也就是一个小时的路程，栓柱、刚刚、兵兵、二狗子猫着腰，弓着身子，欢实地蹬着踏板，你追我赶，速度极快地飞跑着，栓柱捎着菊花，渐渐地落后，拉开了一段距离，菊花一开始用手抓着后座，不顺手，往前伸伸手抓着栓柱的衣服，问他：“累不累？”栓柱是有点累，追那两个逞强跑在前面的人，怎么能不累，可嘴上却脆生生地说：“不累。”一会儿，头上和脖子上出汗了，菊花掏出手绢，给他擦汗，栓柱还不好意思，连说：“不用，不用。”可心里有甜甜的感觉，菊花擦完汗，顺手抓住他腰后的衣服，正值夏日，他只穿了一件的确良衬衫，栓柱在瞬间产生了激动的感觉，身上有了力量，好像武侠小说描写的有人在他后面发功给他输入气功和力量似的，脚下蹬的速度也快了，不一会儿追上了刚刚他们。菊花不好意思抽回了手，刚刚打趣道：“你累了，我们换着捎菊花。”菊花忙说：“不用，不用，快到了。”栓柱故意放慢了速度，与他们两人保持五十多米的距离，有时在路面颠簸晃悠时，菊花的胸会撞上他的脊背，软中带硬，感觉麻酥酥的，很舒服，栓柱渴望着多挨一会儿，故意把车子骑得晃动不稳，菊花好像很会配合似的，胸不断袭上脊背，有时还保持一会，两人都享受着这曼妙奇异激动的感觉。有段路是下坡路，他并没有减速，车子高速颠簸着直往下冲，差点把菊花摔下去，她尖叫着让他刹车，他却说："抱住我的腰。"菊花双手紧紧地揽着住他的腰，前胸贴后背，手上传来栓柱自丹田传到腹部肌肉的悸动，耳边有微风拂过，带着一阵不知名的花香。因为抱着他，她的脸都快要贴到他的背了，正想入非非，车子已到城里。

庄子上的地已包给外地老板搞大棚种菜，他们几个毕业在家，也没啥事干，家里喂猪赶养饲鸡的活计，入不了他们的眼，到蔬菜大棚种菜，一个月几百块钱，也没啥意思，有一搭没一搭地干着，基本上属于无所事事的无业失地游民，他们常聚在一起瞎扯、打牌、逛街、打零工，一身力气无处发泄，都在寻找着出口和路子，一晃三个月就过去了。

大街上的行人并不多，许是阳光太过强烈了。路旁摆了些瓜果担、凉粉摊、大碗茶，并没看到有多少人光顾。倒是树荫下坐着些闲人，摇着芭蕉扇，高一声低一声的，不知在聊些什么。翠儿不好过问，儿子每天浪荡，无所事事，这都是他爷爷娇惯的毛病，儿子大了，不能一辈子这样，应当有个营生，爷爷奶奶和爹妈老了，干不动了，还得靠他自己，但也不能埋怨和说得太明白，虽然是当妈的，在这个特殊的家庭里，她真做不了儿子的主，就旁敲侧击，换个话题："都高中毕业几个月了，也确实算是大人了，想没想过今后做什么？"今后做什么呢？母亲把栓柱问住了。两年的高中生活不经意间就过去了，只顾着玩，只顾着看闲书，倒是没怎么考虑毕业后的打算，自己眼下的低沉情绪该不是与前途的茫然无知有关吧？他怕母亲担心，含混道："有胳膊有腿的，还愁找不到事做？"这话像是自嘲，又像是赌气。翠儿忽而一笑："要不，学个手艺，杀猪匠还是厨师？"杀猪那是翠儿开玩笑，故意寒碜他父子俩，栓柱嘟嘟囔囔地说道："我才不学杀猪那玩意呢，名声难听，还惹一身臊气，全身脏兮兮的。"翠儿似乎知道儿子会这么回答，又问："那你到底想做什么？"栓柱确实不知道自己到底想做什么，可又不能让母亲扫兴，想了想，一本正经道："那就跟我爹学厨师，开个小饭馆。"这倒是他的真实想法，给菊花也是这么回答的，他给自己撑着腰，咬着牙说就这么定了。

栓柱先走了一步，随着爹承办婚丧嫁娶、盖房满月的宴席，一边挣钱一边学手艺。张屠夫这人脑子灵活，人精干，文化程度低，甚至没上过学，但悟性好，学什么，会什么，干啥都弄得有板有眼。杀猪力大、刀快、准确、利落、快当、干净，如武林高手，要的是武艺、本事、功夫，还有花架子。油房榨油，有蛮力、火候好、炒得香、榨得狠、出油多、香味足，玩的是火眼金睛，火功掌握得好，眼力识别得好，当厨子，安排调度好，把一群帮工的婆娘媳妇安排得人人手里有活，算计得周到，家里准备的，地里挖来的，邻里借来的，市场采办的，多快好省，花最少的钱，办最好的事。还有那菜品的荤素搭配，色香味俱全，都让人竖大拇指，是把好手，到谁家都受到热情款待，四邻八村，如果没有张屠夫到场，办事人心里总觉得事情办得不圆，缺一个人物似的，张屠夫改行了，人还是他本人，人们还是习惯称他为张屠夫，他也乐意这个称呼，放下屠刀，立地成佛，只要心善行善，何须在意称呼。他平时干什么事，都喜欢张扬，个性鲜明，显山露水，杀猪时柳眉倒竖，一脸凶相，气场肃杀，当厨师，遇红事喜事，能挑得起气氛，丧葬白事能依习俗程序再加上自己的随机应变，把事儿弄得刀切豆腐两面光。有时候事主的顶门亲戚想生事儿，他也能弯刀就着瓢切菜，齐不齐，一把泥，想方设法填窟窿补洞把纰漏遮掩得外人看不出来。张屠夫不知道通过啥路识得几个字，不精，也不常用。由于人精明，看唱本，读千字文，真假参半，能在手中合计后，理出头绪，结合自己的经验，形成自己独到的方法，玩得更精、更神。

八

为了给栓柱找个营生，抓紧娃的心，按住性子，随后，张屠夫花七千元承包盘了临公路的一百五十平米的房子，开了个饭馆，父子俩共同经营，栓柱不忘初衷，招菊花当服务员。“四人帮”分崩离析，刚刚和兵兵在家更加无聊，只好外出打工。

离黄河不远的公路边上新开了间“八仙聚”餐馆，主打本地西北餐，有红烧肉，靖远羊羔肉，平凉炒肉片，清汤黄河鲤鱼、过油茄子、小炒肉、辣椒炒豆角、西红柿炒鸡蛋、时鲜蔬菜、凉拌拼盘凉菜七八样，主食有米饭、馒头、花卷、包子，还有当地的特色蒿子面。饭馆刚开张，放了半个多小时的炮仗，惊动了不少人，门面一新，还招来了不少客人，新店新人新菜，来尝个鲜，换个花样，过了一个月，来客觉得没啥新鲜，都是当地席面和家里常吃的菜，没有啥特色，只是量给得足，一大盘红烧肉，红白分明，油足鲜亮，肉多味重，够三四个人吃，留住了一些民工和肚子缺油水的人，他们只捡便宜有油水的菜点；真正有钱，衣着光鲜，有头有脸，腆着肚子，红光满面的食客，再也无心来吃。饭馆一天天消沉起来，客人稀少，点贵重菜的更少，餐馆的经营也惨淡起来，进肉和菜多了，厨房消耗不了，剩下扔了可惜，勉强上了客人嫌菜黄叶老不好吃，货进的少了，客人点这个没有，点那个又缺点，拍桌子瞪眼地喊：“你这啥都没有，开什么饭馆。”张屠夫愁得唉声叹气，急得团团转，犹如困兽犹斗，施展不开，栓柱是年少不知愁滋味，天塌下来有大个子顶着，上面有爹罩着，反正自己也做不了主，闲着无事，还可以和菊花大眼瞪小眼，聊天、逛街。

栓柱和菊花已开始互相关注和爱护着对方，菊花喜欢吃鸡汤馄饨，栓柱做饭时，遇到清炖鸡这道菜，会偷偷舀出一大勺鸡汤，甚至从里面撕出一点点鸡肉，在客人走完后，精耕细作地为菊花做一份原汁原味的鸡汤馄饨，菊花在精汤里看到栓柱的细心，吃着捏得像耳朵一样精致的馄饨，心里甜甜蜜蜜。

今天这顿饭，他准备做得丰盛点，是菊花的生日，炒熟一些松仁，将上好的鱼肉切成丁，生粉，盐，料酒，葱，姜水一搅拌，锅里放油，稍微一抄，再倒入炒熟的松仁，翻腾几下，一盘子松仁玉米就成了。菊花站在厨房里，眼花缭乱地看着栓柱熟练地配料、炒菜，闻着菜香，对他十分佩服。“喂，那个怎么不加酱油？”菊花一边学做菜，一边问：“那玉米烧出来微微发白，加了酱油就变色了，而且味道不好。”栓柱一边解释一边继续做菜。有松仁鱼米，还有松仁玉米。早早就掰好的玉米粒，经水一洗，显得晶莹剔透。栓柱三下五除二，一盘子松仁玉米很快又出锅了。松仁汤，松仁饭。这一顿饭，全部以松仁为主，香气四溢，一桌子菜摆上去，菊花感受到栓柱的关怀和温暖，生日虽没有礼品，心里也很甜蜜。

朦胧好奇，无忧无虑，时光漫长闲散，渴望着长大，穿花衣，走天下，娃娃玩过家家，是虚幻的影子，不行推倒重来，到了青春躁动期，突然男女有别而相互吸引，心里的秘密要付诸实践，这个行动的每一步，艰难又轻松，难堪又不可遏制，渴望又不完全可得，自由又拘束，随心而不能所欲，越雷池而有风险，幸福甜蜜而要建立在承担责任的基础上，有习惯制约，有道德指引，有法律来规范，有家庭来管理，这就是社会中的人。

他们的秘密被人发现，而且是被爹或未来的公公看破，不能不摆上议事日程，菊花这几天都抬不起头来，老觉得有人盯着她，戳在脊梁骨上，挑动着脊髓里的神经，搅得心神不宁。栓柱倒无所谓，前几天看爹不好意思，后来一想，这样也好，生米做成熟饭，让爹看着办，早点结婚，一切问题都解决了，当菊花问他我怎么办时，栓柱想都不想地回答："我要娶你，结婚吧。"简洁而明了。菊花吃了定心丸，跨过这个坎，抹下脸来心就轻松了，两人大大方方来往，故意把关系挑明给人看。

"菊花，菊花。"菊花在配菜室择菜、洗碗，栓柱在餐厅大声呼唤着，看着人没有过来，到屋子里寻找，手里拿着订菜单，直看着菊花。"听着了，你不看我这忙着吗"，手里的活并没有停下，盘碟发叮铃铛郎的声音，"你去招呼客人，大家待见你，会好一些。"栓柱讨好着说，菊花嗔怪道："把你媳妇推到门前头，不怕被人抢跑了。""谁敢。"说着俯下身子在菊花的嘴上亲了一下，菊花脸稍微红了一下，没有生气和躲闪，接过单子到了餐厅。

餐馆开了半年，越来越走下坡路，客人比服务员还少，投了十万元，门面承包、装修、桌椅板凳、杯盘碗碟、锅碗瓢盆，一应家什，花了个精光，钱没挣到几个，还不够贴补水电费、人员工资，张屠夫愁得不知怎么办，一筹莫展，无计可施，他当厨师又不能抽烟，何以解忧，唯有小酒，没把客人喝多，常把自己灌醉，心中的忧，肚里的愁，没处发去，看谁都不顺眼，气儿子不能分担忧愁，还在这时候胡骚情。

栓柱和他爹正好相反，感情蒸蒸日上，菊花有情有义，面若桃花，眼含春水，与他暗送秋波，悄悄拉手、拥抱、亲吻，明着问候、关心、爱护，憧憬着美好的未来，着手结婚的准备工作，两人激动而欢快，甜蜜而幸福，掩饰不住自己的心和行动，脸上洋溢着由衷的高兴。

思想决定行为，行为决定习惯，习惯决定性格，性格决定成败。栓柱和他爹心态、思想、行为的感受截然不同，必然要发生碰撞，产生隔阂，滋生矛盾，出现裂痕，影响事情的发展和结果。

菊花沉浸在恋爱的甜蜜中，看天蓝蓝的，看地绿绿的，人善善的，连门前吃菜汤剩饭的那条癞皮狗，都是可爱的，点菜时笑靥如花，声音甜丝丝的，这本来是迎宾的最好态度，在张屠夫的眼里耳里，就有点浪声浪气，换上别人也无所谓，作为自己的儿媳妇，有辱门风。菊花又学了些流行歌曲，尤爱听齐秦那节奏明快近似摇滚的风格，戴着随身听，择菜洗碗时随节奏摇着，屁股晃晃悠悠扭着，嘴里还哼着，有时拿筷子在碗碟上敲响那鼓点，张屠夫口里进了苍蝇恶心，心里塞了把毛堵着，也不好发作。老汉一生在外奔波，赶婚丧嫁娶场子做席面，阅人无数，见过世面，想当年，三十几岁在邻近的冯家庄子，晚上领着几个婆娘捡菜，切菜，煮卤蒸炸，为第二天的结婚流水席做准备工作，有个小媳妇叫冯洁茹，一脸菜色，营养不良，却掩饰不住骨子里带来的风骚，就如这几天的菊花一样，向他投着媚眼，说着软话，声音弱弱的甜丝丝的，老爱往他身边凑，将血气方刚的他勾得燃起火来，不自觉的偷偷在那女人身上捏摸了两把，竟成了好事，相好了多年。那女子家庭困难，不为别的，就是能吃上肉，让自己的娃也能吃上肉，以后他做席面，多叫这小媳妇帮工，一边做饭一边偷着往嘴里塞红烧肉，可她不是一人吃饱，全家不饿，家里还有三个娃嗷嗷待哺。两人思谋良久，做了一件厨衣褂子，在里面做了个暗口袋，吃不了的兜着，不知拿了人家多少好处，一次在一个吝啬精细的杨一撮毛家里，故技重演时，杨一撮毛和老婆闺女三人分岗暗处盯着，发现后，当场揭穿，臊了一场，扣了衣服，不给工钱，坏了名声，有几年时间没人请他，才治了他的毛病，那女人得不到他的接济，自然断了来往。老汉从这个女人身上收取了教训，找女人娶儿媳妇，一定不能要这样水性杨花，辱没门风的女人。话又说回来，菊花同村，是他看着长大的，稳重大方有礼貌，干活踏实不耍奸溜滑，是个好女子，怎么突然变的这样？她的这些所谓的毛病是针对栓柱一个人的，不是对所有人，老汉没弄明白这个道理，对菊花的言行举止越来越反感，把气洒在儿子身上。

栓柱想点心事，手里活计慢了下来，老汉气哼哼地吼一句："你丢了魂了，猪脑子当糨糊，糊里糊涂。"栓柱往菊花那里多走走，话多点，老汉眼珠子瞪得鼓鼓的，像盯贼一样，冒出一句："你鞋底子抹油了，一溜一溜的，没个正经事。"栓柱感到莫名其妙，菊花却敏感多心了。

一个周末，餐馆清闲，天也清淡，人也清爽，无风、无雨、无所事事，栓柱觉得沉闷，看菊花心不在焉，约着去看电影，菊花竟然拒绝了，栓柱更加死气沉沉，趁爸不在，从店里拿了几瓶啤酒，到商店买了一盒烟，向北走了一公里，坐在乡间田野里，第一次抽烟咳嗽，一个人喝闷酒浇愁。一个多小时后，地上扔了几个空瓶子和乱七八糟的烟头，栓柱躺在草地上，望着云在走，脑袋晕乎乎的，又感觉是自己在飞，在动，多么想飞出这个地方，这时天空一只鹰在盘旋着，栓柱又幻想自己变成了一只鸟，飞啊飞……同时，菊花躺在床上，关着门，仰面朝天，戴着随身听，捂着耳朵，一整天听邓丽君的磁带，翻来覆去，一个人，与世隔绝，静静地想着心事，一天没有出门，没有吃饭，心里淡淡地忧伤。未来，未来是什么，理想、事业，对于一个农村女孩来说，是空想，没有出路，爱情，刚刚尝试，羽翼还未丰满，还没有来得及飞，前面就有暴风雪，阻挡着她这个雏鸟，下一步怎么办，怎么走，挺惆怅的，她叹着气，这种情绪，在最近一段时间，如墨汁滴在宣纸上，散漫开来，不是画，不是字，无头无绪，揉搓着她的心，空虚在蓦然顾盼之间生根、发芽、滋生。

栓柱和菊花在爹的负面情绪下压抑着，店里的气氛，随着生意萧条，越来越紧张、索然无味，张屠夫沉着个脸，吊着个眼睛，不看儿子，不与菊花说话，饭馆的色调是白色，一年多来，逐渐泛着淡黄，厨房开始变昏、发暗，没有了生气。

菊花约栓柱出去走走，在路上，菊花心情压抑地说：“我想回家。”“为什么？”栓柱问，菊花伤感地说：“你爹好像对我有意见，店里亏成这样，我也不好意思吃闲饭，看你爹沉着脸过日子。”栓柱不知道该说什么好，他出世不深，涉世还浅，理解爹是生意不好，心情沉重，吊着个脸，对谁都气鼓鼓的，压根儿没想到他爹对菊花已有了看法，而且是涉及道德和门风的重大问题，他小心翼翼地说：“等生意好一些，爹情绪好了，会好的。”菊花以一个女人特有的细心和敏感，觉得不这么简单，为什么他爹对另外一个女孩不是这态度，判若两人，比较出问题，菊花还是坚持要走，栓柱挽留不住，但两人还是对自己的终身大事畅谈了一次，两人走着，突然一阵雷阵雨飘过，前不挨村后不着店，被淋得像两只落汤鸡，就钻进这座木桥底下。虽是初夏天气，但衣服湿了，两人觉得有些冷意，地方窄，只有一小块干爽的沙泥地，两人难免挨近着。

他和菊花青梅竹马，两人早就互相倾慕了。他们发觉，肉贴肉有些温暖，于是两人就贴在一起，菊花说：“我爹妈催我个人的事情，有媒人上门求亲，说我十八岁了，老大不小了，村里我们同龄的姑娘基本都出嫁了，我没有答应他们，还想干点自己的事情再说。”栓柱问：“你爹妈知道我们俩的事不？”“不知道，我好意思私订终身，让村里人知道笑话死了。”栓柱听到私订终身这几个字，又热血上身，激动起来，忘情地抱住菊花亲吻，开始菊花还推着，想想马上要离开，又放手了，栓柱亲吻一会，手也不安分起来，在菊花腰上拥着捏着，慢慢向上，菊花一个激灵，条件反射似的推栓柱，栓柱已面红耳赤，喘着粗气，鼻腔里像喷出火来，一手紧紧抱着，栓柱越发粗鲁勇猛，将菊花顺势按倒在地上，扑在身上，身子相拥贴紧，想把对方箍到肉里去，寻找新的突破，栓柱从菊花腰下抽出手来，急匆匆去解菊花的皮带，菊花突然醒悟过来，猛地推开栓柱，双手护住腰上说：“这不行，使不得，等我们结婚。”栓柱在兴头上，被突然推开，粗气还未停住，急切地回应：“反正我们会结婚的，早晚的事。”说着手又上来了，菊花很坚决地推开并且说：“不行。”栓柱无奈，好一会才将沸腾的热血降下来，好言温存着菊花：“亲爱的，你放心，我一定会娶你，对你好，让你一辈子开开心心，幸福生活，我回家给老妈说好，到你家提亲。”菊花破愁为笑，两人又玩起了小时候的勾当，两人小指头扣在一起，共同说：“拉手拉钩，一百年不变。”

菊花走后，餐馆在惨淡中又维持了两个多月，榨干吸走了张屠夫的腰包，老汉浑浊的眼睛滴下几滴泪水，狠劲地擤了一把鼻涕，甩手扔出去，仿佛扔掉了晦气、倒霉、不甘，重重地说了一句：“回家。”

张屠夫坐在炕上，老伴小心地陪在旁边半个屁股坐在炕沿上，栓柱蹲在地上抱着头，他不理解爹为什么不同意到菊花家提亲。“五姨提的媒，邻村冯老三的丫头，再没有错的，家底好家，在村上门风正，威望高，人提起来没有不竖大拇指的，那娃，我见过，人老实，实实的好”，张屠夫与菊花父母一个村子，邻里和睦，不能明着说菊花的短处，也不能对外说不愿意聘他家的媒，却用了另一个手段，先下手为强，托五姨给儿子在邻村聘了一头亲事。今天开家庭会议，发生意见分歧，栓柱不同意，要娶菊花，并早与妈沟通好，有了统一战线，张屠夫一辈子要强，家长作风，大男子主意，开饭馆，经营，关闭都是他一个人说了算，他的一生，还没有像现在这样心平气和地讲道理，不急不躁地说一长串话来对比，并且他的黑脸上挂着虚伪的亲善的微笑，目的是儿子不能娶菊花，栓柱闷着头生气地说：“我和菊花说好了的，别人我不要。”张屠夫好话说了一大堆，再也耐不住性子。说：“反了，只要你爹在一天，你给我死了这心思。”老伴圆着场子：“好好说嘛？要听听娃的意见，现在兴婚姻自由。”张屠夫气得颤抖着手，指着老伴发火：“你，你，你！全错在你生的好儿子，翅膀没硬就能死了，跟爹作对，你当妈的就只一味地宠着护着，我看你们合着不气死我不罢休，不听我的，有你们后悔的。”老伴也气了，软弱了一辈子，这会为了儿子，口气也硬：“我看着菊花长大的，有模有样，人好，心眼儿也好，与我儿子对路，你提的别人，我没见过，我不放心！”张屠夫气得头一甩一拧的，竟拿起家里平时招呼人的烟要吸，老伴一把夺过，说：“你上劲了。”张屠夫越发生气，“老糊涂了，眼睛没水，不会看人。”老伴不愿再争下去，赌气说：“儿子比你文化程度高，懂道理，婚姻大事由他自己做主，你少操点心好不好，开饭馆，你不听我的，把家里抖搂光了，这次不能让你把我儿子气跑了。”这话揭了张屠夫的疤，说到痛处，老汉一下子从炕上跳了起来，怒不可遏：“你个黄脸婆，头发长见识短，知道个屁。”这话又戳到了老伴的痛处，大声哭着：“我是黄脸婆，你嫌弃我，跟那个狐狸精好，你去呀，你去找人家过。”家里炸了锅，闹翻了天。

土地承包后，奇怪得很，地还是那地，田还是那田，产量就是高了，过去小麦亩产五百斤，水稻七百斤，现在小麦能出八百斤，水稻更高，竟然上了千，再加上小麦里套种苞谷，地二次使用，亩产又上个斤，粮食比过去翻了一番，粮食多了，人人吃上了精细的大米白麦，粗粮和着稻糠、麦麸用来喂猪养羊，家家扩大了猪棚羊圈，还可以外出搞副业，村子里有了钱，盖新房，娶媳妇的一年多过一年，掰着指头算算，这一年庄子上有九个人结了婚。连过去郭二头上戴顶地主分子的帽子，光棍多年，摘帽分地后娶了邻村同样成分的谢家一枝花，抱得美人归，现在娃都两个了，栓柱今年快二十了，是全村年龄最大没有下家的人。五爷和村庄上人大部分一样，翻盖了新房，石块垫的墙基，前墙一砖到顶，后墙有一米的砖墙，上面是厚厚的土坯基子，石屋顶棚是一溜的新大梁、行条、椽子，铺着新的厚厚的芦苇席，垫了三层麦柴火，压了五层房泥，里面墙面刷了白灰，屋顶吊了石膏顶，与城里的楼房比，毫不逊色，房大而多，院子里猪哼狗吠鸡鸣，就是缺点什么，缺什么呢，缺栓柱的新媳妇。

五爷还不知道栓柱和菊花自由恋爱的事，他以为栓柱有生理缺陷，命运也不顺，找媳妇是个挺难的事。他家三代单传，农村娃十八岁结婚的很多，早点结婚早生子，这样才更有保证，他若是知道屠夫儿子搅黄了孙子的媳妇，非扒了他的皮不可，闹翻天都是铁定的，可他不知道，还以自己的老观念，思谋着媒妁之言的程序，望着村里哪个姑娘还未出门，花多少钱能迎进来，他为这事愁得头发全白了，想过换亲，自己有两孙女，可新社会不兴这个，这几年陆续全嫁了出去，攒了些彩礼，加上农业收成，和卖猪卖羊的钱，还有和儿子不分白天黑夜搞副业挣了些钱，盖了这一排漂亮的房子，还有近万把块钱，有了金窝，还怕引不来凤凰。谁承想这世道发展这么快，万元户如雨后春笋般冒了出来，而且是一年挣一万，不是像他家这样到现在一辈子攒了一万。

菊花的父母从女儿的反常行动中，知道一点她和栓柱相好的事，可他们担心栓柱的命运不好，担忧栓柱独卵子的生理缺陷，他们对五爷的善良和德行是尊崇的，对张屠夫过去打老婆是不齿的，可这二十年来，再没有发生过这事，张屠夫聪明能干，能捞来钱，翠儿善良柔软，孝敬公公和婆婆，持家里里外外没得说，对这个家庭，他们是满意的，对这桩婚事，他们在犹豫摇摆中。菊花妈倾向于女大不中留，早点婚配嫁出去，菊花爹是老谋深算，还在挑更中意的，也委托孟姨在说媒，寻找更合适的。菊花也听说媒人给栓柱提亲了，但不是她，她气得浑身冰凉，三十六计走为上，负气外出打工，没有留下片言只语和信息。

上哪去，走出门，世界之大，才发现没有她的安身之地，田野一望无际，没有她的一垅一亩，城里到处是高楼大厦，没有她的一张床，到处是餐饮店，没有她一口吃的喝的，茫茫人海，没有一个亲人。才发现举步维艰，才感到那个穷家的温暖，可出来了，好马不吃回头草，表姐给她讲过广州的大、丰富、遍地是金，表姐这几年发达了，穿金戴银的，比当地城里人还时髦，那就上广州吧，在那个年代，去深圳、广州是青年追求的梦想。

栓柱为躲父亲提的亲，也为了等菊花，也要进城去闯荡。这可触犯了五爷的神经，三代独传的孙子，可不敢有个闪失，这是他的底线。栓柱是老张家继香火，传宗接代的宝贝，是他的孙子，也是他的祖宗，哪怕是让全家把他供着、养着都行，什么都不干也行……

全家人商量，得有个营生，找个事干，才能拴住娃的心。张屠夫与他爹五爷商量，过去管过油坊，听说大队要搞承包经营，干脆盘过来，他干过熟悉，这地包了多年，村人种胡麻、油菜的多了，都想嘴里有个油水，有活路，可以干，那里面东西都现成的，全的，不用再花钱，就是花些力气。商量妥当，与大队签了约。张屠夫过去在油坊被称为“油条”，是因为他聪明、滑头、精明，喜欢打情卖俏，“骂大诙”。他一来，都像开台锣鼓响过——戏来了。见了比他辈分长的，谦恭礼让，但活不能少干，胡萝卜加大棒，含枪夹棒地谦让着；遇到比他辈分低的，那就严格要求了，逗闹中夹着嬉骂，荤的素的都上，大都是裤腰带以下的话，这样干活轻松热闹，人也管得好，也出活路。

这些人听说他承包，一朝天子一朝臣，原班人马，加上栓柱，重新敲锣打鼓，旧地重演，又开张了。油房占着四间敞开的大屋子，支着一口黑乎乎的大铁锅，炒菜籽、花生、棉籽、黄豆，屋里有一棵特大树的整木做成的压油杠杆，里面烟熏火燎地炒着，油腻呛人，过去没油吃，盼油如盼星星盼月亮，到了油房，到处是油、油烟、油腻、油污、油迹，随处都是油的影子，正应了物极必反那句话，油也呛人、熏人、污染人，也让人难受，避之不及。油坊“嘿哟、嘿哟”低沉有力的声音充斥在房间角角落落，油渣堆得脚踩蹼蹅的。地里忙，油坊散；地里闲，油坊转。榨油的程序很繁琐，油坊加工的原料主要是黄豆和菜籽、胡麻、葵花籽等。油坊的门口有一盘直径一米多长的大石磨，一头阉了的大驴套着被磨得发亮的梭斗套在脖子上，驴眼上蒙着胸罩一样的两个布片，驴围着磨，蹄子“的嗒的嗒”地转着圈瞎走，石磨“吱嘎吱嘎”地转动，人们把淘净晾干的油料籽倒在磨盘上，轧成豆扁子，油匠把十多斤的豆扁子倒在木槽内，放在锅上蒸，“秋老虎”正肆虐，再加上大炉灶的熊熊烈火，和着蒸锅升起了一团团乳白色的水汽，油坊里闷热极了，他们光着膀子，赤着脚，挥汗如雨，双脚转着圈踩踏，嘴里“嘿嗨嘿嗨”地喊着号子。豆扁子踩实后，用雷草盖住兜紧，提着锤挨个儿七上八下敦实，油很香，可看了这操作过程，脚踩汗滴的，真是不敢垂涎了。油匠把垛子排好后，压住豆饼，把油尖揳入空隙里。油匠们手持油锤，拉开架式，如铁匠打铁，一声吆喝，油锤砸向油尖的顶部。一锤一锤又一锤，一根根油尖被砸了进去。随着油尖一个个地揳入，垛子在强大的挤压下，清亮醇香的油顺槽流到一口埋在土中的黑缸中。

九

栓柱在油坊干了一个来月，每天重复着同样的工作，慢慢地腻了，一点兴趣也没有了，在对菊花的思念中，一心想出外闯荡，可他是张家的命根子，家里人坚决不同意他一个人外出，把他看紧，栓柱无奈又无聊。

栓柱看《水浒传》，读到吴用假扮算命先生智转卢后义的故事，突然有了灵感，眉头一皱，计上心来。他们一家，尤其是他爷爷，非常迷信，对算命先生的话深信不疑。

他找了同学中一个铁杆朋友，如此这般地安排妥当，帮他演一出戏。这天，栓柱推说头痛肚子不舒服，卧床休息，没有去油坊，五爷惦记着孙子的身体，太阳还未偏西，就赶羊回来了，刚到家门口，一位算命先生，大摇大摆地拿个竹竿举得高高的，嘴里还喊着："算命，算命了！"果然，五爷回头看了一眼，一看是个年轻娃，犹豫着问还是不问，一脚院外一脚院里，正要准备转弯回屋时，只听见那算命先生自言自语道："这谁家的房子，煞气这么重，对后人不利啊！"一席话击中五爷的痛处，撵着算命先生，问："先生稍候，你说这房子煞气重，还请细说？"那算命先生"哎"了一声，无奈摇摇头，说道："这房子面河，水大，与金、木、火、土相克，前后院门对门，窗对窗，虽已砌墙破解，但晦气还未过去，再看你家树比别人家长得高和粗，木秀于林，风必摧之，人也跟着倒霉。"五爷听了心服口服，竟然全被这算命先生给说中了，很佩服，急忙请先生进家，"大师留步，先生请留步，自古英雄出少年，青年俊才，大师果然是高人啊。”五爷说完，就塞进了十张十元钞票：“先生，我孙子受了不少罪，大师救人一命，胜造七级浮屠，你一定要帮我！”那先生却不急着接钱，摇头叹息。“先生，是不是嫌少，你先别摇头啊，咱们进家好商量。”五爷好像溺水的人抓住了救命稻草，哪肯放手，都急了。“好吧，替人消灾，是我辈人的天职，也算积德。”说着跟五爷进了屋，老伴听说来了个算命先生，是个高人，忙不迭地从炕上滚下来，洗手做好吃食招呼。家里开油坊，做油饼子是长处，用开水烫面，趁热将面在案板上揉搓筋道，擀成半公分厚的面饼，再放进油锅里炸，炸得都起了泡，颜色黄了，算是熟了，做起来快，趁热吃起来最香。那先生进屋后作惊慌样，说：“屋子水重阴气大，糟糕，已经有人中招了，可否有病人。”急忙往屋里内奔去，栓柱也故意捂着脑袋说：“头疼死了，肚子也胀痛难受，要上医院。”这两人双簧唱得好，戏也演得好，吊足了五爷一家的胃口，五爷老伴一边往桌上端油饼茶水，一边哀求道：“先生，先生，你一定要救救我们孙子啊，我们是三脉单传，命根子啊。”五爷对这小伙子佩服得五体投地，开始的阴阳五行相克和房子的事全部说对了，刚才连栓柱已有病也未卜先知，给他钱他还不要，这是天生的神仙下凡啊，那小骗子说什么都信。算命先生装模作样把房前屋后看了一遍，又掐着指头算计一番，才开口慢条斯理地说：“你这里先后两次来人禳治，都做的不错，幸亏做的早，做的及时，才没有出大乱子，可是人不能逆天行事，以前的事都是治标不治本，也只能这样，房子前面的墙挡煞气，可不是立竿见影，有个过程，还需一到二年，晦气才能过去，水大阴气湿气过重，我们改不了黄河，为今之计，应了古人那句话‘惹不起，躲得起’。出门向东南方向，火盛的地方待一段时间，火克水，五行顺了，就好了。人，因无而有，因有而失，因失而痛，因痛而苦。从无到有就欢欣，从有到无则悲苦。其实，‘有’有何欢？

一切拥有都以失去为代价；‘无’有何苦？人生本一场空，有无之间更替便是人生，得失之后心态决定苦乐。缘来不拒，境去不留，看明白，想清楚……”

栓柱终于可以逃离这个拴了它十八年的乡村，带着梦想，带着对自由的渴望，带着对菊花的无限思念，离开它，张开翅膀，踏上布满阳光和挥洒青春的路途。火车在轨道上急速地向南方飞驰着，他第一次坐火车，感到天大地大，外面的世界真广阔。风从车窗外肆意掠进来，吹着他的头发张扬着，窗外，满世界的明媚，一会乡村，一会城镇，绿野纷纷向后退着，树木、道路一样样过。

他趴在窗前贪婪地看着窗外陌生的风景，偶尔还会伸出胳膊微笑着去感受风的狂野，对面飞驰而来交错而过的火车，猛烈地呼啸着刷过去，他把伸出的手立马缩了回来。他掩饰不住自己的情绪，一看就是个涉世未深，未出过门的农村孩子，天真、无知、真实、坦率，不做作，可以让别人很轻易地看到他的喜怒哀乐和真实身份。坐了两天火车，惊奇中也有疲乏，困了在座前小桌上趴一会，打了无数个盹，没睡过一个囫囵觉，没吃过一顿饱饭，终于要到站了。大家都在收拾东西，他也赶紧打理自己的行李，一个大编织塑料袋里捆着行李铺盖被褥，脸盆洗漱用具和换洗衣服，匆匆跟着下了车。走在川流不息的人流中，看着来来往往形形色色的人群。

出了站台，一看身上背的行李，捆绑着铺铺盖盖，手上拎着他爹外出时带的黑色行李包，就是个初次外出的农民打工仔，有三拨人就涌了上来，一是出租车司机和黑车司机，殷勤地问着：“上哪儿，坐我的车方便，可以便宜。”一边说一边抢着接手中的行李。第二拨是问：“住店不，店里什么都有。”有的还压低声音说：“店里还有小姐，很安全的。”另外还有介绍工作的，传销、直销、搬运工、建筑等，应有尽有，看你有啥特长，喜欢啥。望着广场上人头攒动，匆匆忙忙，车来车往，他没有一个朋友和熟人，显得呆头呆脑，晕头转向，好不容易挣脱这些人的轮番纠缠，接下来就迈不出步子，上哪，干啥，都一头雾水，迷茫不知所措。车上吃了一天干馒头，水壶里的水早喝光了，口干舌燥，饥肠辘辘，伸出舌头舔着干燥的嘴唇，皱着眉头思考着怎么办，这一切早就被一个中年妇女盯上了，她热情地过来打着招呼："哎，小兄弟，刚出门吧，我也是农村来的，我弟也像你这么大，在这里打工，都不容易，看你还没吃饭，没有找上工作吧，若信得过姐，我介绍你到我弟的装修公司一块儿工作，先去住下，擦把汗，喝口水，吃饱肚子。"这几句暖人心的问候，句句实在，同样的出身、背景、出路，立刻打消了栓柱的疑虑，又问了些地址、活路、工资、吃住的情况，栓柱觉得都符合自己的想法。等了半小时，来了一辆摩的，载着栓柱和行李去了，走了很长时间，拐了七八个胡同，越走越脏乱差，栓柱出站就不知东南西北，这会儿连方向都不清楚了，在一片棚户区，路面淌着废水，地上乱七八糟的废砖、纸片、污秽的卫生巾、烂报纸，空气中飘着霉腐和油盐酱醋的市侩气味，摩的停车，那人帮着将行李扛进一临时用油泥沥青布搭建的棚子里，一个光头粗脖子脸上长着横肉的汉子接待了他，那摩的司机伸手要百元车费，栓柱愕然："不是接我吗？怎么还要钱？"那人凶凶地说："小伙子，进了城，一切都要钱，上厕所都要钱，没有免费的午餐。"栓柱嗫弱地吞吐着又说："太贵了。"那人厌烦地恶声说："出租车没一百多下不来，别磨蹭时间，耽误我的生意。"栓柱无奈而又心疼地掏了一百元递过去，那人神秘地看他一眼走了。栓柱简单洗了下，去同样是棚子搭建的食堂，地上污秽不堪，案上苍蝇乱飞，有人给他舀了一碗糙米饭，加一勺菜，里面烩着几片肥肉，土豆片和老芹菜叶子，也许是肚子饿了，匆匆几口刨下肚子没感觉出啥滋味。初步印象，这样的城市，还不如老家农村好。

栓柱走在无边的沙漠里，一步步地深陷入这种无边无际无处不在的流沙坑中无法自拔，而且，越陷越深，像一处深不见底的泥潭……他费力挣扎，手在虚空中乱抓，奋力地挣扎，手脚都陷入而不能动弹，只露出头声嘶力竭地呼喊，这声音惊醒了他和其他人，别人骂他一句：“神经病，狼嚎啥。”栓柱醒的一瞬间，手和脚还在奋力抓着蹬着，头上和胸上一层汗，心突突地狂跳着，他被自己梦里接近死亡的恐惧吓得战栗不止。坐起来，走出棚子，上厕所去，人刚踏进去一步，突然被喝止了一声：“交钱。”栓柱吓了一跳，回头一看，一人跟在身后，嚷嚷着要二毛钱，他没有带钱上厕所的习惯，扭头回来，找了一僻避空地，解手撒尿，正在酣畅淋漓时，那人突然在背后拍了一巴掌，栓柱猝不及防，一嘚瑟，缩回去尿在裤裆里，回头一看，又是那个在厕所收费的人，盯着他跟了过来，说：“随地大小便，罚款五元。”栓柱自知理亏，回去从包里拿出五元递给那人。

天还未亮，工头叫醒他们，一个拉沙车载着他们到了一栋房子前，开始工作，栓柱的任务是送钉、打砂纸、粘泥子、再打砂纸，一个年龄稍比他大的师傅，给他讲了流程和操作要求。送钉，就是把装修用来钉住木板的枪钉再送一点进去，使之不能露在木板外面，送完钉后，木板上会出现一个个钉孔，要挑一些和木板颜色相似的泥子，一个洞一个洞地填补，泥子干了，再用砂纸全部打平磨光，才能刷油漆，刷一遍用砂纸再打一次，这工作无聊而脏，单调而累人，一干一整天，房间顶上，仰望着头干，整个头和脖子都僵硬麻木酸痛，头发和身上被掉落的灰尘染得灰不溜秋，像个兵马俑一样，连续一个月没有休息一天。栓柱向工头要工钱，工头说请示老板，第二天，那工头说，这个工程还有一个月完工，两个月累计发，多给一百元滞纳金。栓柱想想多一百元也好，继续干活，又增加了一些拆墙运垃圾的重体力活，离发工资还有三天，那工头挑出三个年轻人去参观学习一个样板工程，交待他们认真学习，两个小时后来接他们，说完先走了。三人东走走，西瞧瞧，外行也看不出什么门道，两小时后未见来人，等到天黑，摸索着找回住地，棚子已拆，没了人影，三人面面相觑，瞎等乱问了二天，没有头绪，也不懂得报案和投诉，三人流落街头。

吸取第一次经验教训，他们三人不敢再找黑中介，一起去了劳务市场，那里也是人多，挨挨挤挤的，打零工的很多，拿着电工、油漆、木工、管道等工具，一来雇主，蜂拥而上，他们三人争不过本地人，晃了二天后，又去了人才交流市场，各招聘公司都有摊位，填写着没完没了的表格，问你的学历、英语水平、专业爱好、实际工作经验，这些他们都不具备，没有本事和大学生研究生竞争，正在他们失去信心时，有一劳务派遣公司要招一批保安，高中毕业即可，三个年轻人一齐投报，被当场录用。

经过一个月军训式的训练，被派遣出去值岗，栓柱他们三人训练在一起，工作也要求在一起，被分配到富丽小区。公司一个月给底薪二百元，管吃管住，栓柱穿上保安服，还挺精神，站在镜子前端详，也觉得威武雄壮，他们一伙的王学飞、许军，夸赞他像《南征北战》电影里的张将军。栓柱没看过那电影，也不知道张将军长啥样，心里还是美滋滋的，接受了这个不伦不类的称呼。保安分白班和夜班，主要是站岗、查人、登记、看车，防止外来人员和不法分子进入，工作很轻松，熬时间，练眼功，听那些有经验的保安讲，根据来人的言行举止，穿着打扮，说话神态，判断可疑人员，寻找蛛丝马迹，盘问跟踪，防止坏人混进出入，要尽量记住小区常住人员，进入自由，没有记性胡乱盘查，得罪了业主，大水冲了龙王庙，来上几个投诉，当月的工资没了是小事，还有可能丢了饭碗。

任何行业都靠山吃山，靠水吃水，保安也一样，有许多行道和潜规则，工资是个基本，主要靠外勤和收费及小费来补充收入。

周日，轮到栓柱值白班，一位头发斑白的老头，推着轮椅，坐着一位同样白发的老太太，步履蹒跚，轮椅摇晃着吃力地走着，到了门口，一边刷卡开门，一边推轮椅进门，铁门往前一步有铺设的阻止快车的隔离条，老头力不从心，栓柱赶忙上前，开门、推车、过隔离带轻松搞定，两位老人齐声说着“谢谢”，栓柱听着高兴，给另外一同事打个招呼：“我送老人进去，你一人先顶着。”一边走一边聊，老人说：“孩子去美国求学，毕业后定居工作，我们老两口年龄大了，生活很不方便，谢谢你的帮助。”还问了栓柱哪里人，家里情况，进了家，栓柱一看，墙壁四周有很多书，栓柱羡慕地说：“大伯，你是做什么工作的，咋这么多书。”大伯笑着说：“我们以前在大学任教，退休后给企业当顾问，现在干不动了，就闲在家，你喜欢看书吗，到我家来借阅。”栓柱说：“谢谢，我有时闲着，看看小说。”老伯给他拿了沈从文的文集，栓柱说：“打个借条。”老伯说：“不用，随时来拿，这些书放着也是闲着，有人看才有意义。”栓柱要告辞，老大娘拿出二十元酬谢他，栓柱坚决不要，老伯说：“我孩子离的远，我们老两口风烛残年，需要人照顾，留个电话，帮我们出门，买菜，拿东西，就当是雇你，你也多点收入，我们也方便，两全其美。”栓柱这才收了钱，留了电话，感谢着回去，从此，栓柱就帮老人做些家务和出门的事情，每月有近三百元的收入。王学飞和许军也找到了白天在学校，晚上在夜总会、洗浴中心、工地开门守夜值班的零工，每月各项收入加起来，有三百元左右，工作慢慢稳定下来。

过了半年，他们这个班一共八人，班长辞职回家结婚，栓柱由于二兄弟的鼎力相助，加上他本人在小区兼职，从不外出，出勤率高，正点上下班，敬业负责，还有那俩老人与业主一起反映他的好，栓柱当上了班长。有了点小权，就用足用好，给王学飞和许军安排好的班，多派外勤，互相打掩护，搞埋伏，外边大车拉货司机也与他们建立了联系，停在他们指定的地点，早上早早开走，不影响小区的事，一个车一夜收二十元，司机既能停车又能安心睡个囫囵觉，车和货又有人帮着看护，何乐而不为，类似的收费逐步隐蔽而又多了起来，栓柱他们三人的收入又多了些，当然也会给其他弟兄分点残汤剩饭。

再说菊花这边，已在广州市小天鹅火锅餐厅打工半年多了，她比栓柱幸运，没有走那些歪路，她下火车出站也遇到张生同样的情况，但是女人有天生的猜疑和安全意识，不轻易相信外人，出了站，在大街上寻觅两天，看到这家餐馆招聘服务员，是她的老本行，进门说明来意，当老板知道她过去干过，很高兴地录用了她。

这天，常来这里就餐的一对夫妇，带着一个约十七八岁的傻儿子进来，是熟客，菊花热情地迎上前去，说："先生，欢迎进餐，请里边雅间坐。"一边搬椅安置坐下，一边忙添茶点菜。热情、大方、有礼的菊花，给这对衣着讲究，看来像有点派头的夫妇留下很好的印象。点完餐，那先生关心地问："姑娘，你在这里干多久了？每月收入多少？""来大半年了，一月一百五十元，包吃包住。"菊花腼腆地回答着。那位女士从头到脚看了菊花好几遍，菊花脸上火辣辣的，不好意思低下头来，那女士热情地拉着菊花的手，说："坐下来，闺女，跟你商量个事。"菊花说："我们有规定，不能坐，我站着。阿姨，你说吧。"那阿姨说："我们来观察很久了，很喜欢你，想聘你到我们家做保姆，月薪三百元，干一点家务，照顾我儿子，我们两口子平时很忙，出差多，小孩小时候发高烧，耽误没有及时治疗，落下智障的毛病，我们很内疚，现在需要个像你这样聪明伶俐热心周到细心的人照看，不知你是否有意。"这事来得很唐突，菊花也没有干过保姆的工作，一时拿不定主意，开口说：“谢谢叔叔阿姨的好意，我考虑几天回话。”吃完饭，临走时，那对夫妇留了电话，说等她的好消息。

菊花跳槽了，去到店里吃饭的那对夫妇家当了保姆，男主人姓李，是一个私企的老总，生意做得很红火，人也很忙，常不在家；女主人姓王，是名中学校长，很受人尊敬，也很忙，但常在家，儿子叫润生。菊花进了家，就感觉进了高堂大院，欧式风格的二层小楼，错落有致，带着教堂式的阁楼和大玻璃窗，里边有三百多平米，还有一百多平方米的地下室，大小二十一间房子，一溜的橡木地板，每个房间有不同风格的壁纸、灯具、装饰和家具，厚重带着华丽，贵重而又实用，豪华而不显耀，富贵溶于朴实中，功能配套齐全。菊花看花了眼，一周内适应不了环境，老走错房间，她的工作主要是照顾润生，稍稍带一点家务，家里的卫生清洁洗衣由家政公司每周三六两天上门服务。

王校长专门交待，不准说傻子、笨蛋、智障一类的词，不能伤害孩子的自尊，不能出安全健康问题，陪他聊和玩，照顾好他的生活起居。王校长出门时，润生拉着她的衣角，恋恋不舍地说：“妈妈早点回来，我害怕。”菊花过去拉住润生，他只跟没觉察似的毫无反应，王校长出了门，润生回过头，盯着菊花看了一会，愣愣地摸着头皮，感到陌生地在思考她是谁，然后趴在玻璃窗上看她妈妈消失的背影，呆呆地陷入沉迷中，静静的，一动不动，好长时间了，菊花过去说：“润生，妈妈到学校了，到晚上下班才能回来，我们到院子坐会儿去。”润生没有听见似的，不应声，头也没回，好像没有她这个人似的。他这个样子使菊花想起了村上的李大傻，二十多岁还尿尿不避人，见了谁都不认识哼哼傻笑。

菊花不知道怎么照顾润生，不说话，不理她，实在无聊，出门在院里看看，散散心，熟悉环境，也想想心事，过了一会，不放心润生，要回屋子，却发现门锁了，菊花没带钥匙，敲门无人应声和开门，透过玻璃窗看润生站在屋里，便趴在门上低声喊着：“润生，开门、开门，让我进来。”润生说：“妈妈说了，不给陌生人开门。”并一直重复着这句话，不开门，菊花又试了几次，终是无用，只好坐在院子里，一直到王校长回家。开了门，发现润生一直站在那儿，裤子尿得湿漉漉的，尿流了一地，王校长领儿子去换衣服，菊花擦洗地板，尿臊味弥漫在屋子里。

王校长给儿子说：“这是到我们家照顾你的姐姐，叫菊花，不是外人，她与爸爸妈妈一样，是自家人，可以在家里，听懂了吗？”润生似懂非懂地应着。叫声姐姐，润生绕口地叫着“节节、节节”。吃饭时，嘴里掉着米粒，流着口水，王校长拿纸巾擦着，二次再取纸巾时，菊花忙抢过来擦了。

菊花收拾润生房子时，屋子里放了一些孩子看的书，有自然图本，太阳、月亮等，有植物图片，食物图片，还有一大堆小孩玩具，菊花才明白润生长的像大小伙子，智力还停留在婴孩时期，于是拿起水果图片教润生，“这个是苹果，这个是香蕉，这个是西瓜”，润生像个孩子一样跟着念，念完了，菊花会考考他，“这个是什么？”“苹果。”“这个呢？”“香蕉。”菊花成了幼儿园的阿姨，还时不时提醒他该尿尿了，该喝水了，该玩游戏了……

这工作轻松，却无聊郁闷，孤单极了，两个月后，菊花觉得自己迟钝，反应慢，话都不会太说了，又陷入沉思，考虑未来的路怎么走。

栓柱这边，他们几个年轻人却十分热闹，远看街上的热闹，近看小区里的光景，时间久了，人也熟了，也看出些门道和趣味来，大家小声议论着某某先生领的那个是情人，某女背着老公偷汉子，谁家有钱有势，那垃圾箱里都扔的是好东西，小道消息，花边新闻，小区桃色情节，市侩杂碎，无奇不有，每天都有新鲜的，没完没了。有空闲了，几个人打牌吹牛，逛街下馆子，看美女，栓柱作为班长，还想充实一下自己，从教授夫妇家里借了不少小说、《故事会》、管人、管物、管钱的书，写写笔记，老教授夫妇最喜欢爱学习的后生，不厌其烦地给栓柱教知识，上知天文，下知地理，栓柱佩服得五体投地，奇怪他们什么都知道，什么事从他们嘴里说出来就不一样，讲的有条理、生动、深奥。去的多了，听的多了，学的多了，潜移默化，栓柱也觉得自己猪鼻子插大葱，是个象，孔夫子放屁，文绉绉的，说话也是一套一套的，办事有了主意和章法，让兄弟们佩服，班长当的如戏子上朝，皇帝当的像模像样。

这期间，栓柱三兄弟也讨回了当装修工时的工资，他们穿上保安服，腰杆子硬了，会察言观色，处理人际纠纷，不甘心以前被人耍了，觉得窝囊，要把面子要回来，钱讨回来。三个人一起看报刊上讨要工钱的案子、方式、办法，三个人到老地方查找，查清当初干活的装修公司，功夫不负有心人，终于在另外一个工地找到了那个包工头，然后盯梢，慢慢发现他的家和老婆孩子以及在外包养的女人，抓到把柄后，堵在半路上，连威胁带逼迫，那个包工头一开始还嘴硬，说："这是敲诈，要报警。"张生几人哈哈大笑回答："我们归警察管着，现在拉你一块到公安局去报案，看你还骗过多少人，欠了多少人的钱，怎么吃到嘴里的，怎么吐出来，然后上你家说清楚。"那人服了，悻悻地说："你们有种，哪一天撞到老子手里，小心你们的狗命。"掏出钱狠狠地扔在地上，嘴里还骂着咒着，表面上看不依不饶，实际上灰溜溜地逃了。三人开心大笑，回来后经常提起这事。

地闲了长草，人闲了生是非，保安虽是个打工仔，社会的底层，接触的却是社会的方方面面，眼睛看的是花花世界，了解的信息最广泛，是个大染缸。近赤者红近墨者黑，王学飞在夜总会站过岗，把过门，回来渲染着小姐的漂亮妖娆、放荡风骚；许军在洗浴中心值班，三人闲着无事，利用岗位之便，混进去观摩，见了世面。

讨回工钱那晚，三人高兴，到夜市大排档，要了烤羊腿、涮牛肚，大盘鸡和盘炖鱼，喝了一箱啤酒，吃得嘴上流油，喝得面红耳赤，酒壮怂人胆，许军提议：“这丢了的钱要回来，失而复得，高兴，到洗浴中心玩一次，开开洋荤。”王学飞也随声附和：“就当是捡了这笔钱，拿出六分之一，去整一把，结束童男子历史。”三人像做贼一样，踅磨着去了洗浴中心，到了门口，栓柱做贼心虚，胸膛似擂战鼓一般，起伏不定，抚着胸不敢进去，许军还以为他心疼钱，一边推拉着一边说：“张将军，我请客，你只管开心，其他的事我全包和承担了。”王学飞也打着气，鼓励着说：“既来之，则安之，今天非要搞定，迈出我们人生中做男人的关键一步，尝尝当男人的滋味。”这句话非但没有打动栓柱，反而男人的关键这个词使他想起对菊花的责任，头脑顿时清醒，身上的邪火也消了下去，坚定地要回去，王学飞和许军去玩了一场，回来津津乐道，给栓柱讲着过程和细节，他听得脸红耳热，想起了几年前吊在树上偷看刚刚爸妈“打架”的场景，第一次知道了其中的奥妙，心里又有点后悔没踏进那一步。

栓柱当班长，给自己安排了仓库看守岗，可以躺在里面看书睡大觉，隔一两个小时到两个门口转一转，查查岗，每次碰到小区一个穿着妖娆的三十多岁的女子，都会热情地与他打招呼，有时趁着没人，会开玩笑地说：“小帅哥，想媳妇了没有，一个人待着寂寞死了，有空到我家来看电视，聊聊天，我帮你把衣服洗干净。”他红着脸嗫嚅地说：“还没结婚，没有想的。”那女的听了咯咯笑了起来：“哟，莫非是单身，姐给你介绍一个。”说着故意把胸挺得高高的，扭晃着屁股，身体扭成好看的S曲线走着猫步，三步一回头地眷顾着他，像一个狮子看到猎物一样用舌头舔着嘴唇，眼睛露着光芒。这不又碰上了，那女的背着个漂亮的挎包，手里抱着个大纸盒，见了他，给个媚眼，声音软滴滴地叫着：“好小弟，快帮姐把箱子接过来，送到家，累死我了。”他接过来，感觉轻轻的，好像是空的，那女的，掏出一手帕，在没有汗的头上轻松擦着扇着，一股迷魂的香味传到他的鼻子里，进了家，那女的拿个毛巾在水里拧了一把，亲自为他擦脸擦手，他一点也不累，也没有出一点汗，嘴里说着：“不累、不累，不用、不用。”那女的可不管这些，他一开始想起小时候妈妈对他这样洗水洗脸，心里感到温暖，可眼前的女人，却不是他妈，手挨着脸上，痒酥软麻，撩拨的心速加快，血液噌噌地涌到头上和注入下手，擦完脸，那女的顺手在他脸上掐了一把说：“多紧致光滑的皮肤呀。”他差点控制不住，要上去像拥抱亲吻菊花那样拥抱那女人，可心里又吃不准那女人的心思和态度，终是胆小，不敢伸出手去。那女人盯了他一眼说：“别木头一样站着，来坐沙发上。”打开电视，削了个苹果递给他，又去倒了杯茶，说：“姐也命苦呀，守着这么个家，表面上光鲜，我那个死鬼，不知被哪个狐狸精迷去了，常不回家，我一人在家，像守着个鸟笼子似的，圈得寂寞死了，熬着过日子，小弟，你有空了陪姐坐坐，聊聊好吗？”正说着，那女的电话铃声响了，拿起电话，女的眼睛里有了亮光，故意把声音装得嫩嫩的，像小姑娘甜脆地说：“哟，终于想起我来了，本娘娘被你打入冷宫，都不知人间滋味了，不知你又宠幸上哪个妃子了。”说到关键处，那女人看了他一眼，去了另外一个屋子，随手关上了门，他一开始听到那边一男子也说着一直想着你最近忙之类的话语。女人打完电话出来对他说：“我有个同学会，先出去一下，把姐的电话留下，有空来，就当自己家好吗？”他记了电话回去，仔细回味和咂摸这个过程和女人的意思。

菊花照顾润生五个月时间了，逐渐摸索出了门道和诀窍，你别看他是个十七八的小伙子，实际上是三岁小孩的智力，一切按幼儿园的方式去循循善诱，才能有事半功倍的效果。菊花请示王校长，将润生房改装成幼儿房，王校长是教育专家，道理一听就明白，欣然同意，润生搬进去后，果然喜欢，如小孩子一样手舞足蹈。菊花在墙上贴了一块红旗榜，做对五件正确的事和好事贴一个小红旗，如何计五件事呢，要找个激励和奖赏的稀罕东西，王校长家糖果瓜子一应俱全，对农村孩子有诱惑力，对润生来说习以为常，见惯不怪，没有意义。菊花在外边买了半斤蚕豆，哄骗润生说这是天上的星星，对一个傻子来说，没有见过和教过的东西，你说什么，他就理解为什么，他也不知道哪个名贵，没见和少见的就是稀罕物，菊花故意把蚕豆锁在一个漂亮精巧的盒子里，说这东西很贵重，不准乱动和偷拿，只有做正确一件事或好事情，可以奖励一个，攒够五个，可以贴一面小红旗，贴够十个小红旗，就是乖孩子，好学生，就会让爸爸妈妈高兴和喜欢，就会比别的孩子聪明、漂亮、讨人喜欢。这一套做法果然见效。早晨起床，菊花教他叠被子、洗脸、刷牙，完成一件给一个蚕豆，再学会自己吃饭，端碗洗碗，就有五个蚕豆，王校长亲亲他，共同举着拳头，喊：“我聪明了，我长大了，我会叠被子、刷牙、洗脸、吃饭了。”庄严地贴上一面小红旗。

清晨，菊花睁开眼睛，看到润生近在咫尺的脸，一只手拉着她的被角，菊花吓了一跳，忙问怎么了，润生说：“我要叠被被，要星星。”菊花起来，润生把被子抖开铺好，却叠的不成形状，摸着脑袋发愣，原来菊花盖的被子小一些，润生偏是个一根筋，稍有变化，就摸不着方子了，菊花又给他上课，讲大和小，虽一时不明白，还是从做好事的角度奖励一个蚕豆，洗脸吃饭后，润生怔怔地看着妈妈和菊花，好像在等妈妈说什么，见她俩没有反应，又说：“我今天帮节节叠被子了，还倒脏水了。”“嗯，乖。”妈妈急着去上班，对润生的说话没有听明白，也没有兴趣，起身要走，菊花难堪，她是来照顾润生的，让润生给她叠被子，成何体统，不安地瞪着润生，拉着他的衣角，意思不要再说了，看着王校长的脸色，润生望着妈妈，一脸的期待，妈妈走到门口，润生失望地哭了：“骗人，做好事，给星星。”王校长和菊花才恍然大悟，郑重地给了二个蚕豆，润生拿在手里，数着“一个、二个、三个、四个、五个、六个、七个”，像宝贝似的紧紧捏在手里。

在菊花科学合理的教育方法下，润生自己生活的能力有了很大的提高，尿床减少了，惹的麻烦也少多了，看图识物辨认的东西越来越多，王校长一家很高兴，很感谢菊花。可菊花不想干了，担心自己被润生潜移默化地变傻了，这一家人很善良，待她不薄，多次想走，不好开口，想了很久，编了个要回家结婚的理由，王校长含着眼泪，深情地祝福她结婚大吉，幸福快乐一生，并随了一百元的礼，菊花眼泪扑簌簌地流下，咬着牙，一狠心，转身走了，润生还举着手，不懂事地喊着：“节节，一会认老虎、狮子，要二个星星……”

十

经一个院子同行保姆撺唆，菊花去了 KTV 酒吧，当了侍应生。

卢浮宫酒吧在午夜时进入了高潮，主持人声嘶力竭地在煽情：“现在出场的是我们期待已久，走过红地毯，上过星光大道，漂亮著名的歌唱明星琳娜小姐，让我们的掌声响起来。”随着呐喊、拍手、拍桌子和口哨声，一个长相一般的女人走着猫步，拿着话筒，拍着节奏，头和身体夸张地附和着节拍，走上台来，甜甜地说：“又和各位大哥，姐姐妹妹见面了，我爱你们。”以手加唇做了个飞吻的手势，观众又啪啪地乱响起来，接着边扭边走地唱了《月亮代表我的心》，随后惊心动魄的迪斯科音乐随着五颜六色旋转的灯光，以一百二十分贝的强音从四周砸了下来，震得整个大厅都在颤动，一群年轻人或站或坐，或聚或散，或者男女对面，三五成群，举着手，摇着脑袋，晃着身子，群魔乱舞，勾腰搭背，挨臂撞胸，撕扯扭在一起，疯狂了起来。菊花刚来，还有点适应不了，强音震得耳疼，灯光绕得眼花缭乱，更要命的是，客人大多喝得酒酣耳热，耍酒疯，有的故意说流氓话，讲荤段子，调笑浪声淫语，不绝于耳；也有的趁她端饮料酒水穿梭于人群开酒时，故意用手或身体在她身上敏感的地方有意无意地蹭、摸、擦、挨、揉捏一下；有的伸手接酒时，拉着她的手不放，推搡之时将她拉到自己腿上坐下来，顺势搂抱强亲，吃她的豆腐，千奇百怪，无奇不有。上岗培训时，领班千叮咛万嘱咐，遇到这些情况，最好不要跟这些客人较真，他们是上帝，是送钱买笑买快乐来的，惹了他们，得罪了顾客，就是惹了钱，万一他们恼羞成怒，会借着酒劲闹事打人砸东西，搞得一塌糊涂，乌烟瘴气，那样自己不仅拿不到小费，还会影响营业。所以，菊花只能客气地躲闪，或者问他们还需要什么，酒水或拼盘，以提醒客人，自己是侍应生，并不是小姐卖春的，更不会随便满足客人什么事都可以做，千万不能说讨厌，骂流氓一类的词。

她们侍应生和侍酒员也知道这些情况，下班后交流着对付这些流氓的方法，一般有三个人结成一个团体，若遇上难缠的流氓，旁边一人会适时赶来，提醒有你的电话，领班找你有事，或有客人催你送酒水，帮你脱困。一天，菊花的服务范围，来了一帮已喝得醉醺醺的客人，进来就大呼小叫，像在歌舞厅洗浴中心一样，浪笑着叫：“小姐，小姐，快来上酒。”菊花她们最讨厌这个词，如今在特定场合，小姐是妓女的代名词，菊花微笑着过来，问客人需要什么，其中一个大腹便便的光头，不怀好意地说：“先来两扎啤酒，两个水果拼盘，再叫五个小姐，侍候的好。”菊花提醒着，我们这儿没小姐陪，酒和拼盘马上就到，那客人喷着酒气，口出狂言：“没有小姐开什么KTV，你来先陪着。”说着一把强行拉她坐到大腿上，菊花力小，一时未能挣脱，这时同来的瑶瑶及时赶过来，大声说着：“菊花，前台有你电话。”那客人才放了手。菊花到洗手间喘了口气，洗了手，再次过来，那客人二话不说，端起一杯酒泼在菊花脸上，菊花从未受过这种侮辱，从小长大，都是父母宠着爱着，在这里赔着笑脸，忍着气，受着侮辱，还被酒泼在脸上，犹如被人在脸上吐口水扇巴掌一样难受，忍不住哭了起来，领班赶忙过来，问：“怎么回事？”那客人腿脚往桌子上一搁，七仰八躺，不高兴地骂着：“没见过你们这样的店，服务太差，没有品位，没有小姐，服务员出去半天不见人，我们花钱买气，受罪来了。”领班赔着笑脸，说：“好吧，我们会改变服务态度，请先生们谅解，今天的消费就打个八折，每位再赠送一张贵宾卡。”那客人好像得了理，暴露出真实意图：“贵宾卡算了，今天免单，以后再来看服务态度。”说着几个人起身就溜，领班向身后几个年轻人使个眼色，就并排站在门口堵住了出路，领班微笑着盯着那几个人，“看你们也是有身份的人，来这里也是照顾我们的生意，也是来寻个开心，另换两个服务员，行吧。”那些人见势不妙，缩头坐了回去，领班叫了个经验丰富而又能应付打情卖俏的侍应生，拉着菊花到后台去安慰。

凌晨四点，菊花和瑶瑶回到住处，菊花还未倒过来时差，一个月来，每到凌晨瞌睡得眼皮打架，站着都会眯睡一会，回来后疲惫不堪，倒头呼呼大睡，今天受人欺负，心情很差，失眠了。瑶瑶是夜猫子，上大学时成晚看小说，白天不上课，到夜总会半年多时间，熬夜功夫更是了得，晚上不睡，白天能睡个一佛出世，二佛升天。两人聊了起来，菊花说：“城里男人太坏，没脸没臊，耍流氓，好无赖。”瑶瑶劝慰说：“男人不坏，女人不爱，在夜总会，人家花钱来找乐，图的是开心、高兴、快乐，我们侍应生和陪酒的，就是要服务好，把他们的口袋掏空。”菊花说：“那也不能不要脸皮，丢人现眼呀？”瑶瑶笑着说：“你要改变观念，这种风月场所，大家都抹下脸在玩，你不看台上唱的跳的，哪一个不穿得暴露，干我们这行，不能是鸡皮脸，要脸比牛皮厚。”菊花又问：“他们喝酒，也是糟蹋钱，糟蹋自己身体，为什么还要喜欢和我们喝，把我们灌醉好像是很开心的事情。”瑶瑶好像什么都懂，说得越来越有大道理：“他们花钱请你喝酒，灌醉你，那是大男子主义的征服欲，他们在征服你的过程中找寻刺激和满足感。其实，女的只要能喝，反过来征服他们也是一样的，我来半年多，酒量越练越大，遇到不老实的客人，我与他们拼酒，连蒙带赖，把他们放翻，省得他们在我身上骚情，还掏光他们的口袋，他高兴，本小姐更开心。”

菊花掉进了染缸，有瑶瑶的思想灌输，有夜总会形形色色的行为，近朱者红近墨者黑，她也学会了与顾客周旋，说笑取乐谀媚讨好，猜拳行令喝花酒，很讨顾客喜欢，营业额直线上升，收入大幅增长。

林子大了，什么鸟都有，KTV 就是这样一个大林子，小社会，什么样的人都有，顾客们人人不同，爱好要求也无奇不有，这些不同的需求催生了不同的侍应生和陪酒女的不同服务，有规范的服务，也有不正常的违反道德和法律的行为，一些女孩经不起诱惑，误入歧途，与顾客建立不正当关系，慢慢地就被客人知道和传扬出去，引起社会关注。瑶瑶就是这样堕落的，午夜高潮时分，她给菊花发信，快到包间救我，菊花急忙过去，隔着门就听一群男人大呼小叫，透过门缝，冒着浓烟，可见抽了多少烟，推开门，不堪入目。菊花天生不属于这个圈子，也不是做这个圈内人的料，但她清楚得很，她得养活自己。刚推开洗手间的门，就被身后一股力道推得往里踉跄几步，来人力量极猛，反手锁上门扣，菊花心里大叫不妙，意欲夺门而出，可是已经来不及了，对方把她一把抱住压在冰冷的墙上，手迫不及待地撩起她的短裙。菊花脱口而出：“你个色鬼，滚开，否则我喊人了。”菊花急得大叫，全力挣扎，可她再怎么用力也不可能挣脱一个大男人，那双让人作呕的手在她身上游走，急不可耐说：“乖，跟了我，我不会亏待你的，你不知道你有多单纯。”菊花眼里含着泪，绝望地大声喊着。瑶瑶从那边挣脱开来，一把推开那个色狼，抱住了她。“咚咚咚”，三声敲门声在这个时候突然响起，“菊花你还在里面吗？怎么还不出来？”一个服务生说：“领班找你一会儿了，你还在这里磨蹭，经理都生气了。”瑶瑶借坡下驴地说：“快从她身上滚下去，她有正事了，被开除了，你们哪个乌龟王八蛋来养活我们。”一个长相猥琐的家伙正在兴头上，不高兴地嚷嚷走了。菊花穿好衣服，赶紧溜了出来。

这以后，瑶瑶经常夜不归宿，浑身酒气，眼圈发黑，脸显浮肿，举止轻浮，有时将男人带到住处，乌烟瘴气，菊花睁只眼闭只眼。这天凌晨三点，瑶瑶又醉了，被一个男人连抱带拥地拉进了房间，正在这时，只听“咚”的一声，门被踹开，三个警察破门而入，一个警察一边照相，一边说你们涉嫌嫖娼卖淫，带走取证和处理。瑶瑶用被子护着身子，那男的双手蒙面，眼光躲躲闪闪，迅速地穿好衣服，菊花瞪着惊恐的眼睛，手足无措，另一位警察不满地朝菊花吼道：“你还等什么，穿衣跟我们走！”菊花怯怯地哀求：“我没有做什么，我真的啥也没干。”那警察不耐烦地说：“一屋子乌鸦，好不到哪里去，做不做不是你说了算，有事实和证据说话。”不由分说，强令她穿上衣服，推到警车上拉到了派出所，三个人一人一个房间，被分开调查取证，菊花从未和警察打过交道，问她姓名、籍贯、年龄、职业，在富丽俱乐部多长时间，她吓得浑身颤抖，听不明白，老是答非所问，惹得询问人不高兴，拍了几次桌子，菊花吓得哭了起来，被送往看守所，直到下午才叫她去询问，警察让她老实交代卖淫的违法行为，菊花难堪地低着头，咬着牙说："没有，真的没有。"警察说："坦白从轻，抗拒从严，我们掌握了证据才询问你的。不要有侥幸心理，背着羊头不认脏。"菊花心里想，尽管自己没有这事情，若警察通知家里人，村子人知道了，家里人还怎么呆的下去，她也无法活人了，想到这严重性，也顾不上羞辱了，哭泣着低声说："我还是处女，不信可到医院检查。"这一句话倒让警察吃惊，他们现场没有抓到证据，瑶瑶也在审讯中说菊花没有卖淫，便释放了菊花，回到住处，意外看到瑶瑶在收拾东西，感到奇怪："你怎么回来了，要去哪儿？"瑶瑶无所谓地说："这地方呆不成了，一是危险，二是被人指指戳戳，人言可畏，我劝你跟我一起走吧。"菊花还未从惊吓中醒悟，木然地看着她收拾走人。她走在街道上，感到无地自容，她盲目地在街上游荡着，不知该往哪儿去好，双脚踌躇不前，她觉得自己就像裹在这个城市的巨大的襁褓里一个被遗弃的孤儿，对未来生活充满了孤独、无望。第二天，菊花去上班，大家果然以异样的目光看着她，一天都在怪怪的气氛中度过，无法正常上班，就领工资走人了，听父母来电话说村里人讲张生在 N 市工作，遂去了 N 市的大富豪 KTV 俱乐部。

十一

栓柱今天下午班，快下班时，住在小区的那少妇开车进门，按下车窗，对外喊着："小帅弟，快上车，帮姐搬个东西。"他上次从她家出来，鼻子里还留恋那手帕扇出的特殊香味，想起那温柔的手在他脸上的抚慰，心中会有莫名的悸动，身体不听大脑指挥似的，抬脚上了车。泊车后他等着搬东西，那女的眼含秋水，勾着指头开玩笑着说："先到家再说。"前面走着，妖娆婀娜，风柳杨摆似的扭臂晃腰，引得他的眼睛直勾勾地想入非非，进了家，拿出一双拖鞋让他换了，然后变戏法似的从手提袋里拿出三个盒装餐，凉拌牛肉，水煮活海参，椒盐鱼片，又从冰箱拿出黄瓜西红柿拌了两个凉菜，开了一瓶红酒，斟在两个高脚杯里，一手递给他一杯，一边摇晃着自己手持的酒杯，说："为了认识，为了上次感谢你的帮助，为了将来的友谊，干杯。"他像个木偶似的，被这个女人提着线儿演戏，不知道说什么，只有应承的份。女人殷勤地给他夹菜，中间给他吃了两片药，说是喝酒保肝，不到一小时两瓶酒下肚，他突然觉得口干舌燥，气血上涌，下腹部蹿着火，不能自持。那女子看着他说："小弟，你喝多了难受，我扶你去休息一会儿。"同时两手缠在他脖子上，他酒醉情迷，不能自已，心里还默念着，再撑一会，就快好了，往床上一躺。那女的顺势倒在他身上，女的还说："你好沉，把我也掼你身上了。"他已控制不住自己，顺手搂住了女的腰，脑子里已是过去搂抱亲吻的场景，吻着那女人，女子更加主动，像一头饥饿的母狗，双方开始粗暴地扯脱对方的衣服，脑子里除了渴望更进一步的动作外，什么都不知道了，离开快半年时间，这是第一次这样近距离接近女人，黑暗在粗重的喘息中显得低矮和仓促。鼻息吹动着栓柱红红的脸，她的身体迅速裸露，她热烈的身体让栓柱不能自持。栓柱知道，他要沦陷了，

起床后，他问那女人叫什么名字，那女人一把将他搂进怀里，他想的是男人充当保护者角色搂女人，他就是这样保护菊花的，这女人却把他当小孩一样搂着就笑了起来，她听见发笑的他，问："笑什么呢，看你高兴的，姐会让你一直这么高兴的，你真可爱，

是姐的小鲜肉。”他困惑地望着她，她将他的手放在她的手里，说：“我叫‘苏仪’，以后这里就是我们的二人天地，你要常来，不要辜负了我对你的真情实意。”栓柱也介绍了自己，唯唯诺诺地说了一些高兴的话，他在苏仪面前好像不太会主动说话和表现了。出了门，光线一照，眼冒金星，有虚脱的症状，笑笑自己，这一定是昨夜折腾得体力透支了，去小区门口小吃摊前，要了一碗稀饭，二个煎饼，三个鸡蛋，狼吞虎咽下去，才觉得有点力气和精神。

栓柱觉得这一切犹如在梦中，太不可思议了，耳边一直回荡着苏仪的话，回想着那些情节，回到床上，疲惫地倒头睡了一觉，醒来已是下午四点，手机上有苏仪留言：“我爱你，想你，晚上过来一起吃饭。”他又兴奋和想入非非起来，好不容易熬到下班，他如偷腥的猫，寻着鱼腥味踅磨着，偷偷来到苏仪家，进了门，两人就急急地拥抱在一起，舌头绞着，亦步亦趋地贴面进屋。

过了一会，栓柱出来洗澡，在苏仪的指导下，打开水龙头，篷的一声，喷下温度刚好的水来，苏仪刚洗过，水温调节、拖鞋、浴巾都准备得很齐全，一边淋着，打着泡沫，享受地回忆起他们几个保安到一家离这儿两个街道远的社区澡堂洗澡，五元钱一张门票，里边水汽蒸腾，气味刺鼻，脱光衣服的男人一个比一个难看，腆着大肚子，身上有大块的横肉，皮糙肉黑，形象猥琐，再看看自己，身材瘦长，肌肉有型，没有肥肉，更没有赘肉，皮肤光滑坚致，难怪苏仪会喜欢，很是自我陶醉。擦干身子穿上浴袍，在客厅里喝着水，这才认真地观察起这个房间，四室二厅，客厅与餐厅相连，欧式风格的装修，吊着顶头，墙上贴着浅淡花纹的壁纸，配上咖啡色水牛皮沙发，高贵典雅，气派温馨，卧室各具特色，大卧室的墙上挂着夫妻二人穿西装婚纱的大结婚照，苏仪小鸟依人地靠在男人身上，他突然觉得不安和紧张起来，那男人的眼光像利剑刺穿他心，洞察着他偷了他家的女人，赶忙低下头来，不敢仰视，匆匆忙忙出来，回到房间。他定了定神，问苏仪："你男人在哪上班，会不会突然回来。"苏仪明白他的意思，安慰着说："他在外做生意，早有了自己的相好，除了按月拿钱来，根本不在乎我，你放心在这。"他又问："怎么不见你小孩？"苏仪说："我们结婚六年了，一直没有怀上小孩，这也是他在外面找相好要传宗接代的原因，他父母着急着呢，鼓励和怂恿他儿子再找一个，我们各玩各的，我也不管他。"栓柱打消了疑虑，也想明白了苏仪每次和他不采取避孕措施的原因。又想想，我一个农民工，一人吃饱全家不饿，能和城里女人玩玩，又不亏咱，把心装在肚子里，踏实了起来。之后两人又腻腻歪歪起来。

好多天没去老教授家了，碰巧在院子遇上，栓柱打着招呼赶忙过去推轮椅，阿姨拉着他的手也热情地问候："小张最近是不是忙了，好久没来，你伯伯这几天还念叨着你，看你脸都瘦了，可要注意身体。"一块到家，他也不见外，拿起拖把拖地，问："还有啥活计，留着我来干，伯伯阿姨年龄大了，千万要注意，不能提拿重东西，有事给我打电话。"阿姨一边说在这吃饭，一边开冰箱拿出鱼、芹菜、豆腐准备做饭，他赶紧接过来，说："我来。"栓柱随他爹开了大半年饭馆，钱是亏了，手艺还学了两把刷子，也想露一手。做了个清蒸鱼，麻婆豆腐，农家炒芹菜，又配了个紫菜西红柿鸡蛋汤，老教授夫妇潜心业务，忙着著书立说，都不擅长做饭，生活上要求不高，简单清新，拿筷子夹了两块尝尝，连说好吃，鱼肉鲜嫩，三汤汁味正，豆腐配着粉肉末，香辣可口，芹菜炒得清香，美美地吃着，希望他有空常来家，一块吃饭。他也答应着，都高高兴兴的，临走又拿了几本书，是老教授推荐的简易哲学和人生感悟类的书。

悠忽过了两个月，栓柱确实忙了，上班，情场，到教授家学习，与弟兄的来往明显少了，只能利用白天上班时查岗看望一下聊聊天，这天周日五点，他在查岗，到东门时看一个年轻女孩在花坛围起的树上靠着，披头散发，地上吐着一滩秽物，肩膀一耸一耸地还在哭着，泣不成声。栓柱关心地上前询问，那女的没有丝毫反应，他上前又拍拍那女孩的肩，问：“怎么了，需要帮助不？”那女的抬起头来，脸上被眼泪呕吐物搞成了大花脸，仍能看出清丽姣好的面庞，看着栓柱声嘶力竭地吼道：“臭男人，滚，滚，你们男人都不是好东西，还不快滚，我要报警了。”

在惶恐中度过了几天，真担心那女孩报警，说他趁酒醉非礼，那可是跳进黄河也洗不清，一看街上路过警车或听到警车响，就心惊肉跳，好不容易又碰上那女孩，低着头去赔罪，说：“那天，我理解错了，真不好意思，请你谅解。”那女孩似不认识他，看了一会，摸摸脑袋，才突然想起来，说：“我男朋友嫌弃我在夜总会工作，说我脏，要甩了我，现在又好了，事情都过去了，你可要替我保密啊。”说完头也不回，好像什么都没有发生过。栓柱抚摸着胸膛，说了句“初生毛驴放屁自失惊，真是自己吓唬自己”。

这一周吓得没敢去苏仪家，苏仪发了几次短信催，都担心和质问他是不是有新人了，栓柱纳闷女人心眼这么多，鼻子比狗灵，什么都嗅得出来，这才放心地偷去了苏仪那儿。

菊花换了个街区，又找了家夜总会，舍不得离开的原因是待遇和小费高，菊花还因前不久那次警察抓她的事耿耿于怀，心里的阴影始终从记忆中抹不去，痛心而恐惧，经常做噩梦，她担心忧虑警察有她的相关信息，会不会继续找她的麻烦，家乡的人会不会知道，如果栓柱知道了，肯定会分道扬镳，她在努力压抑，将那不堪回首的屈辱封闭在心底，永远成为秘密。

工作岗位职责和流程与以前一样，轻车熟路，卸下羁绊，干的更好，正应了树挪死，人挪活那句古语，瑶瑶不是她学习的榜样，但瑶瑶的话对她有指导意义，抹下脸来，守住底线，其他的全部放开，笑着脸，调着情，说着顾客喜欢的话，周旋于男人之间，酒量也锻炼出来了，应付三五个人不在话下，一月工资，提成，小费合计近千元，这可是他们家一年的收入。

十二

栓柱在这里已混了一年多时间，熟悉了这个城市，融入了这里的生活，当个小班长，有几个弟兄们捧着，还有苏仪的感情和温暖，有个温柔乡，又成了老教授家的常客，看书学习听讲，眼光高了，学问增加了，思维活跃了，变化很快，乐不思蜀，家里多次来信，催促回去结婚，他都无动于衷，他满足于现状，安于现实，惬意地工作、生活、学习、游玩，脑子里唯一没有放下的是菊花。苏仪对他很好，是他感情和性爱的启蒙老师，但给不了他一个家，不是长久之计。老教授是他思想和文化的启蒙老师，但两人风烛残年，身体越来越不行，也管不了他一辈子。目前的工作虽然清闲，但社会地位低，收入低，没有人正眼瞧他们，若是没有老教授的教育和提高，他已很满足了，但随着文化知识的增加和人生哲理的熏陶，总觉得自己缺些什么，应当再高一点，再挖掘点潜力，实现点个人抱负，有点人生价值。因此这一段时期以来，他走出去，到社会的各个方面去观察，去各行业了解情况，增加见识和思考，这天约他那兄弟到大富豪俱乐部看节目，那震撼的音乐，骚动的人群，炫目的灯光，台上的性感表演，主持人的随机应变口若悬河的煽情，粗俗低下的黄段子荤话，都让他们三人感到震惊好奇，三人要了一扎啤酒，在一个旮旯犄角处坐下，只看不说，只坐不动，如刘姥姥进了大观园。十二点左右，有一个女孩端着酒水从他们桌子旁经过，栓柱看这不是菊花吗？不可能，菊花怎么可能在这里，干这种工作，担心自己眼睛看错了，揉揉眼睛，跟了过去，但见菊花微笑着，与好多客人好熟，眉目传情，打着招呼，有些顾客故意挨挤碰撞着她，菊花全然不顾，客气地避让着，进了一个包间，里面传出浪声笑语。他守在门口，不一会儿，菊花出来与栓柱撞怀，时间仿佛就在此刻静止了，菊花呆呆地看着他，他也陌生地看着面前的菊花，两人对迪斯科震天动地的响声充耳不闻，对男男女女的群魔乱舞视而不见，两人的眼神由惊愕转为疑惑，接着又是羞愧，在一瞬间由脸上迅速变化着，感到呼吸也不顺畅起来。菊花脸色慌乱起来，菊花手足无措，抓着菊花的手触电似的突然松开，菊花的眼眸里突然充满了泪水，嘴角却咧着笑了起来，速速拉着栓柱去后台请假再说。

两个青梅竹马的恋人，分别一年后的不期而遇，让他们产生了重逢的喜悦。两年前，他们高中毕业，回乡下种地、大棚种菜、开饭馆，栓柱还多了一份油坊的经历，但都一事无成。他们都不是上大学的料，也不是安分于农村的劳动者，都带着理想、憧憬、美好，背井离乡，来到这个人生地不熟的城市，有希望，有收获，有收入，但更多的是酸甜苦辣，人生百味，相对成熟了，认识了社会，掌握了生存的技能。菊花欣赏地上下扫了他一眼，夸道："好潇洒的，穿上这保安服，比警察都帅气！"他心里笑了一下，这一点他对自己表示满意，不认为是菊花在讥笑他。他在这里甩掉了土气，脱去了稚气，体格也更加健美了，看书多了，受教授的熏陶，品味也有了，他偶尔在镜子前好好端详一番，一米七八的矫健身材，国字脸，浓眉大眼，帅气的脸庞，眉眼间透露着英姿，还真有点将军的风度。"你洋气得我都认不得了！"他也赞美了菊花一句，菊花心颤了一下，浑身不是滋味，这话让她不自在，脸红了，好丢人，急忙换了话题，说出去找个地方，好好聊聊。

菊花换下工作服，与栓柱进了咖啡馆，要了一壶茶，一盘花生和一盘瓜子，原以为在出外打工时无缘相见，但命运之神却又把他推到她的面前，毫无信息和提示及准备，在这样的场合，穿那么露，陪笑式工作，不知栓柱是否看到有顾客在她身上故意碰摸吃她豆腐的行为，令她慌乱而且措手不及，看到栓柱当时惊愕不解的表情，她觉得心有被刺痛的痛苦，没有什么比心爱的人看到自己这种糗事而尴尬的了，就好像偷人被抓在现场一样。两人各自说了家里和出门的工作情况，菊花隐去了过去在 KTV 工作的情况，说在餐厅打工多些，栓柱隐去了情史，说为逃避父亲提婚出来打工，都有动情的地方，这时，一个手捧玫瑰花的卖花女走进来，“先生，要一束玫瑰花吧，一看您就是在等待心中的女神！”卖花女甜美地说。他几乎不加考虑地掏钱买下了一束红玫瑰，还夸奖了卖花女一句：“你来得正是时候！”转手递给菊花，菊花说：“你也学会浪漫和城市生活了。”这话让栓柱心里抖了一下，莫非她看出我和苏仪的事了，女人的第六感太丰富了，太敏感了，太厉害了，能透视人心，看清过去、未来和现在。双方捧着手几乎聊了一夜才散去。

她告诉他，以后两人见面的机会多着哩，她是晚班，白天有的是时间，就这样，隔三岔五地见面，见面一番热情的寒暄，又找回了过去感情的波澜。他们俩约好看电影，电影是香港的搞笑喜剧片。菊花仍期待着像过去那样，可栓柱尝过了那个少妇的滋味，他再也不会情不自禁地去拉个手偷偷吻她。可菊花不知道这些，她在深深的自责，是不是因为她在 KTV 里当侍应生，栓柱哥嫌弃她了呢。当电影院所有的观众都发出笑声时，她却没有丝毫的情绪反应，银幕里的人物情节故事，仅仅是个声光影，电影散了，灯光亮起，她木然地随着栓柱走出去，就这样淡淡地穿街过巷回去了，带着遗憾、难受、不服、屈辱。

其实，栓柱心里是有愧的，他偷吃了禁果，背叛了菊花。他心里很矛盾，是不是男人都像我这样。菊花是农村来的，恪守着只有结婚才能同房和从一而终的思想。栓柱只能想想，说都不敢说，更谈不上付诸实践，他如同做错事的孩子，提心吊胆地保守着秘密，还不放弃享用偷来的成果。

才过了两年多，他已不是过去的毛头小伙了，而是个沉稳、成熟，见过世面，有些阅历的男人了。她也不是过去的那个黄毛丫头，而是亭亭玉立，前凸后翘，衣着光鲜，像城里人一样露着，脸上化着浓妆，丑小鸭变成了白天鹅，她已经不是他所熟悉的从前的菊花了。

这天下班，两人爬上城东的小山，看落日余晖，站在高处，一览众楼小，大地更显广阔，彩霞愈加博大深邃，近处的高楼大厦，城际道路，在天地的衬托下都渺小了。栓柱说："进城一年多了，原来想城里是花花世界，钱好挣，现在越来越觉得没意思了，有点想家了。"菊花附和着说："城里人好坏，老欺负人，我也不想待了。"栓柱最近在教授夫妇家看了不少书，也听老教授讲了许多人生，价值，为人处世的哲理寓言，今天有感而发，也想在菊花面前卖弄，装学问，滔滔不绝地讲了起来："这个世界越来越复杂，城市越来越堕落，物质主义、个人主义、市场主义成了人追求的价值目标，心在身外，人已空虚，功名利禄，使人类陷入物役……"

菊花说："士别三日，刮目相看，没想到你突然变得有文化有思想了。"两人边走边聊，菊花从栓柱的谈吐中，感到栓柱进步了，有知识了，成熟了，心里甜滋滋的，哪个少女不怀春啊！菊花认定自己嫁给栓柱，将来是栓柱的人了，要在一起过日子，走漫长的路，栓柱的进步，就是她依靠的大树，长的更高更粗了，更可以依靠了，栓柱有知识了，就是她汲取营养的源泉，栓柱成熟了，她停靠的港湾，更牢固了，更宽阔了。

菊花由衷地高兴，心里甜蜜蜜的。

她说："物以类聚，人以群分，近朱者赤，近墨者黑，你在教授家熏陶的挺好嘛。我也想去学学。"

栓柱高兴地说："这样最好，我们俩一块去，一块学习，一块帮老教授家干点活。"

栓柱受到鼓励，又转述了老教授给他讲的一段话。教授说："人体的能量需要释放，释放的指向分内外两种，向内释放是将人的注意力、智慧、兴趣和情感引向精神和心灵的活动，通过宗教、艺术和伦理生活来充实自己，获得新的境界；向外释放是将人的上述引向外部的物质世界和肢体活动，通过心外的外部空间，获取物质来充实自己，获得满足。"

"听了你讲这么多，我现在老在考虑，自己要信仰什么，追求什么，干些什么的问题。"他觉得自己的知识，影响了菊花，心里甜蜜，显出得意之色，给菊花讲了与老教授一家的际遇和来往，菊花说："刚才不是说好了吗？我也跟着你去学，顺便帮着打扫卫生和洗衣服。"

周末下午，栓柱领菊花去了教授家，以女朋友身份做了介绍，老教授夫妇很高兴，又是端茶倒水削苹果，又是问寒问暖，菊花喝了两口水，不管教授夫妇的劝阻，扑下身子打扫卫生，从地面的犄角旮旯到所有的家具，不放过任何一个死角，一口气干了五个小时，栓柱做好饭，才歇下来，高高兴兴，说说笑笑吃了饭，怕影响老夫妇的休息，早点告辞，说好第二天拆洗被套窗帘衣服。栓柱领着菊花参观了小区，看了自己的工作情况，到了宿舍，多去值班，还有两弟兄寒暄了两句，知趣地出了门，栓柱才故伎重演，拥抱亲吻，张生是过来人，已没了过去的猴急，更多的是成熟和爱抚技巧，菊花在风尘里走动，被多少男人捏摸蹂躏过，虽没过去那样羞躁，但面对朝思暮想的栓柱，还是情意浓浓的，两人都适可而止，没有进一步深入下去，栓柱想一则不能过早暴露自己的卑鄙，露出马脚。二则菊花是最正经的人，她不可能答应。三是煮在锅里的鸭子，不怕她飞走。四也要表明自己对爱情的忠贞，菊花感到栓柱没有嫌弃她，还如过去一样爱着她，心里的石头落了地，一边帮着洗衣服，一边聊天，两人有说不完的话。

菊花白天无事，连着去了教授家一周，拆洗被褥衣服窗帘，整理书柜兼带卫生，把整个乱糟糟的书香之家收拾得窗明几净，井井有条，里外一新，感觉格外清爽，房间空间大了，亮堂了，连空气的味道都变了，教授夫妇非常高兴，给一百元酬谢，菊花坚决不要，请收她做个学生，来看书方便就行。从此菊花的作息时间就变了，凌晨三点睡到十二点，下午陪教授夫妇散步、聊天、打扫卫生、做饭，晚八点至凌晨三点工作，上班方式也变了，顾虑着张生的感受，不那么浪了，收敛了很多，收入略低点也行。更多的是学习管理、经济、文化、人文、哲学方面的知识，得益于老教授夫妇的指点开导，进步很快。

栓柱和菊花同在一城，同在一个教授门下，有了共同的时间和共同的话题，两人一起游览了市里的许多名胜古迹。一日到感恩寺，门楹上有一副对联“人善人欺天不欺，人恶人怕天不怕”，菊花说：“我在KTV俱乐部见了形形色色的人，有善人，有恶人，有好人，有坏人，还真是看出点门道，善人端庄有正气，恶人低俗有邪气，相由心生，这一点就有变化。”听两人辩论着，旁边一和尚听了有兴趣，说：“施主讲得有道理，善人心正，气血顺畅，行于面则端，走于肢则健，入五脏六腑则康，恶人则反之，天道循环。”栓柱问：“师傅，你们打坐修什么？”和尚双手合十：“阿弥陀佛，明心见性。”“怎么才能明心见性？”栓柱和菊花同时问。和尚说：“这是般若智慧，非常人可理解，也有悟性高的顿悟，对凡夫俗子来说，通俗地讲，明心就是不要暗心、蒙蔽心、阴暗心、阴谋心、扭曲心，像小孩那样纯粹、纯真、纯洁，毫无顾忌，毫无悬念，毫无疑问，毫无私心杂念，心，是空最原始自然的状态，无尘埃、无尘世、无尘封、无尘土、无尘缘、无尘嚣、无尘俗、无尘寰、无尘垢等等，见性即真善美和假恶丑之定性，明心通过般若波罗密多心经修持，见性通过金刚经的智加持修炼提升，心在无上修，身在空中修，性在善中修，戒是纪律修为，定是降伏明心，慧是性达到神的境界和高度，突破想看破而世不明，欲放下而物不弃，求自在而俗不耐，明世通达，看破放下自在，能用般若大智慧入世出世，讲禅智救人苦厄，普行天下普度众生。”老衲看你二人有缘，讲了禅机，望好自为之，又对栓柱叮嘱一句：“勿以恶小而为之，你方可躲过一劫。”栓柱觉得他一眼看穿了自己，所说对他有针对性。

栓柱到苏仪那儿少了，一则与菊花在一起时间多了，没有精力去应付，当然菊花上晚班，不影响他晚上的活动，主要是听了和尚一席话，如当头棒喝，有了恐惧心、畏惧心、报应心，苏仪天天发信息打电话，他都以工作忙推托，保持一周一次的频次。

俗话说没有不漏风的墙，常在河边走，哪有不湿鞋的？他活该有事，两个月后的一天，他在苏仪家相拥而卧至十二点，门上响起敲门声，接着有开锁拧门的声音，两人忽然惊起，苏仪说：“不好，我丈夫回来了，你快走。”门口有人，出不去，家里也没个躲的地方，幸亏门从里反锁着，栓柱急得衣服都穿反了，除了厨房，其他房间门都加有钢条，栓柱急得一头汗，也顾不得危险了，从厨房三楼纵身跳下。

栓柱感觉左脚上传来钻心的疼痛，扶着墙已站立不起来，左侧小腿向一边弯着，一上不得劲，赶忙用对讲机联系许军和王学飞，把他搀扶着架回去。苏仪第二天下午来找栓柱，才知道他脚摔断了，她悄悄地溜走了。栓柱已送往医院，捏骨复位打了石膏，菊花心疼地问怎么回事，栓柱红着脸说："追贼，爬高摔的。"再无一言，他的同伴用异样的眼光看着他，一言不发。

又应验了空中断脚的卦语。右脚趾骨是人从草垛摔下被饺棍打断，左小腿是人从楼的空中坠下摔断。身体伤害的灾难总算了结了。

栓柱的童年、少年，是融入大自然中，是在生活清贫、文化贫瘠、信息封闭的偏僻农村度过的，青年起步是在城市受的启蒙教育。多灾多难始终伴随着他，磨砺着他，孟子曾说："天将降大任于斯人也，必先苦其心志，劳其筋骨，饿其体肤，空乏其身，行拂乱其所为，所以动心忍性，曾益其所不能。"在逆境中，都应该看作是对自己的锤炼。"祸福相倚""祸兮福所倚，福兮祸所伏"，得与失并不重要，关键在于人们如何把握自己的内心，把握自己的人生。世事无常，诸相皆空，以一颗平常心去对待，有也好，无也好，都看作是镜花水月。人若不经过磨炼，则无法完成真正的修行，人生在世，会遇到各种各样的坎坷，以及大大小小的困难和挫折，人的一生都在不断经历得到与失去，不管是得到还是失去，都是一时，而不能维持一世。重要的是，我们是否能够在得到与失去中，依旧不改初衷，坚持自己的梦想，把握自己的人生。

十三

沿着银兰高速，在接近沙坡头5A级景区，一"丁"字路口向北拐，蜿蜒而进，两边是高高的玉米和高粱地，连绵不绝，人在里面，如在绿色大海里的一叶小舟，风一吹，红红的高粱头和玉米秆一晃，人就不见了，过去弯弯曲曲的土路已被笔直的水泥路取代，过二道大渠即到沈园，村落平整，房屋老旧不同，平静、安宁，鸡鸣犬吠，挨着一片片稻田，阡陌纵横，有些早熟的稻子已开始收割。黄河浩浩荡荡流过，站在高处瞭望，向北照壁山连着腾格里沙漠的边缘若隐若现，栓柱受伤辞职，菊花陪着送回家里，脚上打着石膏，卧床休息两个月。

伤好后，他约菊花出来，乡村路上已有了积雪，有马车的辙迹一一辗过，有人和牛马驴骡的脚印和蹄子印踩过，杂乱无章，出了村子，芦苇根根白发，蓬松的绒毛在风中摇动。远看像是一群白发苍苍的老者在打太极拳，轻美柔和，它们麻秆似的身子在北风的鼓动下相互击打，饱经沧桑的叶子如历练的匕首一样，摇曳着相互切割。一条小径，是两个人走过多次的人生路，一派光景，融合了两人回忆的思绪，孕育着希望的憧憬。

他俩谈起小的时候，这里玩耍的情景……

这里在夏秋，松软的田园小径，纵横的水渠，阡陌的田野，成片的高粱、稻田、水塘里，有他俩劳动的身影；二道湖边，清水浅浅，绿茵青青，临水照面，芦苇的叶儿飘曳招展，他俩曾在这里拦羊，两人脚伸进水中，一荡一荡；那一块块的水田里，他们随着大人，躬着腰身裤管高绾站在泥水里，一株株禾苗在他们的双手下，像鸡啄米一样，一点一插的，排排行行，一片连一片，禾苗青，水波漾，一派盎然的生机被她织在了田野上；河湾水渠沟边，精尻子，光身子，扎猛子，学狗刨，摸泥鳅，那是他们曾经欢乐的天堂，现在低头凑近，还有隐约的身影；桃三杏四，比不过沙枣花的清香，青色的杏，毛茸茸的桃，长着花斑的沙枣，挂满枝头，让人垂涎，等不及成熟，馋涎欲滴，青涩的果，如青涩的年华，欲取不行，欲罢难舍。野塘里的狐狸、獾、蛇、野鸡、鸟、小鱼、泥鳅和一些小动物陪他们玩过了少年时光。只需静待时日，顺其自然，总会迎来丰收甘甜的时候。现在四野无人无动物，他牵着她的手，行走在白雪茫茫的旷野，一股刺鼻的冷冽从泥土里钻出来，两人不自觉地依偎在一起。栓柱突然发现家乡挺美，由衷地发出感叹：“还是家乡美，家里好。”菊花附和着：“家乡安慰，人朴实，活得自在，我再也不准备出去打工了。”

菊花痴迷迷对着河边的冰和水，童趣未减，捏雪球，抱冰块，手冻得红萝卜似的，栓柱腿伤初愈，还不敢滑冰，又羡慕又手痒，坐在地上，滚个雪球砸向菊花，菊花又跑又跳，动作迅速，已连着砸了几个，栓柱头发上、脖子上都披上了雪，像圣诞老人，玩够了，疯美了，栓柱说：“有书说，女人是水做的，所以女人喜欢水，柔情似水！还说，男人是太阳，女人是月亮，所以你们女人喜欢月光，喜欢幻想、喜欢神话和童话。”

两人起身走着说着，栓柱拉着菊花穿过一片芦苇和杂树林，几只鸟惊着从树枝间飞出去，一地的芦苇花和残雪铺成碎银花，出了林边，突然映入两只狗，狗惊恐地看着他俩，他俩也吃惊地停住了，菊花脸红的扭过头去，栓柱眼睛直勾勾地盯着，呼吸不畅，陷入一种慌乱迷津，脑子里出现了小时候在饲养场，他还一个劲地低声嚷嚷：“你看狗，你看那狗！”那对狗见了人打扰，撕扯不开，逃跑不了，在原地转圈子，栓柱看得很投入，咂着嘴，一副痴相。菊花生气地一挪身子，拉着栓柱要走，栓柱却突然抱住菊花，身子抖着，颤着声音说：“我们也那样，要会儿吧。”菊花羞臊地说：“那是狗呀！”栓柱更用力地将菊花箍进自己怀里，嘴也凑上来啃着，菊花慌慌地挣扎：“你干啥呀？这大天白天的，有拾粪放羊的，看见羞死人了，传到庄子上，咋活人呀？”栓柱急急地喘着粗气，含糊不清地咕哝着：“我要你，受不了了，要你哩，憋得难受。”女人的本能，贞节的观念，使她突然从痴迷中惊醒。她气急地挣脱，猛地推开栓柱。栓柱一愣，正要继续，菊花惊慌地勒着腰带，气轰轰地吼道：“你不尊重我！”“人家城里人恋爱都这样。”“我不是城里人，我不想这样，我们村子从来没有这事。”栓柱喘息着，欲罢不能瞪红着眼睛说：“我们两小无猜，青梅竹马，多少年了，还不能，咋行。”菊花说：“我们俩的事，双方父母还没有说通，八字还未一撇呢？你这样把我害了，若走不到一起，我一辈子还咋活人。”栓柱这时才醒了，争辩说：“我非你不娶，找我爷说，我爹听我爷的，上你们家提亲。”菊花才从气愤中缓和下来，口气也轻了：“好，办喜事了，新婚之夜，我整个儿好好地给你，那以后怎么都行，馍在锅里，都是你的。”栓柱才忍不住“嘿嘿”笑出声来，不再生气了。他们回来时，已是九十年代初，束缚在田头的农民不满足了，和外边的世界比较依然属于贫穷、落后、封闭，农村干部与一些改革开放的能人，开始了发财致富的路子，在上级政策和银行的支持下，什么塑料厂、冶炼铁厂、商店、饭馆、长途贩运等，此起彼落，一浪低过一浪，

人与人见面，再也不是过去“吃了吗？”的口头禅，而是打工、出外寻路子、致富门路、谁发家了、发财了、搞大发了……

菊花问：“你家给你提亲了，我们家也有媒人上门提亲。”你说：“我们该怎么办？”栓柱虽没有想出办法，但心没有变，对菊花海誓山盟地说：“除非我打光棍，否则非你不娶。”两人又议论了庄子里的事，和今后的打算，仍觉得茫然，心里空落落的。

“刚刚，人都说你聪明，你给我和菊花的事出个主意。”栓柱坐在刚刚家的门坎上，心事重重地寻求帮助，刚刚进屋端两杯粗茶，一人一杯喝着，刚刚讥讽着说：“你小子还有脸让我帮忙，你本事大的神不知鬼不觉地把我们四人帮的美女挖走，我们一个个还不如你呢？老实交待，啥时候动的歪心思，什么时候下的手？”栓柱没有闲情逸致开玩笑，一本正经地说：“老爷子不知为什么，死活不同意菊花进门，为此事与我和我妈闹矛盾，闹的家里不安宁。”“婚姻自主，法律保护，是你娶媳妇，把这个大道理讲清

楚。”栓柱拍了刚刚一巴掌，又在胸上擂一拳头，说：“你小子站着说话腰不疼，要我，给我上课来了。”刚刚笑嘻嘻地打趣道：“人家刘备请诸葛亮，三顾茅庐，才有诸葛妙计安天下，你小子夺走我们的朋友，还要打着我助纣为虐，算了，我好人做到底，送佛到西天吧。”栓柱说：“我知道你小子属核桃的，要砸着吃，主意不好，我天天打你。”刚刚说：“你和菊花的事，全村人都知道，属于半公开的秘密，生米已做成熟饭，你若不娶菊花，菊花也无脸再嫁，我和兵兵都饶不了你害了菊花，现在你妈同意，你爸不同意，不外乎家庭、金钱、财产、人品方面的问题，这些你都改变不了老一辈的死脑筋，为今之计，要生米做成熟饭，当然不是让你霸王硬上弓把菊花拿下，而是学深挖洞，广积粮的点子，先立业，后成家，曲线救国，你和菊花合着搞个事业，让你老子刮目相看，改变他对菊花的看法，时间能改变一切，时间长了，儿大不由爹，他比你还急，另外你若强过你爸，经济基础决定家庭地位，谁说了算的问题会迎刃而解。这样还不影响你和菊花的来往。”栓柱听着眉头展开，又给刚刚一拳，说：“你小子还真比我聪明，想的透彻。”

十四

栓柱将刚刚的创意反馈给菊花，二人仔细分析，说的有道理，而且将他俩的未来创业都捎带上了，创什么业呢，大棚蔬菜、种硒砂瓜、运输、建筑、装修、销售等行业想了个遍，资金、门路、技术、管理、销售、是否熟悉一大堆问题，想不出个头绪。菊花提议：“刚刚和兵兵都回来了，我们一起议议，三个臭皮匠，顶个诸葛亮。”

说做就做，栓柱把那俩喊来，也没有咖啡馆和茶馆，更没有程序和议事日程，山野村民，就地在门前收过庄稼的裸地田埂上，席地而坐，聊起未来创业的打算。时近小年，凉风习习，风中带着雪碴子，刮得脸疼，几个人说到未来，还是热血沸腾，一点不觉得冷，脸上充满了期待，栓柱讲了一些思路和难题，刚刚紧接着说："犹太人说赚钱要盯着人的嘴和女人的衣服，衣服都已大商场化了，开饭馆比较适合我们。"栓柱不屑地反对："我们家开饭馆败的家，没人吃饭。"栓柱是一朝被蛇咬，十年怕井绳，菊花说："我在小天鹅打过工，火锅适应于潮冷的西北地区，从街头鳞次栉比的火锅店断定市场很兴旺，你爸以前定位家常菜，没有特色，不行。"刚刚胸有成竹地讲："火锅食材相当广泛，荤的可取自家禽、家畜及其内脏器官和水产，我们这儿种的所有素菜都可以用，材料来源方便，适合当地人口味，又有特色，我在重庆火锅店帮过忙，知道些名堂。"兵兵说："我觉得火锅真好吃，热气蒸腾，冰啤下肚的凉爽，荤素搭配多样，不用炒菜的大厨，配好凉菜和底料，省事也好管理。"三个人都赞成开火锅店，只有栓柱犹豫不决。他把讨论结果和自己的问题，给我写了封信，我看了后，认真地查阅资料，给他们回信说明："从理论上讲，任何行业都会有盈有亏，关键是品牌、创意、管理、营销模式，火锅适应于西北地区，有可行性……"几个人又接着讨论火锅品牌，有桥头、小天鹅、露凝香、苏大姐等，菊花认为小天鹅相对味道中和，不像其他太麻辣烫，创意上，重庆火锅是大江东去，成都则是小桥流水。重庆阳刚料粗豪放，成都火锅原料精细，折中结合本地特色，荤菜精细，蔬菜新鲜粗枝大叶，配上本地的特色羊肉、蒿子面，兵兵对管理有研究，提出四人合伙，模仿小天鹅，管理上分前店和后厨及料和财务，几个人越说越具体，讨论查资料搞市场调研，马不停蹄一个月，有条不紊地上了路子。

三个月后，小天鹅火锅店在栓柱爹以前的铺面上扩大改装开张了，菊花出资一万，是老板娘，另外三人是合伙人兼工作人员，栓柱出了七千，刚刚和兵兵各出四千，有四个包间，大厅摆二十张桌子，可承包中小型婚宴，菜品有鲜毛肚、鸭肠、火腿、梅林午餐肉、老肉片、各种肉丸子、香菜丸子、牛丸、鱼丸、里脊肉、猪脑花、牛脊髓、猪腰花、凤爪、无骨鸭掌，蔬菜有方竹笋、南瓜、冬瓜、海白菜、藕片、各种菇类、木耳、粉丝、苕粉、嫩豆腐、老豆腐，外加兰州手抓，惠安堡羊羔炒肉，各种北方点心和蒿子面，开业时，敲锣打鼓，燃放炮仗，宴请各方嘉宾，搞得有声有色，一举打响，很快在当地有了知名度，天天客满。

这个上学时期的四人帮，合伙开店又结了帮，四人齐心协力，抱团打天下，每天都琢磨出一些花花肠子，改进餐谱，提升服务质量，吸引顾客眼球，从细节入手，从服务抓起，被工商部门授予“诚信企业”称号，生意火了起来。

栓柱有意请他爹来参观几次，老汉开始不相信他们几个娃娃能干成事，后来发现店越来越火，服了，承认现在是年轻人的世道，老了不中用了，对四个娃刮目相看。栓柱干脆请他爹来帮厨，负责凉菜和兰州手抓及惠安堡炒羊羔肉，发挥他的特长，菜也做的颇受顾客好评，老汉看店好了，票子来了，心情顺了，看这几个娃能耐着呢，自然改变了对菊花的看法。

栓柱爹领着媒人亲自到菊花家提亲，竖着大拇指夸菊花聪明能干，是个好闺女，菊花爹妈也觉得年轻人能干，栓柱从城里回来后，里外一新，像个干部的模样了，一个月后，在村上风风光光地给栓柱和菊花办了订婚礼，并请订婚时来的亲戚客人到小天鹅吃席，这些乡巴佬没吃过四川火锅，开了一次洋荤，都夸年轻人能干，后生可畏。

一开春，五爷为栓柱结婚准备的新宅子破土动工了，房基就选在原生产队粮仓后面的一块空地上，据长辈讲，以前这里有个小庙，后来被败成了废墟，这几十年来成了空地，闲置多年。新宅子依旧是前墙砖，后墙土坯基子，中间三间客堂，两边各两间耳房，上覆大梁、行条、椽子，芦苇覆顶抹泥，这是这个地方几百年来的传承。五爷宰杀了一头猪，一只羯羊，放了鞭炮。划了墙基线和四方地形，定了房屋的格局及方位开间，破土动工挖墙基，用石头填充时，来帮工的宋二，挖出了一个鸽子大小的东西。初时疑是块发锈的石头，他用铁锹拨了一下，软绵绵地好像还在蠕动。宗二盯住地上看了看，又用手拨弄了一下，惊乍乍地大呼着：“哎呀！”宋二是个怂人，沉不住气，吓得扑腾一屁股坐在地上，嘴里嘟囔道：“妈呀，这要死人呢？咋整呢？”接着跪趴在地上磕头如捣蒜，口里念念有词：“这是啥东西？”其他人都惊慌地聚拢来，有些人是没见过，来看个稀罕，有些人扔下手里的活计，不敢干活了，四周立时弥漫起一股不祥的气息。五爷和张屠夫正在备饭做菜，一听挖出了奇怪的东西，脸色煞白，全身吓得颤抖起来，栓柱的奶奶和妈当时吓得坐在了地上，栓柱奶奶信佛多年了，跪在佛像前，念经不止，五爷和张屠夫赶来，看了一眼那东西，额头上霎时渗出一层细密的汗珠。五爷一家和帮工干活的人，都面向这个奇怪的东西磕头作揖，以示尊敬。又找了个地方安置埋下，才继续动工，至中午时，后墙基已砌到一人多高。

中午请帮工吃饭，猪肉炖土豆粉条，烩羊肉汤是两个大餐，又配了些新鲜时蔬，饭没得说，肉餐比别人家多，张屠夫又亲自主厨，味道很好，正吃得嘴上抹油，突然传来轰隆一声响，是砌的那一半墙倒塌了，众人惊愕，又重新开始动工，于第二天才完工。当地农村有个讲究，新宅盖好，第一晚要把马和驴圈进去过一晚。夕阳残红，暮色阴暗，残风凋零，总透着阴霾，让人不舒服，是夜，那驴和马一点也不安分，不停地走着、惊着、拥挤着、踢腾着，一点也不安分，搅得五爷和张屠夫心神不宁，一夜也没睡着。

初春，桃花烂漫，田野绿拂，生机盎然，栓柱和菊花约好出了清晨的家门，外面有雾，很薄的雾，像幻影，像轻纱，昨夜看了露天电影《天仙配》，这场景，这天色，这春意，还有他们俩的身影，高兴的表情，心里的幸福，多么像天仙配。两人欢快，脚步飘飘然，赛过董永和七仙女。菊花事业有成，有情人终成眷属，人逢喜事精神爽，袅袅娜娜的身段，白皙圆润的额头，一双会说话的眼睛，微翘的鼻梁，乖巧的小嘴，丰满的胸脯，那个美，让旁人唱“大姑娘美啊”。到乡上的路两公里多，半个小时就到了，街上做生意的小摊、小铺多了起来，晨雾一眨眼没了，黄土铺的路上，一阵风吹来，尘土打着旋儿转着，离开了村庄，栓柱牵住菊花的手，她忙用一句话挡过去：“这不是广州，不怕被人家看见了！”栓柱听了也是，改革的春风在这里还被封闭着，人们思想不开放，观念保守，当众拉手亲嘴，都被视为离经叛道，伤风败俗，像他俩一男一女走在一起，已有不少人怪怪地瞅着他们。栓柱收回了手，他望着菊花笑着说：“今天是我们的重要日子，我昨晚高兴得失眠了一夜，早就盼着这一天的到来。”菊花把头低低一勾，甜蜜陶醉地笑着，娇嗔道：“馍在锅里，又不怕飞了，你急什么呀？”“急什么！一起毕业的都有娃了，二狗子的小家伙都上小学了。”栓柱故意着急地叫嚷着。进了乡婚姻登记室，人家要队上证明和两人的结婚照，他们只带了户口本。好在大队也在街上，大队长是本村的张正堂叔叔，见他们走来，隔着几步远就笑咧了嘴，说：“你们俩是到乡里办证去的吧，看你俩高兴得脸都红了，栓柱乐得嘴都扯到耳根了。”菊花羞得低下头脸红红的，栓柱手摸着后脑，涩涩地说：“难为大叔关心，办证要大队出证明，找您来了。”“好，好，庄子上不少娃都办了，早些办了好，叔等着吃喜糖喝喜酒抽喜烟哩，等着抱孙娃娃哩。”菊花低头抓着衣服前襟揉捏着，栓柱接过证明，说：“到时候，叔一定要来吃喜酒。”

两人又来到照相馆，玻璃窗挂着好几张大照片，多是小孩、全家福、结婚照，都笑得很灿烂，那时候还没有彩色照相，都是黑白照片，黑白分明，肤色柔和，视觉锐利，层次分明，个别照片有人为的上色，反而失真。栓柱指着一张头和肩靠在一起的结婚照说：“我们也照他们这样的。”照相室里，摄影师头蒙在一支架的黑幕布框里，弓着腰给一对青年男女拍照，说再靠近点，那一男一女头就往一块凑近点，再说笑一些，男的龇牙咧嘴笑得很不自然，女的却嫣然一笑，露着细碎的牙齿，相对好看一些，只听咔嚓一声，说好了，那一对男女还傻乎乎坐着，难受地扮演着一个笑的动作。栓柱是城里呆过的人，偷偷笑了，菊花的一只小手被一只有力的大手偷偷擒住了，她惊慌地扭头，见栓柱正目光炽热地看着她。影师给他俩拍了双人登记照，他俩说下午用，摄影师说可以，再交两元加急费。

两人领上证，肚子饿了，急着回家，栓柱骚情得不安分，一会牵手，一会搂肩，菊花脸骚红的，用温柔的声音说：“我们隔开点，前面来了爱说闲话的人了。”“我们是夫妻了，正当名分，又不是野的，怕啥？”不仅没隔开点，反而向前凑了半步，与菊花并排亲近地走在一起。菊花说：“还没过门呢？怎么就夫妻了？”栓柱理直气壮地说：“领了证，法律上就是夫妻，受国法保护的。”说着趁四周没人，猛地调头在菊花脸上亲了一口，还顽皮地说：“从今天起，我对你什么都能干了。”这时，三三两两的农人，从地里收工往村子里回，碰见了他们，看到他穿戴整齐又走得亲密，而且兴高采烈的，就猜准了他们这是到乡上办证去的，纷纷热情地打着招呼：“领证了，噢，啥时候办事，甭忘了叫我们喝喜酒，耍洞房。”又走了几步，一群上学回家的娃娃挡在路上了。他们好奇地望着他们，调皮地抹着脸说：“羞，羞！新郎官，新娘子，两人一起睡炕上，一个红被盖两个，两个枕头头挨头，你摸尕尕我摸牛，新媳妇要尿尿，新郎哥哥抱着尿。”然后一遍比一遍声大地喊着，小孩叫声像鸟儿满天飞，叽叽喳喳了一路，引得一些大人从屋子出来看热闹。菊花急了，脸臊得没地方藏，给栓柱努嘴使颜色，低声说：“快别让叫了，羞死人了。”栓柱摊着双手，说我也没办法，嘴巴咧着直乐，脸上幸福无比。菊花没有办法，只好顺手从路边折了一根嫩柳枝，挥扬着上前做出要打人的样子，她边挥边说：“小捣蛋鬼，还不快回家去，再胡闹，我用柳条鞭你们！”娃儿住了嘴，她也离开栓柱，从田埂的捷径小道上小跑着回了自己家。

“幸遇三杯酒好，况逢一朵花新，片时欢笑且相亲，明日阴晴未定”。栓柱与菊花两小无猜十年，暗生情愫，青梅竹马六年，这三年又出外奔波，几经坎坷，小有磨难，经历了一波三折的重逢，转了一圈又成了一家人，有情人终成眷属，不过世道变化，这回是菊花作主，成了主事人，张屠夫心里暗骂一句：“亏了先人了！”

领上证了，五爷和张屠夫父子俩，蹲在南墙根下，晒着暖暖的太阳，浑身十分惬意，五爷连着抽了三锅子烟，两人一起翻着日历，老历三月九日，阴阳的历书上如是记载：黄道吉日，宜嫁宜娶。父子俩商量把栓柱的婚期定在了这一天，张屠夫隔天备了厚礼和聘金，与菊花爹商量婚礼和过门的具体事宜，菊花爹妈也很满意。五爷最近的心情比较复杂，栓柱受伤回来，他无时无刻不担心着栓柱的安稳，隔代亲，亲孙子，爷爷孙子无大小，孙子的伤痛比伤了他还难受，他和老伴，儿子儿媳，看栓柱回来后变化很大，就像乡村的干部，人壮实了，精神了，有派头了，说话有了水平，甚至他们都听不懂，办事有条有理，总之，看着啥都满意顺心，老张家烧高香了，一代更比一代强，在这一代出能人了。忧郁的是盖房子挖出奇怪的东西，这个事情，使他心里很不踏实。

两个娃领证了，要过事了，有了孙媳妇，就有盼头了，好像重孙子在向他招手，一步步近了，总算对得起祖宗先人了，他可以有个交代了，这辈子可以画句号了。老伴虽未有他想得周全、长远，但多次打击已使她的心里很脆弱，夜晚到来以后，她跪在佛前，念经祈祷。他盘腿坐在炕上，一边抽烟一边盘算，把那毛票数了一遍又一遍，数得很慢，把钱捋得平平整整。老张家就这一个独苗，如何把事过得红火些、热闹些、体面些，他心里一直盘算着。这几年挣了些钱，粮食每年落一千多，积了五千多元，猪羊卖的收入有四千元，两个孙女出嫁收彩礼共六千元，儿子油房做席接了七千元，栓柱挣回四千多元，总计二万六千元。盖房子花出去一万四，栓柱开饭馆投了七千元，聘礼总数为五千元，这基本上就折腾完了，新房的家具，铺铺盖盖还要花些钱，婚礼的吃吃喝喝，烟糖喜酒都得花钱，他把儿子张屠夫叫来，掰着指头两人又算了一遍账，最后决定，把从包产到户到现在积下的一些稻谷、苞谷、豌豆仓底都腾出来粜了，还得卖头猪，卖三只羊，再借个千把元，婚礼收了礼钱后还人家。算计完，心痛了一阵子，又觉得家家有本难念的经，不都是手头紧巴巴，拮据着过来了，他，黄土埋到半截子的人了，咋说也没个奔头了，这后半辈子的光阴，就是看个儿孙绕膝，颐养天年嘛。

算计停当，这些天就开始忙乎了，家里去年放倒了几棵树，晾干的差不多了，木匠正在抓紧赶制家具，锯扯钡刨砸钉子的声音混杂在一起，混响着繁忙的节奏，老伴和儿媳妇翠儿扯来布料，称了棉花，里外三新地缝制被褥衣裤，窗上的花，门上的联，披红挂绿都在剪裁，张屠夫采办宴席的油、盐、酱、醋，肉食菜蔬，烟酒糖果，一应俱全，家里的院子搭起了棚子，从邻居家借来了桌椅板凳，门口垒起了大灶，三口大铁锅架在上面，一应俱全。

明天办婚礼，从这天下午到晚上半夜，五爷家院子人来人往，忙忙碌碌，煮肉的香味飘过半个村子，张屠夫办自己儿子的事，拿出多年的手艺，他精明、周到、麻利、能干，席面上的事情没有个挑的，对于灶头的烹饪和各项准备工作，他颇感满意。面和好了，米淘洗净了，土豆和萝卜丝煮好了，大灶里烧着硬柴，鼓风机吼得呜呜的，火闪烁着飘着红蓝的舌头，锅里笼罩着一团白气，而木质的锅盖便不停地被沸水掀得突突突地响，来帮忙的亲戚和打下厨的人聚在锅台前，手忙着，腿勤快着。五爷转了几圈，觉得心里很暖和，他舒了一口气，站在台阶上审视了一下院子里的安排，样样称心。老伴大活帮不上，拿一把笤帚，躬倒身子，把上房和新房里的屋地细心地打扫了一遍。窗子上的窗花已贴好了，新房里挂满了拉花，对联还没贴，双喜还没贴，可屋里屋外已有了喜庆的气氛，他禁不住捋着胡子笑了。

天蒙蒙亮的时候村里老榆树上的大喇叭唱起歌子，都是些老掉牙的歌，《在希望的田野上》歌词：

我们的家乡在希望的田野上
炊烟在新建的住房上飘荡
小河在美丽的村庄旁流淌
一片冬麦（那个）一片高粱
十里（哟）荷塘十里果香
哎~咳哟~嗬呀儿咿儿哟
咳！我们世世代代在这田野上生活
为她富裕为她兴旺
我们的理想在希望的田野上
禾苗在农民的汗水里抽穗
牛羊在牧人的笛声中成长
西村纺花（那个）东港撒网

北疆（哟）播种南国打场
哎～咳哟～嗬呀儿咿儿哟
咳！我们世世代代在这田野上劳动
为她打扮为她梳妆
我们的未来在希望的田野上
人们在明媚的阳光下生活
生活在人们的劳动中变样
老人们举杯（那个）孩子们欢笑
小伙儿（哟）弹琴姑娘歌唱
哎～咳哟～嗬呀儿咿儿哟
咳！我们世世代代在这田野上奋斗
为她幸福为她增光
为她幸福为她增光

喜气洋洋，唱出了当时人们的心声，听着舒坦，浑身过瘾。五爷家的院子里，本家亲戚早早的来了，老人们蹲在炕上围着五爷抽烟谝传，露着没牙的嘴笑着，小的们坐在门口和板凳上，更多的站着拉话。农村的风俗，盖房子、婚丧嫁娶都这样，人们淳朴和善，睦邻友好，自给自足，村头村尾，鸡犬相闻，干活、吃饭、抽烟、谝传、串门子，喜欢聚在一起，有人气，正是王阳明倡导的那种活泼泼的景。结婚也是这规矩，没有现在的婚礼公司，也没有外人，都是亲邻相帮，不花钱。过事之前，村里亲戚都会不请自到，事主先把亲戚好好待承一下，有句话说：过事就是过亲房哩。亲戚们给你帮衬，就是你的人缘好，面子大，天大的事儿就顶着过了；亲戚们不出力，让外人笑话，能把你难心死，正像乡里人骂人最狠的一句话："你个老不死的，不活个人人，不看僧面看佛面，活成个独人，将来死了，没人抬埋你，喂狗去。"

五爷家亲戚全来了，他欢喜得很，给来的亲邻们亲自敬买来的卷烟，还是当地有名的乒乓牌，是平时干部领导才能抽到的那种，有人接上还舍不得抽，放在鼻子下嗅嗅，夹在耳朵上。张屠夫热情地招呼，安排活路，各人的干事：总管的，迎亲的，助香的，执席的，放鞭炮的，敬烟接人，端盘子的，熬茶热酒的，都有活干，也很周到。亲戚们到齐，安排已定，接下来是一切严肃而重要的事项，婚礼之前，要敬神位和列祖列宗。执事早已在堂屋的方桌上放好神牌和祖先遗像，没有像的有画，没有画像的写名字，将宴席的菜品摆供了一桌子，五爷带头，用双手上了燃着的木香，作三揖，恭恭敬敬将木香插在香炉里，然后领着众亲族磕响头。栓柱身穿新衣，磕了九个响头。

人们在院子里忙出忙进，院外的村巷上，则有一群小不点儿的娃儿活蹦乱跳地玩着，等着那鞭炮响，捡拾没响的哑炮和大人散发的喜糖瓜子。在那个没有电影、电视的年代里，农闲时节，黄河岸边的乡下人，让现在人搞不懂的是，那时候他们玩的那些花鼓灯和锣鼓、玩狮子，没有多少新意和艺术性，农活清闲的日子里，乡亲们都喜欢跟着社火演出队伍跑，他们演到哪里，百姓就跟到哪里。百姓们百听百看不厌，看灯听锣几乎成了唯一的娱乐活动，只要村子里鞭炮锣鼓一响，婚丧嫁娶，人们会自动跑来凑热闹。村子里弥漫着浓浓的肉香。接亲的早已到菊花家里，吃迎亲面，给菊花净面化妆。张屠夫分派着席面，共多少流水席，每桌几荤几素，娘家重要亲戚，本家头面人物，村上的头头脑脑，第一面席上要多加几块红烧肉和几个丸子，第二面席如何待成，到最后的流水席，要把上席没吃完的如何利用，每个碗里苫几片肉，上哪些菜，让村里不沾边的、不入流的、娃娃们如何吃饱。这阵子正指拨着几个本家侄女侄媳妇子，放碟子摆碗，肉放多少，菜如何搭配，菜上面的肉怎么怎么苫显得扎势，而肉上面的汤怎么浇才合不同人口味。栓柱什么也不干，前天理了发，昨晚沐浴，全身洗干净，今天穿着一身簇新的保安服，显得威武英俊，比当兵的还飒姿英爽，比公安洋气，比干部的四个兜口袋更气派，一副朝气蓬勃的样子。他一出来，大家眼睛为之一亮，好像在哪儿见过这阵势，对了十大元帅吗？有个年龄比他大的亲房嫂子开玩笑：“哟，这是大将军吗？你这身盖了，扬威耀武得很。”众人也觉得是这样，都称赞着笑着。

这个地方没有轿子，过去也没有车，借了大队的手扶拖拉机迎新娘。其实一个村子就几步路，主要是为了个阵势和仪程。菊花身穿大红褂子和青蓝色裤子，头顶绣着“囍”字的大红盖头，被伴娘引上拖拉机上坐着，有本家两个亲戚和迎亲的坐着围着她，拖拉机冒着黑烟，“突、突、突”地大声响着，猛的启动，缓缓走着，后面跟着吹鼓手和送嫁妆的，唢呐吹奏出《喜鹊登枝》《喜洋洋》，喜庆的欢乐乐曲伴着拖拉机的突突声，冲散了死巷僻角的寂静，顿时喜庆热闹起来。到了栓柱家新房门口，唢呐声再次高八度响起，执事大声喊着：“到啦！亲戚乡邻欢迎！”接着鞭炮噼里啪啦地燃放起来，执事又喊：“放三响炮，鸣礼！”这时怪事出现了，那二脚踢不往空中飞，径直向手扶拖拉机冲去炸响，把开车的惊得差点掉下去，执事过去就给了放炮手一个耳光子，骂道：“你连个炮都不会放啊。”第二个炮响，也没有往天上飞，径直朝贺礼的人群中平直蹿来炸响，人们躲着喊着乱糟糟一团，放炮的手抖着，腿颤着，嘴里结巴的：“我、我、我……”说不出话来。执事生气地上去踢了他一脚，接过来亲自放第三炮，更晦气，那炮飞向新房窗户炸响，把那个贴的红喜字炸得粉碎。人们在惊恐之中又开始窃窃私语：“听说这房子盖的时候挖出奇怪的东西，今天又这阵势，怕是不对劲吧。”就差说出不吉利的话来。执事经验丰富，会收拾场子，喊着：“亲戚们、乡亲们，现在的炮质量有问题！”负责迎亲的女人上车扶下新娘，踩着炮仗炸碎的红色碎纸走来。翠花、秋子、菊花的同学，从纸袋里掏出喜庆的东西，向新娘的头上身上撒去，边撒边念叨：“日出东方，赫赫阳，邪祟走开，平平生安……”

礼仪开始，内容简单，宣读结婚证书，一拜天地，二拜高堂，夫妻对拜，送入洞房。然后回老房子吃席。

贵堂村长领着村干部，前来道贺，这是给五爷面子，村官不大，却也治下有七八百口人，不是任何一家的婚丧嫁娶都凑热闹，五爷在这个村子人缘好，行善助人，德高望重，人家才主动上门，五爷连忙请进屋，席设在堂屋的方桌上，自然是贵宾，五爷和张屠夫敬烟递茶，菜也立马上了桌，村会计王明爱喝酒，嚷嚷着：“提酒，倒酒，今天我把张屠夫灌翻。”张屠夫脸上被抹了锅底黑灰，耳朵上吊了两个大红辣椒，十分滑稽，笑哈哈地说：“我今天先敬你三杯，我还在整席，看我明天把你个狗日的收拾了。”五爷陪着，屋里和院子一共摆了十五桌，这时候，头一股子客人已进了门，坐了第一遍席，亲戚和有头有脸有势利，能拿出手的，多是被面子、暖瓶，像帐子样挂在显耀处，一般的都是五到十元的行礼，在大红纸上记着。头一股子来的都是些远些的亲戚：三姑六姨，带着全家大小，随便得很，就像走进亲戚一样，娃娃们在大人的暗中吩咐下，一个一个贼一样亮着眼睛四散分开，在厨房里，在小房里，旮旮旯旯寻吃拿摸，烟、酒、瓜子、糖，往口袋里塞，有些还偷拿红烧肉、来板子、炸面蛋蛋。五爷的老伴四处盯着，眼观六路，耳听八方。翠儿的脸被油印泥抹得通红，头发上还系着不少烂菜叶子，像个夜叉，一边安排着几个管糖果管装碟子的侄子看紧，一边拉过秋子说：“你看紧，你姨夫娃再抓葵花的话你就掏回来，还有丸子，特别是盆里的丸子再不能叫拉扯了。”家里过事，也是亲戚捞吃的装口袋的时候，趁火打劫就是这个意思。厨房和院子里就得有个攒劲的精明负责人，得看紧点。这时第一拨席已完，执事根据年龄辈分和亲疏远近安排第二席，村上王会计已经喝得醉醺醺的了，加上冷风一灌，臭嗝便连珠炮似的从嘴里一个接一个往外吹。他一进门就醉话喧天：“闪开闪开，叫咱们看一看新媳妇子。”说着，一步跨到新媳妇跟前：“两口子，快亲个嘴，亲一个嘴十块钱。”说着从口袋里抽出一张十元钞票，给了新郎官，算是礼行。吃席坐了五轮，太阳西斜时才结束，客人们一个个打着酒嗝、摇摇晃晃地渐渐散去。

五爷一家和帮忙跑腿的才坐下来，吃点剩饭剩菜，但肉是额外特意留下的，比席面分量多，算是特殊感谢。五爷也不讲辈分了，亲自给晚辈递烟点火。

闹洞房的也折腾到半晚上，一帮闹房的小伙子也打着哈欠走了。翠儿走进新房，替新人扫炕，菊花脸色羞红微喘着站在炕边，忍不住地走上前去帮忙，屋子忽然一暗，二人一惊，一只飞蛾扑落在红双喜的蜡烛上，飞蛾扑棱着翅膀挣扎搅动，蜡烛上的火苗明明暗暗，闪烁了几下，灭了。翠儿重新点燃蜡烛，伸手掸掸菊花头发上的碎纸屑，上下打量了一番，慈爱地说：“早点睡吧！”转身出去走了。

翠儿前脚刚一出门，栓柱就从背后抱住了菊花的腰肢，栓柱感激得不知说啥好了，眼里噙着男子汉轻易不容掉落的泪。栓柱便直盯盯地瞄着菊花的脸说：“菊花，和你在一起再苦再累也甜着哩……”于是菊花便抿着嘴嗤嗤地笑。“村里人都说，栓柱，就你小子运气好，讨个如花似玉的老婆！谢谢你，菊花。”菊花一改往日推搡抵抗的态度，像只乖巧的兔子，静静地靠栓柱怀里。在炕上，菊花背上咯了一下，菊花觉得疼，拉开褥子，底下有核（合）桃、枣子（早得子），往旁边扑拉一下。

头遍鸡叫了，东方已快发晓，栓柱总算疲倦地停止了运动。

他发誓要爱菊花，对她好，报答她，让她过上幸福的生活。

菊花依偎在他的怀里，依依不舍地说：“栓柱，鸡已叫了三遍，外面已有动静了。今后我们有的是时间，还是快起床回家吧，我们要敬茶去了。”栓柱不情愿地坐了起来，他穿上了衣服，他俯下身去，又一次亲吻着菊花，爱怜地说：“昨夜你没有好好合过眼，一定累坏了。”从新房回到老房子，一迈进翠儿屋子，看到公公婆婆，菊花就两手绞着，不自然起来。嘴里轻轻地叫了声：“爹、妈。”张屠夫和翠儿大声地一起应着：“哎。”

栓柱替菊花说：“来给爹妈奉茶！”说着，走到桌子边，拿起早已准备好的两只新茶碗，沏了两碗新茶，他们家没有早晨喝茶的习惯，这是为了礼仪专门准备的，菊花接过来给爹妈奉上，“爹，你喝茶！”张屠夫接了茶碗，喝一口，“嗯！”菊花又端了茶碗给翠儿，翠儿是个逆来顺受的人，卑微惯了，接茶的手有点抖，喝了茶竟不知说什么地道：“好娃，快吃饭去吧！”她忘了还应给爷爷奶奶奉茶，张屠夫提醒着，二人又去了爷爷奶奶屋子，五爷捋着短短的山羊胡子，笑得很爽朗。

翠儿还担心着儿子那独卵子的身体，能否完成任务，看新媳妇走路两腿叉着，歪歪怯懦的，心里有了谱，心想小子还行啊。

十五

五爷在他们住的新院子里播撒了一些花草和蔬菜种子，有蒲公英、马兰、狗尾巴，也有葫芦、爬墙草、西红柿、黄瓜、茄子等，这是五爷的拿手好戏，旁边就是水渠，都浇灌及时，粪也上得足，五一过后，都长得绿莹莹的，菊花爱花，坐在花旁看着，一只只蜜蜂在花上盯着，蝴蝶成双成对地飞着，花儿与蜂儿进行着无声的交流，蜂采其花，不损其质，传播授粉，似乎是前世就已注定的缘分与默契，蜂儿忙碌在为它盛开的花蕊间，为花儿传播着来年再绽放的希望。这更像是一个永生永世的爱情誓言，它们不仅要在前世，更要在今生，在来世相会。

这便是这尘世上最美的相遇了，花儿盛开在尘世，只为等蜂儿，蜂儿破卵而出，无须看清这个世界，便径直来寻花儿的芳踪，花儿对蜂儿说："对我来说，这个世界，便只是你和我。"

蜂儿对花儿说："我只知这个世界上有你等我。"

菊花欣赏了一会儿蜂儿与花儿的缠绵，便不再打扰它们，转身之间已醒悟：在这个寂寞的人世间，她就是这花，栓柱便是这蜂蜜，他们也是梁山伯与祝英台，如蝴蝶比翼双飞。

栓柱他们新房里糊了白纸窗，月光能照进来，不用点灯，屋里也看得清清楚楚。最近一段时间，栓柱可忙坏了，伤好了办菜馆，接着盖房、领证、准备婚礼，结了婚夜夜欢娱，现在靠着她睡着了，轻微地打着呼噜，她看着那张好看的国字脸，满满都是困倦，心里突然很心疼。虽然不种地，但菜馆经营，家里家外的事，栓柱从出外打工回来后，很上心，责任感越来越强，像个男人，也是个好男人，操心也实在是个很说不上来的那种累，比体力活费人。她无声地叹了一口气，用手轻轻地摸了摸他的脸，月亮弯弯的挂在天空，星星琳琅繁多，房子右侧水渠的流水声在耳边潺潺响起，偶尔听闻几声蛙叫，院前的牵牛花、葫芦秧子等植物随风拔节的声音也清晰起来，栓柱睡得很深很沉，倦容看起来很宁静，柔和了白日里的英俊。菊花好一会没有睡着，觉得有点尿意，不得不下炕去地上放的盆子尿尿，月光微弱，她很清醒，就在这时，她感觉身边冷飕飕的，禁不住打了个寒颤，尿都缩了回来。她突然有种不祥的预感，窗户上有东西。柔和的窗户光突然暗了，一摇一晃，如树影间的月亮遇风明暗不定地摇曳，而且墙根有明显的脚步声，这种感觉让菊花瞬间就浑身冰凉，心想：这么大半夜的，怎么可能会有人？听房溜墙根也不可能站这么高，堵住半扇窗呀？菊花蹲在那里，不敢回头看，这种毛骨悚然的感觉让她后背发紧，头发直立。

她慢慢地转过了身，窗户上果然有人，她清晰地看见，一个身穿古袍的老人在窗前晃动着，她以为自己看花了眼，急忙擦了擦眼，定睛一看，那人的脸看不清楚，眼睛睁着正一动不动地看着她。菊花魂都吓没了，一屁股坐下去，脸盆咣当地响了，那影子悠忽不见了，栓柱也醒了，只听那脚步声，“沙、沙、沙”由近及远，由大而小的消失了。菊花咽了口气，这三更半夜的，是人是鬼？但那影子的形象和声音确实恐怖至极，栓柱睡得朦胧，咕噜了一声：“咋了。”掉过头又睡着了，她吓得钻回了被窝，紧紧地抱着栓柱，心还抖着。朦朦胧胧地睡着了，还在做噩梦。农村的清晨非常清爽，当公鸡第三次鸣叫的时候，天就差不多亮了，农村的人就会纷纷起床，该上山的上山，该放牛的放牛，就算没事，也不会有人睡懒觉。栓柱天微亮就起来了，看到尿盆翻了，洒了一地的尿，感到奇怪，推推菊花，柔声道：“醒醒，该起床了。”菊花正睡得香，突然被人给喊醒，睁开迷离的双眼，发现天已经大亮，再望望四周，揉着脑袋，回想昨晚是梦，还是遇到怪事了，没弄明白之前，也不好给他说。

隔了几天，栓柱家里有点事，菊花一个人待在新房里，那时没有电视和其他娱乐活动，打发漫漫长夜，就是夫妻耍乐子，葡萄树下看星星，上了年龄的人领着小孩，围着烟火，熏着蚊虫谝传。

年轻女孩和小媳妇不能在这种场合消磨时光，只有呆在家里缝缝补补纳鞋底，菊花正在给五爷纳鞋底，老人穿不惯买来的鞋，这时，与前几天晚上相同的那股寒意越来越接近，就像有个人在漆黑中向她接近一样，人总有一种超感官的意识，黑暗中，有个东西朝着她慢慢地，慢慢地走来！这时，菊花突然拉亮灯，她看见了一个人！那人不是现在的人，穿着长袍马褂，脑后留着辫子脸色苍白，白得没有一点血丝，却回头恶狠狠地瞪着她！样子极其血腥和恐怖，“啊……啊……”菊花当即惨叫，吓得魂飞魄散，连滚带爬，她从来没有见过如此恐怖的场景，感觉自己窒息了，瞳孔急速放大，那东西悠忽飘走了。这时栓柱刚好回来，听到菊花的惨叫，大声应着：“咋了？咋了？”迅速奔进屋内。菊花已吓昏过去，尿了一裤裆，栓柱抱起菊花喊道：“菊花，菊花，你快醒醒，咋了？”听着耳边亲切的呼唤和软软的昵语，菊花睁开眼睛，一时有点恍惚，眼睛还睁得大大的，怪吓人的，过了片刻才缓过劲来，向四周看了看，把刚才发生的事给丈夫说了，栓柱半信半疑，到屋子各个角落认真地检查一遍，没有发现任何蛛丝马迹和不对劲的地方，又把门栓插紧，菊花才放下心。

两只鸳鸯枕头并排靠在一起，菊花睡在里侧栓柱在外侧抱着她，好久听着菊花的心咚咚地跳得不稳，菊花翻过来覆过去，睡不着，栓柱问：“还睡不着吗？”栓柱扯过被单，掩盖住菊花全身，菊花答道：“睡不着。”栓柱关切地说：“你受惊了，紧张吗？我帮你揉揉可好？”菊花倒有些不好意思，低声道：“也好，捏一会你困了就睡吧。”栓柱立刻起身坐起来，在菊花太阳穴背上、肩上胡乱抓了几处，力道像猫儿挠似的，她也没觉得到舒适，反而感觉有点发麻。本是想让他停止，想想还是算了，于是干脆闭上眼睛培养睡眠。慢慢的，栓柱掌握了分寸，一下一下推肩揉背，菊花慢慢变得放松起来，睡意渐渐来了，打了个哈欠，正在这时，那种恐怖的感觉又来了，栓柱也感觉到了，自己也惊吓得不敢出声，一动不动地安静的待着，她立时起一层鸡皮疙瘩，于是更加不敢乱动了，静静地捕捉那声音，栓柱呼吸间吐出的气吹拂在菊花的耳畔，能感觉到他紧张，栓柱感觉自己窒息了，一股寒风迎面吹来，两人不禁都打了个寒颤，同时传来“沙沙沙”的脚步声，栓柱清楚记得自己检查了屋子的每个旮旯犄角，拴死了门，应当没有了人，他迅速开了灯，一个暗影随着光亮忽地飘走了。栓柱的瞳孔急速收放中有个影子，啥也没看清楚。栓柱紧紧拉着菊花的手，菊花的手也抓得紧紧的，紧紧依偎在丈夫的身旁，生怕分开被掠走了。两人下地在屋子又看了一遍，什么也没有。两人又拿着手电筒，开门到屋外，外面漆黑一片，没有任何的灯光，没有任何的声音。就在这时，寂静无声的暗夜里，屋子内又传来了“沙沙沙”的脚步声！栓柱的脸色一下子铁青了下来，菊花整个人都颤抖了，两个人紧攥的掌心已经渗出冷汗，听着那瘆人的“沙沙”声，在这漆黑的夜里，两人愣在那里，一步都迈不动。还是赶紧离开这里吧！栓柱心里也怕了，拉着菊花的手匆匆回了父母家。

五爷的老伴最迷信，听了孙子的说法，坚信不疑，五爷还犹豫着，说不信这个邪，要亲自去试试。张屠夫历来不信邪，更认为这是看花眼了。

第二天晚上，五爷自己过来试睡，他抽着闷烟，支棱着耳朵，用心听着，看着，他瞌睡少，也能熬夜，到了半夜，昏黄的灯光摇了几摇，身上一阵发冷，他还想，初夏了不应当冷啊，心里疑惑着，手是把被子往身上拽了下，都大半夜了，熄了灯，直睡到第二天大亮，竟然一夜无事。

半个月过去了，倒也相安无事，家里人便淡忘了这件事。

翠儿趁天擦黑的当儿从地里薅草回来，赶紧喂羊，又拌好猪食倒在食槽里，再进灶屋架火弄饭，饭做熟了便把碗儿碟儿摆在木桌上，村子里的天在炊烟的缭绕中黑得很快，那浅红色的夕阳放着无边的晕彩一沉落到天边，村前村后，房前屋院的树木阴影便倒映下来，如傍晚行车刚开灯那会，最暗淡、朦胧、视线不好，黑夜夺取着光明，渐次向山林、河滩、田野、家舍悄然弥漫，直到把整个村庄染黑，人的眼睛也黯淡无光，夜行的猫头鹰和狐狸们的眼睛却贼亮起来。菊花今天不舒服，回来的早，在新房休息，翠儿在老房将菜饭端上来时，栓柱也回来了，往常这时候，菊花早来了，帮翠儿做饭，可今天左等右等不见菊花过来，翠儿的右眼皮就猛烈地乱跳起来，心里忐忑不安，打发栓柱去叫。栓柱走出门口，往外瞅了一眼，夜色早黑得跟锅底似的，天气好像在变坏，呜呜地刮起了风，只有低沉的乌云在翻卷，天上突然没有了月亮和星星，云层里响起沉闷的雷声，闪电倏然雪亮地撕裂着云团。突然他的右眼皮也跳了起来，这不疼不痒的一跳竟让他浑身一个激灵，“左跳财，右跳灾。”他敏感地联想到这么一句俗语，便心神不宁起来，觉得好像要发生什么事儿，于是急急地往新房走去。

下午，菊花早早回来将屋里拾掇妥当，便闩上门睡了。第一次与丈夫分手，菊花便感到屋里空落落得厉害。她合上眼皮，无论怎么努力就是睡不着。但她身上疲乏无力，乏困，确实想睡觉，她老觉得自己的心里有个大疙瘩，好像什么不放心的事没有办妥，是什么呢？她又想不起，只是感到心里隐隐的不安。后来，她便翻身下来，又查看了一遍门闩。门插得牢牢的，上了暗闩，除了自己的男人外谁也休想轻易弄开。菊花试了试这才又放心地上了床。她太疲劳了，当“哐当”声响起来时，她才醒了。眼睛一睁，那穿长袍马褂的人，正盯着她，她“妈呀”一声，扑向门，用手抓着抠着，就软了下去……

栓柱到了家，推门不开，门从里边反拴着，叫人无声，叩门无反应，只好用力推开门，眼前的一切吓傻了栓柱，只见媳妇睁着惊恐的眼睛，人已断气，两只手鲜血淋漓，在反锁的门上连抠带抓，门上条条血迹，有抓痕，场面诡异吓人，栓柱带着哭声，大喊着：“菊花，菊花，菊花呀！”这声音在寂静的晚上，显得格外刺耳，立刻引来四邻，进来看到场面的人无不头皮发麻，一会儿五爷和老伴，张屠夫和翠儿赶来，放声大哭，不一会儿，菊花的父母也赶到，菊花的母亲当场昏倒在地，急送医院抢救。

这事骇人听闻，队上向公安报案，来人检查是惊吓致心脏骤停所致。菊花年轻暴亡，无有后代，按规矩不能在家停尸发丧，也不能入祖坟，葬在村后荒地的乱坟岗上。

当时学校放暑假，我在家目睹了这些事情，心里也怯怯地害怕。

爱情里最痛苦的是什么？不是未得到，亦非已失去。是曾经拥有过，太食髓知味，太知它甜蜜，此时一旦失去，从此以后，栓柱再也不是从前的栓柱了。一个幸福中的爱人，什么都可以瞬间消失乃至强行剥夺，而最不可失去的就是他一生依傍和珍爱的女人，再无追悔可能，只能日夜捧着回忆，拼命吮吸，余生尽惆怅，一生终难忘。

男儿有泪不轻弹，栓柱死去活来，眼睛红肿，埋葬菊花那天，他差点演一出梁山伯与祝英台的悲剧，头撞坟墓，可是坟没有裂开，他没有钻进去。

“世事一场大梦，人生几度秋凉。夜来风叶已鸣廊。看取眉头鬓上”。因为忽然发觉，心中最重要的人，真的走了，再也见不到了。更何况，那个再也见不到的人，是自己生命中的一盏灯，照亮自己前行的路；更是自己生命中的倚柱，支撑着自己脆弱迷茫的心灵……可是，灯忽然熄了，柱子也倒了。他蛰伏在家中，像冬眠的倦兽，没了灵魂，没了思想，不知白天黑夜，不知饥饿，抱着菊花的遗像和遗物，慵懒地卧着、躺着、坐着、站着，傻傻的，总是日上三竿，树影拍窗之后，他才缓缓而起，坐在菊花影子充溢的房间，拿一瓶酒从早喝到晚，浑浑噩噩，不分晨昏。

整个人恹恹的，像大病了一场。“一声梧叶一声疾，一点芭蕉一点愁，三更归梦三更后”。有时候，他一个人在院子的花园菜地里，倚在菊花过去坐过的地方，在花间，嗅着菊花曾经拈花一笑的那朵葫芦，传来一波一波的暗香，静夜缓慢如钟，蛙声在临近的水波中荡漾，他总是一个人在新房剥落的红色对联前，红联残色，斯人已去，珠泪婆娑，寸断肝肠。他把酒黄昏，婚房看遍，瞅遍旮旯犄角，搜寻着菊花的身影和气息，哀叹，偌大的尘世之上，怎能容不下一个小女子，他通体冰凉，连一颗曾经蓬勃的心脏，也乏陈无力。孤独的门楣之前，连个行人也没有，车马冷落，昨日欢笑，炽热的情，满足的爱，都如一阵轻浮的烟岚，飘渺离他而去。在孤独的苦酒中，尝尽酸甜苦辣，雨疏风骤，他浑然不知今夕何年何月何日，只是一人独坐夕阳，只道“风住尘香花已尽，物是人非事事休”。

菊花死了，对他来说，那该是怎样的一种心疼和绝望，带走了他的魂，消灭了他的希望，埋葬了他的快乐，没有了人间的俗世烟火五脏六腑空空荡荡，不管填多少东西下去，始终没有反应，人没了精神和希望，如花草遭了霜打，英俊刚强的他一下子枯了。而这院落，这房间，新房也显得特别空落。真奇怪，只不过少了一个人，整个屋子仿佛一下子大出许多倍来，不，是人心空了，一切就都空了。他不敢随意走动，怕在这幽暗的空间里，迷了路，误踏进另一个时空，再也嗅不到菊花的气息，没了菊花的遗迹，他喝完了睡，睡着了，日子也过得快一些。小鸟在门外叫着，蹦蹦跳跳，他视若不见；午后的太阳在房脊上摇响风铃，他听而不见；他端坐窗前，或者门槛上，在院子，看燕飞燕去，蚂蚁搬家，望天上云卷云舒，蓝得令人轻盈的天空，菊花是不是在那里；他信手拿笔，不停地写着菊花的名字，惆怅思念，一点一点的墨痕，一个一个的汉字，每一颗都触动着这个世界的内在肝肠，这世间这名字暗藏了太多的厄难和轻忽的变迁，那个死去的人的名字和意义已经随着肉体的腐烂而腐烂了，再有一万年的时光，也不会再有一丝响应。也是他内心的形式和颜色。日复一日，彻骨悲凉。四顾无人，他只能顾影自怜，在落花、碎泥、残爪和流离多变的个人遭际中，偶尔掀开昔日的梦境，在连续吹过心灵的风中，看见一世的虚妄、败坏和苍凉。而他却在很长一段时间无法适应这命运的多少个黑夜，他独身不眠；在漆黑的午夜，用自己抱紧自己，看自己满面深纵的皱纹，那么多的忧愁与怅惘该向何人排遣？莽苍苍的大地上，熙熙攘攘的人群中，爱谁依偎行人？

菊花走的前期，在时光流转中，他神情悲戚地看着眼前隆起的新坟。远远看见，新起的土坟竖着几根缠着白纸的柳木拐杖，几面花圈颜色幽暗，连同周边山坡、树木和田地，也都一派肃然。此后很多天，他一个人坐在坟茔一边的石头上，抽烟、看天，青色的烟雾在空中弯曲、扩散，被风吹远。东边的山顶上渐渐显出一片亮白，瓦蓝的天空被一夜风雨洗涤得一尘不染。雨后的河湾里，一片清亮，淡淡的水汽蒸腾在梁湾中，翻腾着，喧嚣着，像是大地在喘息。徐徐清风中夹杂着青草野花泥土的馨香，露珠从摇曳的枝茎上随风洒落。一座新坟，引闪着，透着一份来自亲情的悲戚。一缕头发被山风撩起，随风舞动，栓柱眼望着奔腾的河流和北边远山边际，表情肃穆。面前的黄土堆里躺着的人，是曾经给过他很多欢愉时光的人。在那么多年的人生路上，是躺在这个坟堆里的人陪他度过的，现在，这个人死了。栓柱理了理散乱的头发，长长地舒出口气。他蹲下身，抚抚坟头的土，像抚摸着菊花的肌肤。他又跪下深深地磕了个头……

这就是菊花走后半遗症的初期症状，逃避现实。

人有了心事后，都想一个人静静地待着，不愿见人说累，有多累自己扛着；不愿逢人诉苦，有多苦自己尝着；感情里，总是疼超过醉，难免有心碎。人累了，可以躺下去休息；心累了，能否放下不在意！心上的伤，只有自己最疼；难言的痛，只有自己最懂。谁也不能替代，他的爱，他的情，他的伤悲。

半个月不出门，这天，刚闭上眼睛，门便被人敲得砰砰直响。他翻个身，不予理会。他如今已经是一堆糊不上墙的烂泥。除去母亲偶尔来帮他收拾收拾房间，添补一些食物，都不敢打扰他。可是，那敲门的人特别执著，是谁？是谁在他已经衰到极致的时候，还这样不依不饶不放过我？“栓柱，是英雄好汉你就开门！别躲。”是刚刚和兵兵的声音，他撑着身体起来，过去开门，却扑通一声栽倒在地，虚脱无力了。他望着昔日的儿时好友，今日的创业伙伴，犹在梦中。

“天，你也不怕窒息而死？”一进屋，他们便捂住鼻子，大力推开窗户，冰冷的空气倒灌进来。栓柱已快遗忘室外空气清冽鲜净的味道了。

“你在用酒精给房间消毒吗？”他看到房间里横七竖八堆在一起的几十只酒瓶子，厌恶地走过去一脚踹开，“你多久没开窗了？这屋里臭得让人作呕，你闻不出来吗？”

栓柱摇摇头。说实话，已经一个月没出过房门，已经和这些味道混为一体。

“大白天，你房间里暗得伸手不见五指，活成什么样儿了？”

他茫然看着他们。“你们找我有什么事吗？”

“栓柱，再不找你，你就到黄泉路上排队喝孟婆汤了！”他们用力拽住他，将他拖到镜子前。栓柱被迫抬起头看向镜子，对着镜子，反复端详自己的容颜，是自己吗？镜子里的人像刚被人从乱葬岗里扒出来的，憔悴得骇人。最可怕的，还不是这些，而是目光中一点生趣也无。他吓了一跳。这又瘦又憔悴、目光呆滞的人是我？有多久没照过镜子？想想，对了，从菊花离开之后，他便再也不照镜子了，他怕看见镜子里形单影只的自己，徒增伤感。他下意识地撇过脸，不忍再看镜中陌生的自己。

栓柱暴瘦十几斤，瘦得脱了形，走路踉跄，衣服过大而空甩着，好像是活不下去了。

五爷又请来刘老“说病”。

栓柱昏昏欲睡地斜躺在炕上，但他最近也睡不着，他不知道自己是醒着还是睡着，白天黑夜颠倒着，出于对刘老的尊敬，他强打精神，艰难地听着。

“栓柱娃，我知道你心里苦焦，难受，我是看着你和菊花一起长大的，菊花是个好娃娃，你们两个很好，可是，人已走了，人死不能复生，你也是个信命的人，一切因缘而起，因念而生。”刘老端坐在炕头，像唐僧说教一样，喋喋不休地对栓柱“说病”。

张五爷爱怜地看着栓柱，乞求着对刘老说：“栓柱和菊花，从小在一起长大，一起上学，一起外出工作，时间长了，两个娃处的感情很深，菊花突然没了，栓柱是一时难以承受，七情成天下，六欲续万年。心疼是一大苦，娃苦焦得很呢。”

刘老先从中医角度分析，《黄帝内经》讲：“心者，君主之官；主明则下安，主不明则十二官危。”是说心在身体里是主导作用，主神明的。心本来是一个向上的、一个非常开放的状态，这是自然状态。假如是不自然的状态，病态是仇恨会伤心脏。因为爱恨情仇都是从里往外发，而且这种气往里聚，特别容易导致心慌、心跳紊乱等一系列的疾病。”

“老哥，你说得对，现在关键是让娃如何去除心病呢？”张五爷着急地说，说话间不停地咳嗽，也没有放下手中的烟锅子。

刘老说：“人一辈子不容易，每个人都会经历痛苦，但是每个人都应该学会忍受生活中属于自己的一份悲伤，心中执念太强，太执着，过激了，就金气过盛再往下发展，那就是一派悲凉之气。”

张王爷的老伴是在家居士，虽然不懂中医，却对“心”的执念这个词很耳熟。佛家讲破我执，放弃执念，才能看破，放下，自在。

她接着这个话题对栓柱说："执着一人一事一物，就会患得患失，烦恼也接踵而至；如能看开一切，心无挂碍，就会无所畏惧。人生往往是怕什么来什么，当你看淡得失、无谓成败的时候，反倒顺风顺水、遇难成祥。"说完从炕上下来，拿一块毛巾在水里洗了洗，拧把干净，把栓柱憔悴的脸擦了擦。

刘老也接着这个话题发挥了一下。"你奶奶是在家居士，知道佛家对人生总结了八苦：生、老、病、死、怨憎会、爱别离、五蕴炽、求不得。你现在跨不过去爱别离这个坎，有了心魔。"

栓柱的奶奶听到这里，双手合十说："佛云：四大皆空，来则来，去则去，来去随缘。娃，你刘老爷说的对。菊花与你的缘分尽了，人走了，人死不能复生，活着的人还要好好地活下去，也许下辈子你们会再见。"

"是呀！娃，人不能活一个人，你还有爷爷奶奶，爹和娘，弟弟妹妹，一大家子亲人，菊花走了，但还有这么多的人关心着你，挂念你，爱护着你，你不能为一个人活着，你要为大家着想，振作起来。"五爷说着这话，走过去抱着栓柱，摇晃着他的身体，想让他清醒一下。

栓柱的眼睛眨了眨，很空洞，没有一点神气，好像是看什么，也好像没有看什么，他的耳朵里是否听见了这句话也不得而知。刘老敏锐地捕捉到了这一点，知道他还是听见了一些话，继续劝解道："我们所有的悲伤情绪，归根结底还是小我，'我'字走不出来。你一旦走出来，就会发现身体跟着发生变化。把自己的爱心扩大，同时意识到身上还有其他的责任，如爷爷奶奶年龄大了，父母还需要你赡养，你是张家三代传人，还要延续香火，这么多关心你的人，不至于陷入一个小我当中。栓柱娃，从今天开始天天微笑，因为人只要一笑，全身紧张的气会放松，脏器得到舒展，病就好了。难过了，悄悄走一走；伤心了，默默地睡一觉。人生所有的事情，哪能事事如意，样样顺心，痛苦也不是人生的全部。伤过，哭过，日子还是得过。伤了，咬紧牙关，痛了学会自己微微地笑，撑起腰杆。人生，需要如此。自然而坦然，明天还得继续。所以把心态调整好，疾病就能得到缓解。”

十六

家里平静了一段时间。五爷又开始张罗栓柱的媳妇了。

栓柱的情况村里人都知道，身有残疾，多次意外差点要了他的命。家里的新房子，又是邪祟的，好端端一个好媳妇被吓死了，谁还敢嫁给他。菊花走了半年，栓柱就这么形影孤单地吊着，晃着。五爷心里什么都明明白白，只有从外边想办法。

五爷这天背着手来到五姨家，五姨心里与五爷一样，亮道着哩，递上烟丝，捻在烟锅里，比赛似的死抽，不一会屋里乌烟瘴气弥漫开来。两人虽不说话，却都是对方肚里的蛔虫，要说的话一清二楚，开口就显多余，没了城府，也搅和不清楚，最后闲扯了几句庄稼和日子，五爷又像来时背着手回去了。说媒有个经典段子，夸奖一个媒婆能说会道，死的说成活的，丑的说成漂亮的，有生理缺陷的说得没了问题，张家有个儿子，没有鼻子，李家有个姑娘人，嘴是豁豁，露着牙齿，双方的条件是不考虑家庭、经济等，但是都要找个健全完整的人，媒婆知道针尖对麦芒，这俩最合适，灵机一动，计上心来，到了男方家，说有一头亲，女方家广有田产，家资丰厚，只是嘴不好，男方家听了，觉得自己儿子有缺陷，女方嘴不好，无非是爱说是非，倒腾闲话，少让出门，让着点得了，拍手称好。媒婆到了女方家，说寻好了一门亲事，男的什么都好，缺陷是眼下没东西，女方家长听了，觉得自己女儿有缺陷，我家里什么都不缺，男的眼下没东西，穷点没啥，只要人好，我们多陪点嫁妆，贴补一些帮助男方，也高兴地点头同意。结婚这天，揭开盖头，男的看女子嘴豁豁，女的看男郎君没有鼻子，当场吵了起来，指责媒婆骗人，媒婆不慌不忙地说："我话说在前头，早告诉过你们了，男的眼下没东西，女的嘴不好，我没有骗你们，你们双方都当面同意的。"双方面面相觑，哑口无声。这是一个趣话，五姨保媒有个规矩，对人身体说实话，对家庭状况说虚话，对经济财产说大话，对未来空的说夸张话，对人说实话，就是人的完整性，眼耳鼻舌身意，胳膊腿是否齐全，这是不能哄人的，长相可以虚点，这方面哄了人，退婚离婚事小，人家找上门来，不砸了你的牌子，拧碎你的嘴，扇你脸，吐你口水，告你诈骗，坐牢，都有可能，这可不是闹着玩的，像栓柱这一身伤，抹个光墙可以糊弄过去，那生理缺陷可不能编圆乎，这是要紧处，打不得马虎，这涉及两人的婚后能否生活，能不能生育，日子有无可能过的大事。

五爷来了不说，那是开不了这个口，开了这个口，西葫芦配南瓜，到那去找这么个南瓜，双方心里都没有底，无个眉目，说了顶啥用，没谱的事，不说也好。

栓柱的第二任媳妇在离他家十五公里外的关庄，由关得财养着呢。关得财有两个女儿，大女儿已出嫁五年，恨着她爹把她当牲口卖了，不回娘家，她娘也受不了关得财的欺负，撒手西去五年光景了，剩小女儿关疙瘩陪着他这个孤老头子过日子，说是小女儿，也不小了，二十三岁了，在那个年代的农村，女子二十不出门好比现在城里三十嫁不出去的"剩女"，被村人议论和笑话，脸上很没面子。

关得财死了老婆，失了大女儿，荒了小女儿，日子恓惶，人才五十出头，却彻头彻尾地老了，佝偻着脊背，弯着罗圈腿，伸着枯枝似的手，脸上皱眉头，胡须花白而参差不齐，混浊的眼球上布满了通红的血丝。自从死了老婆以后，吃饭不知饥饱，喝水不知干渴，他几乎每天早晨起来去浪门子，打牌赌博，输了，到天黑尽了才一步三缓地回到屋里摸黑爬上炕头，也不管他炕热炕冷，倒头就睡；赢了买壶酒，喝个天昏地暗，一醉方休。睡起来就喝酒，喝完酒就要钱，谁也不管他，也没人管他。

这天，关家的大门敞开着，村里的穷光蛋红兵路过，看到疙瘩跪在屋檐下端着簸箕在簸糜子，想进去找疙瘩，却不知道关老汉在不在，便犹豫了。他退到墙边，出神地盯着疙瘩，关老头起身把这一切看在眼里，心里很气愤，你这个穷怂，也敢打我家女子的主意，从后面冷不防地讽刺问："红兵啊，你娃娃不是在外边挣大钱哩，在这里瞎狗瞅星星地瞅啥哩？是来请我喝酒吗？"

"哟，财伯呀，我找你喧一阵谎儿哩，没事干闲得心慌。"

"你爹给你说媳妇了？咋不去找个媳妇喧去？"

"没有的，女子贵得很，娶不起，我给大伯当姑爷好不好哈！"红兵自嘲中带着戏谑的口吻，

"说你小子口袋里揣了多少钱，老汉我指望着过下半辈子哩。"关老汉说笑着看着一脸穷光蛋的红兵，问："我看你娃醉翁之意不在酒，八成不是瞅我老汉，癞蛤蟆想吃天鹅肉？"红兵的脸刷一下子就红到了脖颈处："得财伯，你价高，女子卖成天鹅肉，贵得很，天价呀！谁娶得起呀！"

"养个猪要一年，也百八十块，我养个女儿二十多年，白面大米的，总比吃糠咽菜花得多，世上有几个有艳福白吃天鹅肉的董永哩？"红兵知道老汉认钱不认理，说多无用，灰溜溜地走了。

关家的女子的确和人家的女子不一样，关老汉以斤论肉，索要的彩礼比别人家的贵两倍多哩。关得财夸口说谁娶他家的女子就得有两驮的彩礼：一驮是钱，一驮是粮。关老汉的大女儿也是

高价，媒人哄了他，说先交上一半聘礼，另一半年内如数奉上，结果人去财空，为此与亲家闹得很僵，至今大女儿不回门。关老汉把所有的希望寄托在二女儿身上，女儿出落得大脸盘，杏眼睛，看上的人多，后生们都抓心挠肺地瞅着。他便漫天要价，对前来提亲的人把彩礼钱一涨再涨。第一次是说除了对方家的，女娃来当儿媳妇另加二千元钱；第二次是说另加三千元；第三次说是五千元。之后连续两年便无人再敢为此踏进关家的大门，眼看着花儿绽放花蕊含露，女娃早已到了出嫁的年龄，仍是门前冷落车马稀，无人敢来问津亲事。

关老汉进来走到案板跟前瞅着疙瘩揉着面说："快给爹做饭，今酒多头晕，剁点荞面，掺上些扁豆子面，放上一块羊油，腥腥的，多捞上几筷子酸菜，把土豆，切成大块块，滚烂滚糊些儿，给爹清干些。"疙瘩听着他爹边说边往厨房里来，心里突突地直跳，赶紧答应："成哩，爹。"关老汉回屋眯一会，红兵并未走远，又悄悄地折回来，隔着院墙看疙瘩，疙瘩一拧一拧地用力揉着面，红兵轻脚慢手地走到窗口，听见关老汉的鼻声，又大胆地走到厨房门口，涎着口水，眼睛斜斜地欣赏着疙瘩的丰满身材，心里猫抓痒痒的，身体不断涌动着难耐的骚动，便蹿上去从后面拦腰抱住了疙瘩，疙瘩被惊吓得"妈呀"一声，头还未回过来，就被红兵一手捂住了口。"别喊，是我，不要把你爹叫醒了。"

"大白天的叫人家看着了咋弄哩，我爹嫌死个你了。"

红兵嬉皮笑脸地说："宝贝，你爹只认钱，把你当肉卖哩，只要你不嫌弃我就行。"

"谁说我爹是那样的，我爹讨厌花言巧语，不务正业的人，你说你总这样偷偷摸摸的，不稳当没正形，我爹对你的看法改变不了。这样下去你托上多少个能说会道的媒婆子，都白费唾沫星子，你可不要怨我不做你家的媳妇。"疙瘩嗔怪着接着揉面。红兵死乞白赖地央求着，你爹睡了，这么好的机会可不要错过，又走到疙瘩身后又抱住了她的腰，嘴巴贴在她的耳朵上吻了一下，问：“疙瘩，婚姻自由，城里兴自由恋爱，咱俩跑吧，我等不了了，等在外面生了娃，生米煮成熟饭了，你爹就不得不答应了。”疙瘩半推半就地说：“你快松手，大白天的，我爹就要醒了，你听猪娃子叫唤哩。”红兵毫不理会，借着梯子上房——来劲了，把疙瘩也逗得身子发软心飘飘的，只是不停地喃喃自语：“快些，不要让人看见了。”红兵一听这话，动作快速粗野……疙瘩嘴里不断地叫着：“快些，人来了……”反正他俩这样做又不是第一回了，就在这时，隔壁传来关老汉咳嗽的声音，疙瘩一把推开红兵，红兵急急地逃走了。疙瘩重新系好围裙，从灶爷板子上取下擀面杖在围裙上来回擦蹭了几下，装作擀面。

夏天的植物如人浮躁的心，在着急拉慌地长着，夏天是节外生枝的季节，也是滋生是非的季节。红兵和疙瘩也在这个季节疯狂地如豆秧、树枝，肆无忌惮地长着、发着、茂盛地相互缠绕着，在没有太阳的地方，潮湿地发绿生苔，开花结果，夏天刚一过，最早成熟的是“黄落散”糜子，它如笤帚披散着头，如美女的长发从一边倾倒泼下来，在风中摇曳，接着成熟的是水稻，沉甸甸低着头，不知不觉间籽粒已开始落地，农人们抓紧时机抢收，接着是玉米，胀饱得撑破玉衣，爆裂出黄澄澄的子来，不过它高高在上，不怕落地，晚几天无所谓，可以将它连根砍下来，杆子栽成一个一个的垛子，棒子吊在屋檐下，农闲时再剥它，谷子也成熟了，狗尾巴似的在风的吹动下摇头晃脑，荞麦在最后收割，它的杆子比高粱杆还红，红红的叶子，像枫叶一样鲜艳。在雨后的早晨，关老汉院子树篱笆都发芽了，有了勃勃生机，老母猪还未下崽，不该有的却来了。这个秋天，疙瘩的事情被人发现了，她没有让人家看到她爹把女子求人白送的那一天，就自己偷偷把自已送给了红兵，等她爹醒过神来觉察出来端倪，两人已经如胶似漆掰都掰不开了，肚子已经大起来了，村子上传的沸沸扬扬，无人不知，关老汉一下子发疯了，他后悔要的彩礼太高，气自己睁了个白眼瞎，没看住小女子，出丑丢人，辱没了祖宗，败坏了门风，寻红兵要死，那小子早脚底抹油，溜了。关老汉头顶着红兵爹的胸，嘶哑着嗓子:“死吧，你把我弄死，我脸当尻子，羞死先人哩，来，来，来，你把我老汉的命要了，一了百了……”可红兵爹妈，打不还手，骂不还口，一句话：“没钱，我们也不认那儿子了，你逮着他，愿剐还是杀，随你……”

关老汉突然老了，病倒了。

疙瘩身上被雨水打得湿漉漉的，头发紧贴在头皮上，无精打采地过活着。树活皮，人活脸，这人也走不出去，脸也没地方搁，心也没地方放，那该死的冤家，平时嘴上抹了蜜，什么好听的话都说遍了，搞大了她的肚子，闹出了事，躲着不见影了。

疙瘩把一碗饭和一个馒头送到东屋，给爹吃。关老汉已经有些日子没下炕了。他跑了大女子，死了老婆，二女子又私订终身，满村风雨，人人皆知，本想多收点聘金，为他养老送终，可这希望也破灭了。他的心软塌下去，他的身子已被劣质的烟酒腐蚀了，终于在一个下午躺倒了。但他的一双眼睛经常出现在窗子那儿，盼着有奇迹出现，有人来提亲，多少得些银子。她屏着呼吸走进那间带有臊味儿的屋子，把粥和馒头放下，把炕下的屎盆端到院子里，再把屋子草草收拾了一下，就逃回到了自己的屋子，关老汉端着碗喝粥，说：“疙瘩，这饭生生楞楞的，一点滋味都没有，这些日子怎么饭有点儿变了。”疙瘩说:“饭就是饭，能变嘛味儿啊。”关老汉说：“我老是尝着变味儿了，我嘴里一点儿味都没有啦。”疙瘩把勺子往锅里一摔，她说：“那是你犯病了，你的嘴越来越尖馋了，这里费劲把力地给你烧熟了，你还说变味儿。”关老汉说:

“疙瘩，你的脾气越来越坏了，等我闭了眼，看你能往哪里去。”

真是瞌睡遇了枕头了，癞蛤蟆掉进石窝子，正合适，关庄的关月梅多年前嫁到倪园，回娘家走亲戚，知道了疙瘩的情况，念想着五爷对大家的好处，栓柱死了老婆，这两人凑在一块，不是刚好吗，两边牵线搭桥，聘金讲到三千元。

可是疙瘩不愿意，关老汉就是骂口不绝，把女子骂得体无完肤，他拎着鞋底子几次想奔过去狠揍女儿一顿，都被大家拦上炕去了。大家的耳朵听腻了嗓子劝哑了，再说就没一点意思了。关老汉也觉察到了大家的情绪，只好就着台阶下了，最后给疙瘩撂下话说：“你不要脸，我的老脸还要呢，有张五爷家里说好了，你去就成了，走得远远的，少给我眼窝洒辣面子，我给你也没啥嫁妆可陪送的，往后你是张家的人，死了也是张家的鬼，把我不用再喊爹了。”

疙瘩匆匆忙忙去医院打了胎，休息还不到一个月，披红挂绿，被送到五爷家。疙瘩的视线就被红盖头遮住，这时，外面的喧闹声更大了。但仍是大姑娘坐轿头一回，心脏“咚咚咚”地要跳出胸膛。她只见过栓柱一面，对栓柱更多的是茫然，她的思绪还粘在红兵身上，她在心里骂着自己，人家早跑得没影了，为什么还想他。她又陷入了迷茫，听不见外面震耳欲聋的鞭炮，听不见旁边人的贺喜……

等她恢复神智时，她已经坐在新房铺着大喜床单的新床上，婚礼的过程犹如镜中花水中月，在记忆里一片模糊，还以为自己已经做好嫁人的心理准备，没想到到了这种关键时候自己还是胆怯了。

疙瘩不安地动了动身子，发现手被硬物硌到，随手掀起褥子，透过盖头一看，嗬，核桃、红枣、花生还不少，想到这些东西的寓意不由得脸上发烫，好像烫手山芋一般扔到一边，重新坐直身体，好奇地打量房间。房子不旧，房间比自己家的大，屋里摆着衣柜、三截柜、五斗橱等家具，都贴了喜字，堂尾方桌子上面放了四个喜盘，放着花生瓜子糖块，疙瘩偷偷地看着，门外突然传来一阵嘈杂的脚步声，疙瘩心里“咯噔”一声，赶紧收回四处打量的视线。“哎呀，人家栓柱成亲你们几个臭小子凑什么热闹？赶紧给我滚！你们闹了公公婆婆，还要得不够呀？”捏着嗓子说话的是秋子，看着这几个光棍就头疼，“我呸，我还不知道你们几个的心思，赶紧闪开，春宵一刻值千金，你们耽误得起吗？”秋子的唾沫差点喷在他们的脸上，她当了这么多年喜娘还看不出来这几个小子的心思，无非要来凑热闹，趁火打劫，揉摸新娘，占便宜，赶心慌。“你们个小混蛋可不能胡闹，否则以后你们看亲的时候偏找那些厉害的，看你们敢闹腾不。”“不敢，不敢……”耳边传来门打开的动静还有嬉笑打闹的声音，疙瘩双手紧紧抓住红色的棉袄，还没做好心理准备，眼前一亮，习惯性地抬头一看，一张陌生的脸就这么突然撞进了眼里。

闹洞房的人走了，静了，翠儿在洞房窗户外听了一会儿，没有听到啥动静，摇摇头，把一把扫帚立在窗下，回老房里去了。

夜深了，栓柱看着还坐在炕上没动的疙瘩，端起酒壶喝了一口，闷头蹴在炕角上，沉默不语。

栓柱想，同样的地方，同样的礼仪，物是人非。以前的菊花，从小与他耍大，成年了，把她的一切给了自己。他满脑子都是菊花一颦一笑，那么清晰，这回忆又像枷锁一样禁锢着他，让他无法面对眼前的女人。他一口接一口地喝酒。而她呢？觉得心底里本该充满的新婚女人的幸福感，正随着时间的流逝而悄悄溜走。她心里想了很多，难道她的丑事被他知道了，他们家为什么还花那么多钱娶她，她不漂亮吗？不对，村里多少小伙子垂涎着她的美貌，她猜不透，她也不懂这个男人。眼前男人怅然若失的表情、忧郁的皱眉头，痛苦的饮着，脸涨得红红的，她爹和媒人在她出嫁前，丝毫没有提及她将要嫁的是怎样的一个男人，她爹图的是钱，媒人图的是礼。虽然她也曾零星听到一些关于这个男人的话题，但她始终无法知晓事情的全貌。她在感叹自己命运乖戾，她恨她爹，心里骂媒人，坑了她。她又想起去世的娘，让她无法克制，疙瘩不禁轻轻啜泣，将满腔的伤感和委屈化为泪水，挥洒在自己的面颊和衣襟上，听到她的哭泣声，这男人也不解风情，重重地放下酒瓶，躺在床上，一人睡了，疙瘩的哭声更大了，她扭头看一眼躺在身边的这个陌生的男人，竟然倒头就打起了呼噜。她的眼眶里瞬间涌满了泪水，如泉涌扑簌簌落下来。鸡叫头遍，栓柱醒了，看疙瘩还坐在床头，栓柱暗叹了一口气，伸手将新婚妻子肩膀上的盖头取下，说了一句不痛不痒的话：“睡吧，天都快亮了。”

疙瘩麻木的身体颤抖了一下，眼睛不敢看栓柱一眼，栓柱被她的躲闪的眼神弄的一愣，低声道：“你别害怕，我不会动你的。”十指紧紧抓住前襟，疙瘩和衣躺在了床上，僵硬的四肢才畅通了一下，才有了感觉，这话好熟悉，好像在把自己从关家背出来的时候他也是这么说的，但现在说这话有什么用，小声不忿地嘀咕道：“你既然不要我，谁叫你去我家求亲，为什么？”抱怨的声音小得跟蚊子叫一般，但这不满的声音却被栓柱耳朵听到，只见他眉头紧蹙，欲言又止，栓柱还沉浸在对菊花的思念中，心情还没有平静。

十七

一夜无话，疙瘩一夜无眠，在以后漫长的岁月里，她的生命将和这个不屑于她的男人度过，涌在心间的种种滋味让她难以言表。

随后的一段日子，栓柱都躲疙瘩的眼睛，像做错了什么事。每到无意间遇到疙瘩的目光时，都目光怯怯地躲闪着。他的心里就像堵着什么东西，让他不能安然。每晚眼睛一闭不是被逼到悬崖边上，就是跌入深涧，或是被恶狗撵得无处可逃，每晚都是从噩梦中惊醒，栓柱真的希望把他也带走，好让他俩重逢，哪怕是地狱，只要让他俩在一起。

一转眼结婚半个月了，他们俩一个是冰山，一个是火山，冷热不均、失调、不均衡。那时的农村不像现在可以随意离婚，拍手走人，几千年来的封建思想在农村深深地扎根，嫁鸡随鸡，嫁狗随狗，疙瘩自怜自泣，叹息自己命真苦啊！真是熬不下去了。

清晨，迷迷糊糊中栓柱的身体有了反应，本能地抱着疙瘩，耳鬓厮磨，疙瘩眼红耳热，她脸上就突兀地浮起了羞涩的红晕。可是栓柱随即又打起了呼噜。

天还没亮开，她就起床了。她不是个勤快人，也不是不想享受那份惬意，只是早上一醒来，看着睡在身边男人那结实的肌肉，她心里就起了火，浑身滚油似的焦躁，远水解不了近渴，她需要男人来救这场火，她的男人就在身边，壮壮实实，看着他，如给篝火上填了柴薪，越烧越旺。起床吧，到外面走走，用凉水冲冲脸，离开那容易发火的环境，这邪火会压下去一点。

冬天来了，白雪遮盖了原野、房屋、树木，使光秃峥嵘的冬野变得干净、柔和、肃穆，疙瘩穿了件大红棉袄，那衣服紧身，腰束起来，大雪的映衬下，妖娆多姿，平添了动人的活泼，栓柱隐隐约约看到了菊花的身影，眼睛痴迷起来，身心荡漾。没有了公公婆婆在身边，疙瘩也就少了许多拘束，自己裁剪衣服，穿自己合意的，把自己的身材显出来，抖着，农村人叫这骚情。见栓柱呆呆地瞅着她看，她以为栓柱回心转意了，有那意思了，嫣然一笑。她抱了一捆苞谷秆子，麻利地点燃，将炕烧热，然后征求男人的意见，看是不是睡觉。他俩经过这么多天，同床不同梦，同床不圆房，但话却多了起来，也聊天，拉话，说家常，人倒是熟络起来，只差捅破那层窗户纸。栓柱说：“你先睡，甭关灯，我还有些账目要核算一下！”说着，拿出算盘、纸和笔，趴在炕上鼓捣起来，疙瘩见了，心里的热火和脸上的光彩一下子没了。她吮着嘴唇，噙着泪，想了想，脱了衣服，先睡了。栓柱的算盘珠子打的噼里啪啦，在寂静的夜里，比木鱼声还大，吵得疙瘩睡不着，痴痴地想心事。

一会儿，栓柱也脱了衣服，拉过疙瘩焐热的被子盖在自己身上，在摇曳的灯光下，男人古铜色的后背上雄健的肌肉，让她想入非非，她又咬着唇低声饮泣着。

“你怎么了，好好的，哭啥？”栓柱问。疙瘩哽咽着说：“这叫好好的，你还好意思开口说出来！”“到底怎么回事？”栓柱还是不明白。疙瘩说：“结婚一个多月了，是你们家求的亲，是你娶的我，我们睡在一个炕上，大眼瞪小眼，你不跟我睡觉，这是夫妻吗？你若看不上我，就不应娶我，这不是害人吗？”说到这，疙瘩委屈得哭出声来，说：“明天，我们找爹妈评理去，你们怎么接我来，怎么送我回去。”栓柱头皮一麻，心口突突突地跳起来，不可回避的问题来了，最怕这事让爹娘和爷爷奶奶知道。再说，这么多天，他也是苦撑着，也难受，就是块榆木疙瘩，也该开窍了，他也觉得对不住这个身边的女人，他也有这个意思了，可抗争了一个来月，习惯成自然，反而不好下手，难为情起来，既然话被疙瘩说明了，那就借坡下驴，硬着头皮，伸出手去，为疙瘩擦泪。疙瘩看到栓柱脸上难得的柔情和伸过来的手，突然侧过身来，上身倾在栓柱身上，一把搂住栓柱的腰，栓柱又恢复了对菊花那般的热情。

疙瘩和栓柱的感情正常了，夫妻小日子和谐了，可新的问题又来了，自从她与栓柱行房第二天起，眼睛里就影影绰绰有影子在晃悠，似做梦，又不是梦，总是昏昏沉沉，脑袋不清爽，日渐憔悴，原本红润姣好如凝脂的面颊也渐失光华。翠儿看儿媳妇老是怀着重重心事，整日里苦着脸的样子，私下里问过儿子几次，每次栓柱都虎着脸，瓮声瓮气地让妈自己去问她。翠儿就只能摇头叹息着，嘱咐儿子，对媳妇疼爱些。在和儿媳妇坐在一起做针线时，就说些安慰体贴的话，探问儿媳妇哪里不舒服，栓柱对她咋样啦，疙瘩都很感激地说没有啥，问得紧了，疙瘩就哭。翠行就捉着儿媳的手，轻轻地拍着，凑近儿媳："我娃乖，不哭了，你咋啦？有啥事就说吧，妈给你做主呢。"疙瘩感激得越发哭得凶了："妈，我……我黑夜里老是做噩梦。"翠儿往儿媳跟前凑凑，担心地问："啥梦？""乱七八糟的，啥都有，凶凶的，我也说不上来，眼睛一闭，梦就来了。"翠儿"哦"了一声，抚着儿媳的头安慰一番。

蜜月过罢，栓柱回小天鹅忙菜馆的事，离家两公里的路程，说远不远，说近也要走半小时路程，因此回家较晚。这天太阳落了不久，新媳妇就衣衫不整，蓬头垢面，面部惊恐地跑回公公婆婆家求救说："太可怕了，太可怕了，屋里有声响。"众人忙问何事，媳妇说吓得她蒙头缩在被窝里抖了好一会，等栓柱回来一起回去。到新房刚一推门，窗户突然噼里啪啦响了几下，疙瘩吓得扭头就跑，栓柱听着不寒而栗，栓柱在新房子，也经常觉得背后凉凉的，他感觉背后有些不对劲。他鼓起胆子，摸黑进了屋，屋子很阴森森。他竖起耳朵听，可是什么声音都没有。心想着，准备离开，月光下，屋内空无一人。他才松了口气，准备回去。可是声音又起了，咚、咚、咚！"谁啊？"他大着胆子喊起来。他真不信，又冲回去，但是仍然没有人，声音也没有了。他抓狂了。望着二楼黑乎乎的一片，这里废弃的房间那么多，难道真的住着脏东西？如此一想，他背脊发凉，急忙跑了。

栓柱领着疙瘩回老家，给爹妈和爷爷奶奶说了这事。老房子腾出农具仓廪，收拾了一下，他俩搬回来住，栓柱领着疙瘩去看了中医，诊了脉，开了三剂中药，嘱咐先吃了药再说。

从此，新房废弃，再无人敢进这个房间。此后听说有外地逃荒的人，前不着村后不着店时在此借宿，半夜吓得屁滚尿流，落荒而逃。院落慢慢颓废，荒草萋萋，鸟兽出没，没有了人气越发荒凉森严，寒气煞气蔓延。

疙瘩长得还耐看，但也谈不上漂亮，在那方面很贪，晚上像个不知疲倦的马拉松运动员，折腾得栓柱有点力不从心了。天快亮了，她禁不住往男人身边凑了凑，紧贴着男人宽厚的脊背躺下。这一段时间，栓柱面黄无力，腰疼得在床上一动不动，找中医抓了药，找陈大针灸、按摩，有缓解但不治根。翠儿担忧，张屠夫嘿嘿一笑，用指头刮了老婆鼻子一下说："傻瓜，我在他这年龄也一个毛病，我们为儿父母，又是公公婆婆，如何去说，还得请刘老来说病。"

刘老来听了张屠夫说的情况，又号了脉，果然如此。

刘老与两个新婚夫妻聊了起来：按照中国古代的中医理论，人是由三部分组成的，是三者合一的。哪三？就是形、气、神。形就是指我们的外形，气就是指我们身体的经络、气血，神就是指我们的精神。

精神实际上是骨髓，人的骨髓若是不足，脑力、智力、体力、抵抗力就会下降。用一个最简单的比方，精髓，人体的肾精和骨髓像拖拉机上的机油和电，给身体提供能力。假如把机油没了，机子干磨，机器受损，是人会生百病，得肾虚、糖尿病、乏力等，这实际上都与肾气有很大的关系，也是最直接伤肾的方式。人肾气不足，会烦躁不安，自我感觉压力特别大。

"肾主骨生髓，脑为髓之海"。年轻男女都一样都有大欲，耍得多了，身体的精华变成液体流出。精华丧失之后，脑袋空虚发晕，脑力首先下降和疲乏，脸色开始变得不好，像老人一样迅速地衰老。经常丧失精神，身体没有阳气病就来了，肾开窍于耳，一个人肾气足，耳朵容易听进去别人的规劝，肾气足的人也有智慧。耳窍通了肾气就足，肾气足自然有智慧。

疙瘩听着脸羞得红到了耳根，低头看着脚尖，手捏着衣服前襟，不知如何是好。栓柱埋怨着疙瘩，心里想，这真是个吃人的妖精，吸食他的精髓，要他的命。这不闹出病来了。

听了刘老的话，栓柱节欲。

一个月后，栓柱突然在街头发现疙瘩与一个男人的背影。他在饭店正忙乎，那影子闪了一下就不见了。他以为看花了眼，揉了揉眼睛，再也没有看到什么，他在门前发了一阵呆，然后垂头丧气地回到包间。

他开始留心疙瘩的动向，隔了几天，他到集市采购食材，无意中又看到了疙瘩，正跟一个他不认识的男人亲昵地走在一起，他暗中跟了上去，到了一个胡同的暗处，那男人一只手粗蛇样地紧缠着她的细腰，他们有说有笑，闪进了一个家门。

栓柱气极了，回到饭店，他让厨师给他弄几个菜，拿了一小瓶儿酒，闷闷地喝起来。此时，他心情坏透了，感受到的不仅仅是失望，更觉得一个男人的尊严受到伤害，没有比这再丢脸的事了！酒精让他的气血直往上涌，他顺手把抽了半截的烟头扔在了地下，并狠狠地踏了一脚，他的眼睛戳了钉子似的一痛，哼，原来是个水性杨花的货色！他心里叫骂开来，心如刀绞。蒙受欺骗的羞辱，让他无法容忍，他气愤得疯了似的。

事情还得从头说起，一个月前，疙瘩上街去转，有人在她后腰上抓了一把，她被吓了一跳，扭头见是红兵。觉得意外："你咋在这里。"红兵点了支烟，色眯眯地盯着她 V 领内露出的胸脯，不由地吞了口水。说他在这卖菜，还租了个房子，邀请她去看看喝口水。

疙瘩没有戒心，竟然顺从的跟着去了，两人进了屋，红兵猛吸了一口烟，把烟头掐灭到里上，像是暗下了决心，猛扑到疙瘩背后，紧骂搂住她。疙瘩吓了一跳，急着喊："放手！放开我！"红兵充耳不闻，就势扳倒了她。疙瘩力量不如他大，挣扎不开，求着他说："放开我！红兵，我结了婚的人了，你不要再祸害我了。"红兵不顾死活地骑上身，一张臭嘴凑上去。女人再强大，终归是女人。反抗几下，挣扎一会儿，就如电击了，柔软无力了。事后，红兵跪在她旁边装可怜："我们老相好了，你不能有了丈夫忘了我，这事没人知道，我们还不如及时行乐呢。"红兵掏出100块钱说："好妹子，买件衣服吧！"疙瘩想自己活得那么难，栓柱对她一般般，不是很疼爱，这世上没人疼她。这红兵一直爱着自己，人也能干，嘴也会说，还会讨她的喜欢。她默默地拿起钱，拢了拢散发，回了家，红兵的不断纠缠，让她渐渐失去了反抗。她已经默认了这件事。野合的快感，释放了她久积的郁闷，欲望的肉体得到了满足。欲望是兽，兽性成瘾；瘾久积邪，邪事有度。奸淫之事，唾沫星子能淹死人。他俩又相遇了，又开始了从前的故事。纸里包不住火，没有不漏风的墙，他们的举动被栓柱看见了。

栓柱思谋很久，心里有了主意。一日早晨，栓柱匆匆擦把脸对疙瘩说："我今天要到县城办事，恐怕夜晚回不来了，你在家注意门呢……"栓柱嘱咐了一句便仓促地走了。疙瘩不知男人要到城里办什么事，以为机会来了，与红兵约会去了。

栓柱已悄悄的配上了那房子的钥匙，蹲在一处守候，看两人进屋多时，尾随悄悄开门进去，映入眼帘的是疙瘩与那男子在一个被窝里。栓柱瞬间天旋地转，扶着墙站定，二话不说，举起棒子砸了过去。

疙瘩与红兵已相好几年，因红兵无钱娶不了疙瘩，却坏了疙瘩的名声，关得财是见钱眼开的人，收了张屠夫的聘金，棒打鸳鸯散，将一对深爱的人分开，疙瘩匆匆被迫嫁给素不相识的栓柱，缺乏感情基础，再加上栓柱还没有走出思念菊花的阴影，对她冷淡、不主动、不热情，晾了她的心，她自从与栓柱结婚后，也曾心里暗暗发誓，忘掉红兵，与栓柱好好过日子，相夫教子，可阴差阳错地又遇到红兵，红兵为了她，抛家舍业，搬到离她只有两公里的集镇上，卖菜为生，两个人相比较，红兵比栓柱对她更有感情基础、更理解她、更热情、更对她好，人也更精明会耍，能满足她的心、她的情、她的身体、她的爱好…疙瘩的感情开始倾斜，心里开始出轨，不能把持自己，干出了在农村最见不得人、最丢丑、最不可饶恕的事情。

栓柱用力持棒挥去，可他太气愤、太颤抖，心剧烈地揪着扭着疼着，手臂发麻而又颤抖，那一棒竟软弱无力，打在红兵热血沸腾的身上，没有多大力量，红兵嘴里“啊”的一声，猛的爬了起来，扭过头看到炕前愤怒地睁大眼睛盯着他们的栓柱，疙瘩羞得急拉被子往赤裸裸的身上盖，栓柱已扑上去，歇斯底里地喊着：“泼妇、骚货、婊子、流氓……”

结结巴巴的红兵开口道：“你……你想干嘛？我、我告诉你，你敢打我就、我就还手啊，啊啊……”接着一脚向栓柱踹过去，栓柱头部重重的着地，立时昏了过去。

这真是武二郎捉奸——有气无力。

半个时辰后，栓柱头晕着醒来，感到后脑勺剧疼，用手一摸，抓着一团皱巴巴卫生纸，竟然这么搞笑，是一团脏纸救了他的命，垫在脑底，缓解碰撞力，才没有使他头破血流，撞得沉闷，昏了过去。

他醒来后，环顾四周，屋里黑洞一般，他痛苦扭曲的面庞也隐隐发黑，丰硕红润的脸仿佛中毒一般，昨日的花朵一下子枯萎了，双眼中冷冽、绝望、愤怒、狠毒交织在一起，让人看了为之胆寒。他觉得天地间，刹那间变得寂静无比，说是寂静，死寂更为合适，这一刻，周围一切仿佛都迅速地降温，他突然觉得好冷好寂寞好害怕，使原本不太明亮的空间压抑无比，床头上明晃晃的台灯下，倒透出一点白来，将丑恶的一幕恶意如瘟疫般蔓延。

他抬头看床头上挂着疙瘩和那人亲昵的照片，他和疙瘩都没有挂个结婚照片，这奸夫淫妇却有结婚照，照片上的人仿佛在嘲笑地看着他，嘴上微开的甜蜜也似在讥笑，房间里还残留着男女暧昧的骚气，凌乱的床铺诉说着这对男女滚床单的蹂躏场景……

栓柱看着这一切，眼泪扑簌簌的滚落下来，恶心地呕吐起来，他突然感觉一切都是脏的，天昏蒙蒙的脏，地乱七八糟的脏，街道巷尾人拥挤着脏，这地方也混杂着不干净的脏，他婆姨是个里外脏透的流氓，是那种风尘女子的脏，这种脏深入她骨髓和每个细胞，他不敢想下去，甚至闭着嘴不想呼吸……

也不知过了多长时间，他任凭眼泪似潮水般流淌，俗语说，泪是心水，心痛了，泪就会流出来，他的心被伤透了，打击太大了，泪流干了，开始转变为低语般的哭泣，嘤嘤悠长，呜咽，低沉，蕴含着痛苦、痛恨、痛失、悲鸣、气愤、不解、气愤，急火攻心，免疫力急剧下降，他已感冒发烧，哭泣中伴着剧烈的咳嗽，眼睛肿胀疼痛，全身像散了架似的酸痛发困，却不能入眠。

夜已来临，老天也有感应，一轮残月半悬在空中，被乌云遮掩着，甚是凄惨，栓柱浑浑噩噩，无力从沙发上起来，无心看外面的天气，不知道天地也伴着他难过。

疙瘩随红兵私奔了，生不见人，死不见尸。

一家子人都上火了，张屠夫嘴上冒火泡，栓柱奶奶和妈都红着眼睛。一个大活人跑了，传遍全村，有了多种说法，恶人看热闹，暗自当笑话，好人气愤，前来安慰，帮着寻人，善人来解决问题。

刘老这不又来了。

刘老与五爷各拿一杆烟锅，抽了几口，私下聊了几句，问清了事件情的来龙去脉。五爷说：“这媳妇做下这等伤风败俗的丑事，家门不幸啊！”

五爷把一家人叫到堂屋，听刘老说话。刘老咳嗽几声清清嗓子，说：“栓柱不容易啊！是人，都有七情六欲。家事、外事、公事、私事；他人事、自己事；原则事、非原则事；对的事、错的事；大事、小事等等，都可能让人生气。疙瘩是远村的，家里的底细，我们不知道，这人，我们也不清楚，犯下这等丑事，栓柱生气也在所难免，是正常的，娃心里难受，我都能理解。”

五爷说：“按老祖宗的规矩，疙瘩偷人，在‘七出’之列。”

刘老说：“这正是我要讲的，她不走，不跑，你们也不容她，不会继续留着她，跑了倒是干净，省得麻烦。”

张屠夫气哼哼地说：“那可是花钱买来的，钱让她那个酒鬼爹折腾完了，怕是要不回来了，这不是人财两空吗？”

栓柱听了这话，头深深地塌邋下去。

五爷一看这情形，又说到伤心处，这不是火上浇油吗？冲儿子张屠夫吼道：“钱重要还是人重要！”

刘老也不在乎张屠夫的话，接着说道：“《三国演义》里周瑜仰天大叫：‘既生瑜，何生亮’，实在让人扼腕叹息。周瑜乃东吴智勇双全的军事家，诸葛亮称他‘风雅超群，乃一代儒将。’可惜一代儒将心胸过于狭窄，经不住诸葛亮的‘三气’，终于英年早逝，惜哉悲哉。人生气时，精神紧张，情绪波动，心跳加快，呼吸急促，可能诱发疾病，甚至造成痼疾的恶化。”

五爷老伴抹着泪说：“我就这一个孙子，娃，听你刘爷爷的话，可不能气坏了身子，那个坏女人，有啥好的，我早就看着不顺眼，世上三条腿的蛤蟆不好找，两条腿的人多的是，我们找个更好的。”

刘老说:“你奶奶说得对着呢！你看你这几天,人憔悴,脸发黄,气不顺。”

刘老继续解释：“生气是从嗔恨心发起的，生活中遇到忤逆的时候，遇到受伤害的时候，遇到受委屈的时候，就要生气。嗔恨心一旦生起来,往往失去理性,生气的人就好像全身都散发出臭气、毒气、酸气、火气，令人不敢靠近。有人说：宁可和讲理的人吵架,也不和好生气的人讲话。生气,不但伤害别人,同时也伤害了自己。”

五爷半天没说话，这时候插了一句：“生气是自己欺侮自己，自己跟自己过不去吗？”

“对对对，你爷讲得对着呢！”刘老对上话，又说：“栓柱，你可能听过这么一个故事，一个失恋的年轻人在公园里伤心地哭泣。一位智者走过来，轻声地问道：‘小伙子，你怎么啦？为何哭得如此伤心？’年轻人回答说：‘我很难过……她为何要离我而去？’智者哈哈大笑道：‘你真笨！’年轻人听了很生气地说：‘你这人怎么这样啊！我已经很难过了，你不安慰就罢了，却还要嘲笑我！’智者说：‘傻瓜，你根本不用难过，真正该难过的应该是她——因为你只是失去了一个不爱你的人，而她却失去了一个深爱着自己的人！这个人不爱你，与你过不到一起，走了也好，少了一个欺骗你的人，占着茅坑不拉的小人，岂不是更好。’”

“费了这么多口舌，道理你都听明白了，我再送给你清代东阁大学士阎敬铭写的《不气歌》。”

他人气我我不气，我本无心他来气。
倘若生气中他计，气下病来无人替。
请来医生将病治，反说气病治非易。
气之为害大可惧，诚恐因病将命废。
我今尝过气中味，不气不气真不气。

总而言之，求健须息怒，长寿应制气。

五爷听人说书，这时想起个故事，用手拍着栓柱，语重心长地说："宰相肚里能撑船，狗肚里撑不了四两油。"说的就是这个道理。记得《岳飞传》中有这样一则故事，牛皋与金兀术打斗一起跌下马来，结果金兀术被牛皋骑在身下，金兀术受不了这等奇耻大辱，竟然气绝而亡。这故事虽然当不得真，但也说明生气会给人带来莫大的害处。生气是拿别人的错误来惩罚自己。

十八

残夏的连绵阴雨如同五爷老伴的眼泪没完没了，淅淅沥沥地一下就是好多天。把人的心下毛了，下漏了，这个靠近黄河边和腾格里沙漠的地方，盖房子顶上无瓦，都是苫几层芦苇，上面抹一层泥，遇到连阴雨，雨水从泥缝里渗透下去，顺着苇席子滴滴答答漏了下来，凡是老房子和顶面薄的房子，都漏雨，炕上，柜子上，地上，锅台上东一个碗西一个盆，漏下来的水滴叮叮当当节奏明快地击奏出朴拙的自然乐曲。人在不漏雨的巴掌大的炅上蜷着躲雨，五爷给睡在炕里靠烟囱的一块干净地方的孙子身上加一件羊皮袄盖在被子上面。"这叫个啥天气么，人心毛着，天也不争气，也毛毛的，雨下个不停，还叫人活不活了，再下上一两天，我看这就要塌房子倒院墙了，这老天爷看来想要人的命哩。"五爷老伴骂骂咧咧地溜下炕趿拉上鞋，去做饭，栓柱在炕上已躺了好几天，由妈照顾着。

张屠夫更加憋闷，天天下雨，也没人来油坊加工油料，闲得心慌，看栓柱这事，气得心口疼，从窗台上顺手取过草帽往头上一扣，加了件衣服，在屋檐下，沾着雨水磨生锈的杀猪刀，磨了一会，又把刀扔进笼子里，嘴里自言自语着，不杀猪了，手痒痒的，磨它有毬用，一脚把笼子踢开，站在屋檐下把手里卷好的旱烟卷点着，用力吸了几口，眼睛迷惘地看着天，看着远处，叹着气，穿个雨鞋，踏着泥泞的雨水路，去别人家喧谎儿谝闲传去了。栓柱半年来受着多方面的打击，失去亲人，老婆私奔，情感危机，整夜失眠，精神崩溃，一直在寻找发泄的出口，精神的慰藉，疗伤的良药，减压的环境，在一处沉滞得久了，只想把包裹雨伞背起，到绝无人迹的地方去吐一口郁气，好像远方有他的神，他的爱，他的理想和希望在召唤，一刻都不能停，要来一次说走就走，不顾一切的流浪。

他心里一直在嘀咕，琢磨，知道走出去不一定去改变什么，可就是想飞出去，哪怕是一次失败的尝试，很多事情都是从无到有，再从有到无的，这样的结局，是种命运使然，或者，超越自己的理解范围，但还是值得一试的，去哪儿好呢？和谁去呢？想了很久，

自从菊花走了后，他们四人开的店，也是能共患难，不能同福贵，店里生意还可以，但是三个人却对店里的管理和经营尿不到一个壶里，常有分歧，再说，菊花不在了，菊花投的那笔钱，已被她父母要回。栓柱睹物伤情，也没了心思，几个人一商量，栓柱也退了出来，带着自己的投资和分红，另寻门路。

栓柱抬眼望望这个院子，脚步坚定地迈出去，扛着行李，义无反顾地出门，上南方打工，离开这个伤心之地，换换心情，一家人也是同意的，只是一再强调，注意安全。

时光匆匆，又一个年底来到，这期间，栓柱收到家里一封信，庄子上出了一件大事，也与他们家有关。陈二装神弄鬼，偷偷摸摸，被抓了，交代出了过去的一些事。今年十一月份，陈二戴着纸糊

的面具，嘴上吊着一红布条，装鬼到别人家偷东西，从院墙翻进去，刚刚落地，主人正好起夜，看见从墙上落下一人影，吓得大叫一声，骇得尿了裤裆，嘴里多哆嗦着说：“你……你饶了我吧。”陈二做贼心虚，紧张地漏了馅，回了一句：“鬼在那儿？”这家主人听出是人在说话，顺手拉亮了院落的灯，一把扯下了陈二头上的面具，抓住了陈二。公安局第二天来人带走了陈二，经过审问，陈二交代了过去在栓柱家新房装鬼溜墙根听房，从窗户上偷看新媳妇等恶劣行径，菊花就是被他吓死的，摊上命案，陈二已被逮捕了。他们家宅闹鬼的事终于真相大白。

临近春节出外打工的都急急忙忙往回赶，栓柱也乘着火车在返程的路上，一是家里的事清白了，二是他恨陈二，要回家找他算账。已坐了一整天，人困马乏，这时不知从哪个站何时上车的一位嫂子，怀里抱着个几个月大的孩子，与栓柱同坐一起，车上无聊，栓柱觉得娃娃稚嫩可爱，睁着个大眼睛扑闪扑闪的，栓柱逗着玩，这时乘务员报着点说火车为各位旅客准备了晚餐，有用餐的乘客请到十号车厢用餐，这位嫂子说：“小兄弟，帮我照看一下娃娃，我去吃个饭，已经一天没吃了。”说着把小孩递了过来，栓柱闲的没事，逗孩子好玩开心，就答应接了过来。接下来就是一个老掉牙的故事，左等右等不见人回来，时间一分一分的过去，几个小时不见人，才明白这嫂子遗弃了孩子，只是有一点不明白，为什么选择栓柱，也许是天意，冥冥之中自有安排。

栓柱找列车员不管，找列车长同样不管，说下车到车站派出所解决。折腾到十点闭灯关门，一夜睁开眼睛，寻不出个思路，凌晨六点火车到达家乡站，栓柱抱着孩子扛着行装，吭哧吭哧下了火车，坐在候车室里，小孩醒来，孩子睁开眼睛，惊恐地看着栓柱，哇哇大哭，已哭得泪水涟涟，声音嘶哑。这女婴长得出奇的漂亮：圆圆的小脸上，长着两个小酒窝，两眉之间，长着一颗朱砂痣。尽管她在哭，但看上去她却仿佛是在笑。一个多么清丽可爱的小天使呀！这时，他又突然发现包裹里放着一只盛满了奶浆的奶瓶。他惊喜地拿起奶瓶喂女婴。啊，多么灵巧的女婴，她一口就咬住了奶瓶嘴，吮吸得咕咕有声。候车室只有几个人，用怀疑的目光盯着栓柱，可能把他看成人贩子，好不容易熬到八点上班，天才麻麻亮，栓柱人困马乏，打着哈欠，揉着发胀的脑袋，找到站长，说明情况，站长又找来警察，问栓柱："娃娃爸爸妈妈叫什么？住在什么地方？"栓柱说："这不是废话吗，我哪知道。"就把车上的经过说了一遍，警察打开包裹，发现女婴身上放着一张红纸片。只见上面这样写着：此女生于1990年9月9日，出于无奈，诚请收养。她的父母泣拜。看着这张纸片，他真是百思不得其解：这世道真他妈的怪，生娃不养娃，这女娃，一来到人间，却又被自己的爹妈抛弃了！那一刻，他几乎流下了恓惶之泪。翻了孩子口袋，没有任何有关家庭、父母、地址的线索，站长和警察无能为力地说："没有线索，我们找不到下家，孩子不能留在这儿，我们不是孤儿院，收养所，你回去找当地政府解决。"

栓柱无奈，抱着孩子先回家再说，一进村，几个人看到栓柱抱个孩子，开玩笑说："栓柱行啊，放羊捎带拾牛粪，两不误，又挣钱又养娃。"栓柱被一路上不负责任的搪塞整疲惫了，有气无力地说是车上捡的，进了家，奶奶先听到娃娃的哭声，迎上来慌乱地又后退了一步，惊讶地说："你在外面有了，娃都生下了，这么大个事，怎不给家里说一声？"栓柱说"火车上捡的"，把孩子给奶奶，倒头呼呼睡去，这天又是腊月二十三。

五爷和老伴，张屠夫和翠儿，一齐看着娃，高兴地说："老张家有后了。"五爷又去牵羊挤奶，又演了一出栓柱小时候吃羊奶的一幕，奶奶和栓柱妈看着娃，与栓柱对比，眉毛，眼睛，嘴巴，耳朵，与栓柱一模一样，真是一个模子倒出来的，奶奶感叹说：

“没想到这坏小子实活哩，这也好，事情都办了，省得我们操心。”栓柱妈算着时间，去年年底走，现在过了十一个半月，这娃三个来月，时间也对着呢。栓柱爷想起谢瞎子的话，命里遇四女人有三个娃，一个女人有名无实，一个女人有实无名，不是你老婆生你娃，是你老婆不生你娃，前面那破货是老婆不生栓柱的娃，走了也好，这个没娶进门的还不是老婆，生栓柱的娃，这真是我的重孙子。想着脸凑上去就亲，五爷老伴挡住他说：“你那胡子拉碴的，娃脸这么嫩，能经得起你那老脸扎，快去把羊奶端来。”栓柱妈说：“抱了好半天，还不知道是男是女？”打开一看是个女娃，栓柱妈说：“女娃也是咱的娃，稀罕着哩。”

不管怎么说，栓柱带来了一个新的生命。这个家庭沉寂已久，婴儿响亮的啼哭，为这个宅院带来新的欢乐，一家人都沉浸在这新鲜活泼的乐曲里。农活少，人闲着，逗弄小家伙，天大的乐趣。五爷不因为生出的是孙女，而不是满心希望的孙子，显出一丝一毫的不快。他烟瘾重，为了孙女，可以几个时辰不动烟，他托着孙女，脸上笑得皱褶子如牛脖子，嘬着一脸胡渣儿的烟嘴，凑近粉嘟嘟的小脸，小丫头被他的胡子扎得惊乍乍地哭叫起来。老伴立马抢过来，“你那么硬的胡子扎我都嫌弃，竟然扎我那么嫩的孙女，看看，看看，我娃儿的嫩脸都扎红了，快一边待着去，给我娃左右端详起个好名字吧。”“嗯，起个名，要给我娃儿起个好名字。”五爷仰着头，微眯着眼，在屋子里踱着。“九月月圆桂花飘香，就叫桂月？叫桂月？嗯嗯嗯，好，好听，就叫桂月。”

翠儿逗着怀里的娃儿，“桂月，哟哟哟，你看，你看，小嘴嘴撇得，稀罕死个人了。”张屠夫翻着白眼，瞪一眼一脸喜气的婆姨，摇摇头，咧嘴笑着走出屋子。张屠夫一反常态地沉静，双手捧着自己的孙娃儿，眼里游弋着淡淡的雾翳，一动不动地盯着娃儿不停嚅动的小嘴，一家人兴奋地忙里忙外，喂奶换尿布，连烟也不让五爷和栓柱爸抽，两人都说为了乖孙女，不抽了，小家伙睡了，几个人的眼睛还盯着那小脸看个没完没了。

第二天栓柱睡了个日上三竿，才懒懒地起来，想到金窝银窝不如自家的穷窝，还是在家里舒服，想想这一年在外哪睡过这么个囫囵觉，起来刷牙洗脸，这是在外面学的和养成的好习惯，这时，妈抱着娃过来说："来看看你女儿，乖得很。"栓柱才想起这档子事，说："妈，昨天不是给你们说了，火车上捡的，我一会抱到乡上送孤儿院去。"妈说："你这话哪像个当爹的说的。"栓柱吃过早餐，来抱娃要上乡上去，五爷问咋了，栓柱妈把刚才的情况说了，栓柱奶奶说："坏小子，干的好事，自己下的种还不好意思承认，你看娃那眉眼鼻子嘴耳朵哪一点不像你。"栓柱这才注意观察看了一些，确实像自己，自言自语地说："日怪，咋毬回事，我也搞不明白。"五爷态度坚决地说："谁以后再说不是我重孙子，给我从这家里出去，我和我的小孙孙过。"说着又上去亲热，栓柱嘟囔着说："你们爱养自己养去，反正跟我没关系。"说着出了屋子，一年不在，急着去看看，约同伴玩去。

晚上回到家，妈堵在门口，急急地问："我那儿媳妇叫啥名字，什么地方人，啥时候回家？"栓柱莫名其妙，说："没有的。""你小子糊弄妈，娃都有了，拿着羊头不认赃，这有啥不好意思的。"栓柱说："真的没有！"还当着妈的面发誓赌咒，倒让妈疑疑惑惑，不知儿子葫芦里卖的什么药，后来家人又问几次，还是这个结果，家里人便认为栓柱在外遇了个女人，搞了个私生子，不好意思承认，也不再问，只是更疼爱地抚养小孙女，这么小离开妈，我们可不能让乖孙女受罪。一家人有了这小家伙，好像带来了幸福快乐的种子，人人咧着嘴笑着，长期紧锁的眉头也舒展了开来，快乐而开心地生活着。

栓柱回到家乡的时候已近春节，到处弥漫着年节前的欢乐气氛。一些儿娃早就按捺不住激奋的情绪，在自家门口偷放起烟花爆竹。花炮在地上旋转着，绽放出一溜儿烟花，引出儿娃们一片欢笑。偶尔，也有几只冲天雷尖啸着冲上天空，发出一两声炸响。商店和铺子里不时有人进出，行色匆匆，喜气洋洋地准备年货。栓柱走进家门，妈正逗着桂月玩：“娃娃娃娃你别馋，过了腊八就是年；腊月二十三，灶王老爷要上天；腊月二十五，家家户户扫尘土；三十晚上过大年，口袋装满了压岁钱。”那天晚上，一家人在欢乐热烈的气氛里吃过晚饭。

栓柱给家人分发了带回来的礼物。给爷买了个烟嘴和黄花梨烟锅，五爷高兴地把弄着，给奶奶买了一串菩提珠，圆润光滑明亮，甚是可爱，给爹妈各买了件衣服。张屠夫抿一下嘴，嗯了一声，走出屋子。翠儿正斜坐在炕沿上，替炕上的娃儿掖被子。

栓柱背着独卵子的绰号，多灾的过去，伤痛的身体，媳妇死一个，跑一个，受伤的心灵，又传言外出打工有相好，抱回个私生子，到哪去重新找个媳妇，现在村上除了农业社时期遗留的陈二光棍，现在年近六十，就剩他这个年轻光棍了。五爷一下子又老了许多，好强了一辈子，到现在家里这番光景，觉得对不起孩子，辱没了祖宗，丢尽了面子，连门都懒得出，不好意思见人。老伴还好，一天到晚念经拜佛，有了精神寄托，又有个重孙子缠着，忙里忙外，心倒静了下来，张屠夫肩上担子更重了，一个人承担油坊，生意繁忙家务事全由着栓柱妈操持，一个主外，一个主内倒也分工明确，翠儿也皈依了佛门，随着婆婆修行，祈祷一家的平安和幸福。

十九

五爷成了五姨家的常客，五姨快七十岁年纪，比五爷年长几岁。头发虽然全白了，却梳得亮亮的，纹丝不乱，红润的脸颊上透出些蚯蚓般细细的血丝，双目清明。穿一件对襟蓝褂子，黑包宽裆裤子。一抬足一摆手，裤管忽悠悠地抖。这时候，五姨正盘腿坐在炕上抽烟。见五爷进来，欠欠屁子，挥挥手里的烟锅，算是打了招呼。说：“他五姨，你比我大点，身体比我还好，肯定走在我后面。你看你，七十三了，头发还没掉的！孙娃子的事还靠你张罗。”五姨说：“七十三，八十四，阎王不喊自己去！”两个老人说起生死大事，就像说着走亲戚串门子，五姨白发上别着白亮亮的银簪子，她的头发又白又浓，面上气色也还红润，她有自己的养生秘诀，为小伙子大姑娘牵线拉媒，与年轻人打成一片，了解小辈的生活和心思，融入他们之中，常有年轻之心，积了德行了善，办事察言观色，能说会道，思维清晰，脑子一点不糊涂。她还用天然的洗漱品，到老都没用过肥皂香皂洗发水，常年只用猪胰子洗手和脸，用烧碱水洗头发，拿一把干净稻草烧了，把稻草灰放在筲箕里，用热水淋上去，底下拿脸盆接着。滤下的热腾腾的黄水，就是洗头发的烧碱水。五姨每次洗了头发，手心点一点茶油抹匀，往头发上轻轻地揉。烧碱水有股淡淡的清香，像日头晒过干草的香味。五爷夸她，说你这气色、身板，往百岁上奔吧，五姨自嘲道：“那不活成妖精了。”

日头慢慢偏西，农村就开始做饭了，炊烟在漫天红霞衬托下如飘散的乱发，“他五姨，找你商量个事。”五爷抬屁股坐在炕上，“啥事？说吧。”五姨又给烟锅里塞进些烟丝，噘起嘴对着手里的纸煤“噗”地一吹，纸煤燃了，点着烟锅一口气吸进去。水烟袋咕嘟咕嘟一阵响，五姨慢条斯理地端起手边的小茶壶，给五爷倒了茶。五爷吸溜吸溜地喝了口茶，抬起眼皮，瞟五姨一眼，看五爷一脸疑惑，发急地站在那里，又慢慢地向后靠了靠，“没啥，没啥。”五姨呵呵一笑：“又是找我做媒吗？”

五爷来得多了，悟得透了，话也慢慢上了路子，投机起来，这天，五爷亮出了底线：“五姨，眼看着这村那村年龄差不多的女娃都走光了，栓柱是你看着长大的，小时候吊过你的膀子，就如你亲生的一样，总不能眼看着娃打一辈子光棍，我死不瞑目，你姨脸也没处搁呀，你路子广，人脉多，多费些口舌，打听打听，哪怕是年龄小的寡妇也行吧。”“哎哟老哥，这几年就等这一句话，你这心里亮堂了，看事清楚了，话总算说踏实了，栓柱那是个好娃，我心里疼着呢，可娃缺那东西，最要命的是这问题，咱们实际点，得对上茬口，老哥你平时心气高，我老婆子也不敢往明里挑，今天你这掏心窝子话说到点子上了，女人是用来过日子，生儿育女的，结没结过婚，寡妇不寡妇，那是个名声、名分、名头，虚的，实际点，娶来能用就行，这事包在我老婆子身上，老哥，你回去等好消息，做好准备，等着抱重孙子吧。”五姨快人快语地说着，把五爷愁得要命的事大包大揽下来。

媒人这个行业，也有不成规矩的非正式组织，过去叫行业协会等名称，改革开放后，虽没有完全恢复，但老婆子大娘在一起婆婆妈妈，说东家长西家短时，也能唠叨出一些信息。一个好的媒人，能把本村的姑娘小伙生辰八字记个差不多，身上那儿长个蛛瘊儿痣了的默记在心里，十村八里有哪头亲事，相了谁，许了哪家，剩下那些，大概有个数，五姨就有这本事，村里的小伙十有八九过了她的手，姑娘们就不说了，除了向本村牵线外，往外推的事她不干，不能胳膊肘子朝外拐，让本村小伙骂你娘，留块空地，好让外边的和尚来念经。这不，五姨踏破铁鞋，多方打听，三个月后，摸着了河南边邻县中宁一个小寡妇，人长得挺俊巧，年龄才二十二，因与别人有染，犯了农村最忌讳的作风问题，成了破鞋，被夫家赶出了门，在本地不好再找，要嫁远点，离了是非窝子，否则唾沫都能淹死人。

五爷家还在焦急地等消息，五姨先喜上眉梢，好像是她得了个金元宝似的，笑得合不拢嘴，来到五爷家道喜："真真是瞌睡遇上枕头了，寻着宝贝了。"就把那女子的情况，拣好的添油加醋地夸奖了一番，唯独按下作风问题不表，也是，干那事又不在身上留痕贴标签，谁又能说得清楚，查得明白呢？

五爷一家都觉得般配，征求栓柱意见，栓柱被一家人从小呵护着长大，基本上自己没有操过心，饭来张口，衣来伸手，当个公子哥被养了这么大，从未表过态，作过主，吭哧半天，三杠子打不出个屁来，可他内心无时无刻不在想着媳妇，连做梦都是娶媳妇，流着哈喇子醒来，才知道是白日做梦，痴心妄想，这回轮到真的了，舌头却打了结。人有时也怪，越想的越表达不出来。栓柱爹无可奈何地对五爷说："爹，栓柱的事一辈子您操心了，这么大的事还是靠你定夺吧。"五爷说："我看成，就这么定了，你明天去镇上帮娃准备四色礼物，随五姨去相亲。""爹，你这都老一套了，谁还像前几年，几瓶罐头，四斤猪肉，四斤红枣，四斤杂糖，现在都变了，准备红包，装钱才对。"栓柱妈提着醒更正着说，五爷一拍脑袋说："我这都老糊涂了，栓柱妈说的对，按新礼行办。"一家人又安排了栓柱的穿戴，教着怎么相人，说话，见面的礼数，都快半夜了，一家人还兴奋地议着，栓柱是高中毕业，除了下边缺点东西，脑子可不缺，不满他们唠叨，"夜深了，我都知道呢，睡吧。”栓柱说着先自回了屋子。

三月上旬，大地苏醒，春姑娘来了，大地泛绿，桃花开后，整个村庄就是一片芳香了，蜂们被花香唤醒，闻香而来，嗡嗡的声音使得花朵发颤。接着，柳枝垂地，随风婀娜，椿树枝上也冒出了嫩芽，不几天，吊着一串一串的椿莲子，像洋槐树上的长豆荚一样，寡淡了一冬，人们开始尝到新鲜的绿色菜肴，

沿着水渠，可以走到另外一些村庄，甚至更远，五姨来回穿梭，又一桩喜事说成了。

五爷家树上又落上了喜鹊，叫喳喳地报喜。

女方那边，五姨早委托同行带了话去，基本有意，过去相亲，骑自行车，骑毛驴，赶马车，后来发展到坐班车，开拖拉机，现在可以托熟人或花钱租个北京二〇吉普，速度快，路上灰少，看着也排场，栓柱知道自己头上的缺点，上学时就留了长发，将右头阳左月亮基本遮住，眼眉谈不上英俊，倒也端正，配上牛仔裤，T恤衫，真有点艺术家的气质和风度。他们紧跟五姨走，穿行在麦垄间的小路上，太阳有了一竹竿高，阳光更加明亮，空中有几只麻雀子弹似的从顶上射过去，麦地里霜已悄然融化，麦苗长得齐整，像大块的绿毯，风一吹动，毯子里好像抖出了春的气息。

两人见面时，歪打正着，那女子叫李妖娆，本性风流，就喜欢栓柱这造型和这样子，一相就中，现在年轻人没那么多讲究，看人对上路子就行。五姨虽托人说了情况，见面还是要费些唾沫，热情地说：“他叔他婶，人我给你们带来了，你们也见了，娃长得端正，有眼有眉有鼻子，有模有样，在家是独子，没有人和他争，偌大的一座院子，一砖到底的新房，娃爷是羊把式，养了一大群羊，出嫁了三个姐姐，家底厚实得很，有钱有粮，隔三差五地吃肉，馋得一村人跟着闻气，将来都是娃的，那一家人，老爷子是能人，有人缘，威望高，谁看着都敬三分，没人敢欺侮这家人，娃的爹

妈老实实诚，不太管家，你丫头过去就是个小家长，上面不会有人压着管着，自己做主，小两口过自己的日子，小伙子过去有些小灾，话说回来，吃五谷杂粮，哪个人没个三灾两病的，大难不死，必有后福，你丫头算是找对人了，这小伙配上你家丫头，一个金童，一个玉女，一个麒麟，一个凤凰，就是天生的一对儿，丫头跟着吃香喝辣，穿红戴绿，你们老两口前世咋修的，修来的这么些福分，靠着这个女婿，实实在在就是多了个儿子，能靠得住，一辈子没个愁的，好得很哩。”

栓柱看那女子，眼前一亮，没想到这里还有如此鲜亮的美人。尤其是那两条眉毛，细而浓密，长长的，翘翘的，是标准的柳叶眉，一双大眼睛闪动着，眼珠子贼亮，清澈妩媚而又调皮，勾人魂魄，白净的脸上，两个浅浅的酒窝，一笑就妩媚，哪怕是不高兴的时候，也像是在笑，嘴角微微上翘，让人冲动地想咬一口。栓柱就那么愣怔地盯着看，她虽然在农村长大，基本上是上学，高中毕业后，却很少干农活，十九就出嫁了，总是穿得干干净净，很讲卫生，平时凉鞋里还套袜子，不像我们，这里一抹黑，那里一把灰，脏兮兮的，赤脚走路，这种外在装扮让她看起来更像城里人。可是……只是身上散发着她的名字气息，过多的妖娆，栓柱就想到了西游记里的蜘蛛精，吸人魂魄。

妖娆爹说：“看娃的意思，他俩同意，我们没有意见，可是，话说到前头，我们老两口，干不动了，还靠着娃，那么远的路，我们也过不去，礼行可含糊不得，靠它过日子呢。”五姨出来，把栓柱拉到一边，问：“姨给你端详的人好吧？”“嗯，行呢。”栓柱木讷地回应。五姨返身回屋，朝妖娆妈使个眼色，努努嘴，妖娆妈热情地说：“她婶，靠你哩，你说咋行就咋办。”分明丫头也是中意的。五姨又说：“让两个娃出去说说，我们大人再捏道捏道。”市场上买卖东西谈价时，互相在袖筒里掩着捏道价码，这是要进入谈判了。栓柱和妖娆出去后，五姨说："亲家也是直爽人，婚礼，不用你操心，栓柱是独子，童男子，人家金贵着呢，肯定是大办特办，把你闺女当个娘娘接哩。不过，你闺女二婚，配人家童男子，捡了个大便宜，也不能狮子大张口，要打个折扣的，为了娃的幸福，也不能太大的数儿，我想你们也不好意思开那么大的口吧。"老两口算是领教了五姨的厉害，这每句话听着热情，实际上绵里藏针，让人不好开口呢。老两口低声耳语了几句："可也不亏咱，我养这么个人，拉扯大，容易吗？她婶，你也是女人，也有娃，哪个不是娘的心头肉。"说着抹起了眼泪。五姨接过话，变了个话题，缓和气氛，以退为进："他姨，瞧你说的，男大当婚，女大当嫁，我老婆子是千里姻缘一线牵，给你们两家来报喜来了，这么高兴的事多少年能遇一次，哪个当娘的不为娃盼着这一天，是送丫头去过好日子哩，不是养大为了卖钱，那样是个啥名声，丫头过去脸也没处搁。"妖娆妈好不容易插句话："可家家都这么做，老祖宗传下的规矩，礼行，我们也要有个脸面，少了让人指点嚼舌头根。"看来她还没被五姨洗脑灌晕乎，坚持着自己的底线。妖娆爹抽着烟，听两个婆娘说了一下午，吵闹得耳根子不清静，终于憋不住了，冷不丁冒出一句："你说个数，不要亏了我们就行。"五姨要的就是这个效果，等的就是这句话，掌握了主动权，用现在的话说是掌握了定价权。五姨不失时机地抢过话头："这就对了，没有姻缘是两家，结上亲戚是一家，少了亏了你们，多了亏你亲家，坑的还是你丫头，差不多就成，马太快，牛太慢，骑个毛驴走中间，再说你闺女嫁过一次，已收过一次彩礼，这次中间偏下就成。"老两口被五姨说的蒙了，竟不知如何说好，由着五姨定了个数。栓柱给未来的丈母娘和岳父各二百元钱，说是做身新衣，给李妖娆五百元见面礼。双方谈妥三千元过门礼金。迎亲路远，闺女提前到五姨家，从五姨家上轿，时间定在小年。

五姨大获全胜，领着栓柱凯旋。

栓柱的个人事，经历了前两次的磨难，家里老人很重视生辰八字和五行。要了妖娆的生辰八字，说先合合婚，要是八字没啥，这事就成了。五爷专门请了郑阴阳来合婚。郑阴阳看了双方的八字，掐算了半天，说："好着呢！"三个字，五爷为此付出了一桌酒饭和五十元礼行。

不几天，双方亲友互道贺礼，这是结婚前的一道必经礼仪。给女方家带去了一只大肥羊，有水果糖、红白糖、核桃、葡萄干、花生仁、枸杞、桂圆、芝麻、茶叶、冰糖、红枣等。包了彩礼在红纸袋里，给妖娆父母奉上。

栓柱又要结婚的消息，就像升上天的氢气球，在村子上空爆炸。村民们都有点吃惊，听说还是个模样受看的年轻寡妇。俗话说，好汉子没好妻，日囊熊娶个花枝枝。这句话像是专对栓柱说的，一点不假，一个独卵子残疾男人，一年一个媳妇，一个赛过一个，艳福不浅。

农村富裕了，手里有了钱，婚礼仪式越来越隆重、红火、喜庆。"打下宿""接亲""送亲""认亲""插车""亮包袱""送喜兴火""过火盆""拜天地""挑盖头红""坐福""开脸""送喜""倒宝瓶""望日头""装烟""放席""团圆饭"等。这些仪节，承载了丰富的民俗，铜锣呛呛，饶钹钹咣当，唢呐悠扬，一阵鞭炮声响过，妖娆由两个女伴相扶，送亲的队伍抬着轿子从五姨家接着妖娆徐缓地向栓柱的新房走去，旁边一群娃娃看到新媳妇走过来，跟在后面拍着手喊："新媳妇，坐牛车，牛角尖，牛角硬，牛角滑，朝尻子剜了一牛角……"秋子故作冷脸地扭过头，吓唬跟在后面吼喊的娃娃，"去去去去，乱吼喊个啥呢？你妈的尻子才让剜了一牛角呢！"说完，自己先忍不住哈哈大笑起来。几个娃娃嬉笑着一哄而散，站在人群外面分成两组又拍着手唱起来：

“张栓柱，戴红花，蚂蚁雀儿，李妖娆，披盖头，尾巴长，新郎官娶了媳妇忘了娘。风来了，雨来了，黄鸹背个鼓来了。吃青枣儿，放老盐，抽个疙瘩儿我喜欢。筛一筛，扬面面，大舅来了吃啥饭？”

栓柱家的新房子大门小门都张贴着红彤彤的喜字和称颂的联语，院落里外用木架帆布搭建了几个大棚，摆着桌椅板凳，厨子领着几个手脚麻利的女人在灶台上忙个不停，猪羊鸡鸭各类菜蔬摆得一堆又一堆，半个村子都飘着浓郁的香味，不少人已到院里等候，这喜庆的声音吸引人注目，大家站在路边引颈观望，轿帘遮遮掩掩的什么也看不到，倒是栓柱站在自家新房前，穿戴整齐，人模狗样的，招呼着客人，递烟敬茶，轿子快到新房时，一群娃娃叽叽喳喳凑起了热闹，鞭炮齐鸣，新娘被栓柱从轿子里抱了出来，脚不沾地，进了院子，被两个人搀着，在红毡上迈着小步，迈过大门内的火盆，司仪高声喊道：“亲戚们、乡党们、七姑八姨的都过来，典礼啦！小伙子们给大人安个座！”吉时到，栓柱身戴大红花，一手拉着红布面子的红绳，引着新娘出来，俩新人在众人簇拥中在当院的红毡上站定。乐手鼓起腮帮子，使劲地吹奏着《喜鹊登枝》，欢乐的曲调渲染着喜庆。一对新人在司仪的指挥下，拜了天地，父母，来宾，互拜，然后开席，婚礼与众不同的是没有宣读结婚证，后来才搞明白，女的被夫家赶出门，但农村都缺乏法治观念，并未办离婚手续，五爷这边又急，怕煮熟的鸭子飞了，先结婚把生米做成熟饭。司仪高声喊着：“让我们来祝福他们万事亨通，今世吉祥，百事如意，十合十美，九九同心，八方微微，七星高照，六六大顺，五福临门，四季平安，三羊开泰，二龙腾飞，祝福新郎新娘一帆风顺，感谢证婚人的证词，从现在开始你们就是合法夫妻了，就可以一个饭碗吃，一个被窝睡，公安局不敢管，税务局不上税了。”说得大家哄堂大笑。新人入洞房啦！妖娆被人簇拥着送入洞房。司仪也手持秤杆跟进洞房，接着唱道：“一杆秤，黑油油，新人头上挑盖头，挑掉盖头有看头！”挑掉盖头，妖娆满面羞红地低垂着头。门口挤满了伸着脖子的头，盖头被秤杆揭开的瞬间，屋子里霎时安静下来，原本嬉闹的几个小子都瞪大了眼睛，都传言这女人貌美如花，所以他们才插科打诨的来瞧瞧，果然漂亮得跟仙女一般，一时间都看呆立原地。人们才看清这新媳妇长得挺俊巧，瓜子脸，丹凤眼向上翘着眼眉，脸上抹着粉和胭脂，更显白嫩妖艳，头发盘成好看的卷云型，身穿大红袄，衬托出喜庆来，这些人心里都忍不住羡慕栓柱的艳福。

院门口的桌子早已摆好，几个壮实的小伙子拦在门口，“来来来，稀客家，先喝三杯，你们送亲辛苦啦！”

宴是流水席，还是张屠夫自己打理。村人喜欢热闹和酒，早在院子的菜地里安好了十几张桌子，备下了八碗八碟一锅子的丰盛的流水席面。现在院子东边草房前的空地中间，支起的大锅里正煮着肉，肉锅里涌起的蒸汽翻腾着，弥散在喧闹中。屋里和院子，划拳行令，吆五喝六，一直延续了三遍，到下午四点才结束。

栓柱的发小和狐朋狗友一直喝到晚上，酒杯一放，又开始闹洞房。按照当地的风俗，结婚仪式当晚闹洞房，除了自家人之外，村里不分辈分大小和亲疏，都可以去，一般是年轻人去凑热闹，年龄大的没有这份心劲。可不吗，栓柱一起玩大的同龄人、发小，打着饱嗝，嘴里喷着酒气，叼着烟，拥了进来，女的按着新娘，男的抓着新郎，第一个节目，吃苹果，有人拿线吊着一个苹果，让两人同时啃吃，拿苹果的人故意上下左右摆弄着苹果摇晃不定，让他后碰头挨脸吃嘴，两边的人抓着他俩的头往一齐碰。妖娆结过一次婚，有过这方面的经历，她第一次被原夫的几个坏哥们折腾苦了，他们伸着魔爪在她身上横抓竖挠地揩油，她还不能红脸发火，现在，妖娆已有了这方面的经验和防备，用红绳将裤腰扎紧，打了几个死结，一天不喝水不去解手，尽量地配合这些坏坏的游戏。

接着是猪八戒背媳妇、摘桃等活动，新房里不时传出打诨骂笑的声音，还有新郎新娘的求饶声。到了兴奋阶段，有些小伙趁乱推呀、扛呀、搡呀，手不老实地在妖娆身上占着便宜。

这些人闹个没完没了，已经半夜了，五爷担心孙子的身体，不放心地高声咳嗽几下，提醒着说："夜深了，我老汉被你们吵的睡不着，都回吧，早点休息。"这些人才恋恋不舍地陆续离开。

五爷为他们盖了新房子，他们在装饰一新的老房子里住。长明灯将昏惑的身影印在墙上，身影不时地随着长明灯的摇曳晃动新婚之夜，两人就寝，女的知道媒人介绍说栓柱那儿受过伤，做过手术，但不妨碍事，不影响生育，具体啥情况并不清楚，心里疑疑惑惑。

他俩过了一个甜蜜无忧的蜜月，按规矩和风俗，新媳妇应早起扫院倒夜壶，给公公婆婆奉早茶，做早餐。可五爷心疼孙子，说这些讲究都不要了，我急着要抱重孙，由着年轻人去恩了爱了吧，他俩白天睡到自然醒，吃着现成的饭，没有人干扰他们，无拘无束地过着两人世界，甜蜜、火热，充满了欢乐、关爱。

"来，张口。"栓柱将一口米饭送到妖娆嘴里，妖娆吃完一咽，回报给他一个吻，两个农村娃，玩起了电影和小说里才能看到的把戏。好多个夜深人静，村庄笼罩在黑夜和寂静之中，他俩还聊着天，说一会，紧紧地靠在一起，相互抱着，一阵颤抖和激动就上来了。

寒冬随着几场雪，让风忽忽吹走，柳树又发了新芽，天气渐暖，春天又来了，河心岛儿被人承包，五爷不能在那里折腾了，这几年清闲，精心侍弄着小院子，栽种了桃、杏、李、槐、椿树，又搭起了葫芦、茄子、豆角、西红柿秧架子，满园春色，机树、杏树开着繁花，槐树、椿树的枝条绽着星星点点的绿，在微风中摇曳。一对燕子飞进飞出地在屋里房檐下筑巢，农村人讲究和迷信，只有善良人家才能引来燕子，只有梧桐树才能引来凤凰，五爷一家看着热闹，也不打扰这对小精灵，燕子从门窗开的小洞里飞来飞去，像箭一样快，又那么准确地从那么小的洞里快速飞进飞出，也是个神物，它也不打扰人，在窝里安安静静的，相互梳理羽毛，飞出屋外才叽叽喳喳地絮叨一会儿，拉屎只在窝下，不抖乱屋子，讨人喜欢。

老伴在蒲团上念经，翠儿做饭，五爷逗弄小重孙女，其乐融融，一会儿翠儿端着几个碗碟进来，在小炕桌上摆上一碟花生米、一碟苜蓿、一盘香椿炒鸡蛋、一壶酒。五爷喊给小重孙女喂好吃的，一边喊儿子张屠夫过来，斟满二杯酒，对饮起来，端起来一仰脖子，灌进嘴里。五爷一杯酒下肚，微眯着眼，舒坦地舒口气，看着两个燕子亲昵，想到栓柱小两口黏黏糊糊，就像烤了的土豆和皮，也觉得高兴，嘴里喝着小酒，哼几句秦腔，对老伴和儿子说，要好好谢呈五姨，用一头骡子钱换回这么一个水灵灵的女子，五爷心里就偷偷乐了起来，隔三差五咪两口小酒。

二十

人间四月天，欣欣向荣，万物复苏，村里桃花白雪一样落在地上，杏花又抖着红红的身姿舞动起来，地承包了，又转包给一个企业搞蔬菜大棚种植，五爷是种菜老把式，被老板看中，聘为顾问，地里活路少了，大家在家窝了一冬，人都长了膘，身体长期不动，懒得没了精神。五爷去大棚，今年头次上地，好久与村人没见，互相打着招呼：“五爷，吃了吗？”“来，五爷，吸一锅子，聊聊。”五爷顺手接过宋二递来的烟袋，撮出一团烟丝，点火啪哒地吸着，说着地里的计划和打算，宋二话头一转：“老哥，你家这两年喜事多，又是盖房又是娶媳妇，快抱孙子了吧。”这话问到了老人心坎上，因着孙子的独卵且受过伤，结婚已三个月，未见一点动静，老人虽担忧却不好问，嘴里岔开话题，说今年打算多种些苞谷，给家里几十头羊准备些饲料，宋二欲言又止地说：“老哥，有句话当讲还是不讲，乡里乡亲的，我憋了好久，没敢说。”这话引起五爷警惕，用疑惑的目光说：“咱老哥俩几十年了，有屁放在圈里，有话说在当面，还推推涂涂地夹在尻子里干啥。”宋二咂口烟，眼球四周一转，确定没有别人，才压低声音，神神秘秘地靠近五爷耳朵说：“我有个亲戚在你媳妇那儿，说那女人在夫家不守妇道，在外胡搞，被人家休了，你们家可要看紧点，防着点。”五爷一听，脸唰地黑了下来，“胡毬乱说。”宋二忙不迭迭地说：“你看你看嘛，我说不能说，你非要我说，发这么大脾气，我再不管毬了。”说着起身，拍着屁股下的土要走，五爷深知宋二的为人，尻子松，夹不住话，恐怕早在村里传遍了，又叮嘱一句：“宋二，你今天说的话烂在肚子里，不要像个婆娘乱嚼舌头根，当心咬烂了舌头。”宋二心虚地含糊不清地应承着。

五爷的担心是对的，宋二早放出风去，好事不出门，坏事传千里，在一个封闭的村庄，村子不大，百十户住家紧紧挨在黄河边上，房与院是那样的挤密，家与家至今几百年传承下来，近亲繁殖，七姑八姨，都沾亲带故，打断骨头连着筋，以至一家煮肉，满村闻香气；该做饭了，升起的炊烟都能飘着拧到一起；婚丧嫁娶，人人参加，以至谁家媳妇肚子大了，谁家讨气了，街坊邻里心中都有数；偶尔某户人家弟兄内讧，夫妻斗殴，婆娘骂街，指桑骂槐，整个村子便会骚动起来，人们往来奔走，相告相劝，如同一河受惊的鸭群，一群吃草的羊，半天不得平息。再没有比伤风败俗这样的事让大家津津乐道，五爷家娶了个破鞋的话，在村里像风一样刮过来，吹过去，说了好几遍，演绎了好几个剧本，都用异样的目光盯着五爷的院子，耳朵则长听着，看着妖娆的一举一动，眉眼笑容，连那走路说话，一举一动都好像不检点，尽管穿得整整齐齐。正应了“邻人盗斧”那个成语，都看紧着自家男人不要与那个骚狐狸精来往。这些言语行动只瞒着五爷一家。

收工回来，五爷沉着脸，一语不吭，低着头抽闷烟，老伴与他过了几十年，深知他的脾性，尾巴一抬就知他要拉啥屎，小心地端上饭菜，也不问他，问也问不出来，他霸道了一辈子，根本不把老伴放在眼里，说一不二，里里外外他一个人抖搂惯了，由着他吧，该说的不用问，晾他一会，自会说的，老汉连抽三袋烟，咳嗽几声，唉声叹气地把宋二说的话讲了，老伴说：“便宜没好货，怪不得一头骒子换个人，她五姨怎么能这样办事哩，我要去讨个说法。”张屠夫也知道了这事，脾气暴躁的要找宋二问个根由，被五爷呵斥住：“还嫌不丢人，还怕知道的人少，吵个啥。”张屠夫胸脯剧烈地一起一伏，这时门口有几只狗在骚情地追逐撕咬，张屠夫气正没处出，猛扑过去，冲着撕咬的狗咬牙切齿地乱蹬乱踢，狗突然遭到踢打，疼得龇着牙咧着嘴，冲张屠夫哀怨地瞪着。张屠夫更气了：“还瞪我！我叫你再瞪，谁叫你跑我们家来，谁叫你找野汉子。”发狠地踢着狗，这分明是指桑骂槐，有所指了。

炊烟飘过，残阳落尽，吃过晚饭。五爷老伴做贼似的，踅磨着来到五姨家，五姨好像诸葛亮似的，能掐会算，知道早晚有一天五爷家会来找她理论，故意打趣道：“哪股风把老嫂子吹来了，娶的娶了，嫁的嫁了，该抱着孙子享清福了，还找我老婆子干啥？”五爷老伴没好气地说：“你把个破鞋引到我们家来，这不是祸害人吗？”说着眼泪掉了下来，拉起褂子衣角抹着，五爷老伴是个不出门的人，不能说不会道，直杠杠地冒了这么一句，再也说不出个词来，五姨是见过世面，经过风雨，男来女往多少个场子讲话习惯了的人，这个村，大队书记也没她讲的话多，连珠炮似的堵了回去："破鞋什么样你给我看看说说，偷了谁了抢了谁了，拿了谁了吃了谁了。"五爷老伴嘴笨答不上来。"我老婆子费了多少唾沫，走了多少路，给你们家迎来个花儿一样的人物，跟画上的人儿似的，由着嘴胡说，泼脏水，好好的日子不过，瞎起哄，宁拆七座庙，不拆一对姻，看媳妇跑了，你老两口给栓柱娶个娘娘来。"几句话说得五爷老伴哑口无音，破涕为笑，嘴里接着说："就是的，就是的，哪个再嚼嚼舌头根，看我不撕碎他的嘴。"可不是吗，栓柱若没了这个媳妇，还能找上吗，找个啥样的，没有比这个更好的了，这是很现实的问题。赔着笑脸从五姨家出来，回家把前后经过给五爷一说，心里也亮堂了，可不能出差错，好好过日子，看紧点就行了。

这股风也刮到栓柱的耳朵里了，回到家，妖娆迎过来，"你到哪去咧？也不带我一起去玩？"栓柱冷着脸不搭话，回到妈的屋子，翠儿忙着热饭，说："吃饭也找不见你，你先坐下，妈给你端饭去。"栓柱耷拉着脑袋，没有言语，闷头坐在母亲的炕头上。翠儿端来饭菜，放在炕桌上，看调点盐、醋、辣椒不，栓柱闷声无语地吃起来。明显看着情绪脸色不对劲。关注地问："咋了，和妖娆生气了？"这一句话问到了点子上，捅到了伤心处。栓柱将饭吃得更响，吃完饭，抹抹嘴，将碗筷重重地一放，不知给母亲怎么说："问毬个啥嘛，你们给我娶的啥人嘛？"

妖娆过去是风流，犯了那不光彩的错，已栽了跟头吃了亏，嫁给栓柱后，一家人对她那么好，不下地，很少干家务活，心里感动着这一家人的好，也从心底里打算和栓柱好好过日子，再不能对不起这么好的一家人，本本分分，真的好好地过起了日子。

半年过去了，妖娆的肚子还像没有灌浆的稻谷，秕秕的，五爷和老伴，栓柱爹妈愁愁的，看着妖娆的肚子望眼欲穿，抱孙子的心情实在等不及了，五爷安排儿媳带着孙子去医院检查一下，果不其然，因卵睾一侧摘除一侧受伤，精子成活率不高，影响受孕，真是绳从细处断，担心什么，什么就出问题，五爷听了长吁短叹，以手加额，难道老天要断我一门吗，老伴即日起皈依佛门，请来观世音菩萨供奉，吃斋念佛，天天祈祷，请求送子。这些事都瞒着妖娆，害怕她知道扔下一家跑了怎么办。

栓柱自从听了人们的议论，烦嫌妖娆，从医院回来，知道自己生理缺陷，不能生育，眼角纹和法令纹深了，脸上横肉多了，将一张英俊的国字脸扭曲的难看，沉默寡言，看人眼光凶凶的，说话像吃了炸药，带枪夹棒，没有公理和天理，原本柔和充满幸福的脸越来越苦相，越来越生出一种令人望而生畏的威严和暴戾，越来越像一座山压在一家人心里。

张五爷家，三代单传，张家的希望在栓柱身上，可是他不能生育，男人的自尊、自信没了，他的压力也太大了。到了晚上，望着如花似玉的妖娆，诱人的身材，他更加烦躁，他犹如困在笼子的兽，被多条无形的绳缚着，他待在阴暗的屋里，不愿出门，更不愿见人。

入夜，两口子会早早地上床，以往恩爱充满柔情，都是款款解衣。现在不了，他心里抱怨，行为粗暴，好像要摧毁什么，来证明自己，或瘫在床上，一声不哼，瞪着死鱼似的眼睛望着楼板，迷惘的目光在夜色中闪烁。

妖娆忧虑地望着这个既熟悉又陌生男人，她不理解栓柱为什么突然变了，当然了，栓柱一家都替他保守着不能生育的秘密，妖娆作为一个女人，很敏感，他是不是知道了她的过去，在对她发泄着不满。她心里害怕、担忧，也同样憋着一股火气，同样郁愤。在她无助的眼神里，流露得更多的，是迷茫、自责、爱惜、心痛、无奈，她从男人躲闪的目光里，看到了不仅仅是对她的嫌烦，更多愈来愈浓的卑怯和凶狠，这是她弄不明白的，判断不清楚的。

以至于她不知道该怎么向自己的男人解释，也不知道如何抚慰自己的男人，更不知道他日渐暴戾的情绪的根源是什么？如何解脱。她觉得栓柱变了、不对劲了。栓柱觉得自己活的没意思，身心俱疲，没有希望、理想、目标，日子如同嚼醋，从身到心都酸酸的，他心里喊：“老天不公啊！为什么别人都好好的，为什么对我，有这么多磨难、不幸、遭遇，别的什么都好说，你要让我成为一个真正的男人，过正常的生活就行！”

时间飞快地过着，转眼又到小年腊月二十三，是栓柱结婚一周年，这个冬天特别冷，天阴沉沉的，像一个人悲伤的眼睛，西北风呼啸着，吹打着干树枝、柴火垛。开封的冰冷的河面，冰块相互碰撞着拥着慢慢地向前漂移，堆起一道道冰坝水晶柱子，人们穿着厚厚的棉衣，戴着狗皮帽子，手抄在袖筒里，还觉得河水越来越冰冷。入冬后的第三场雪，又添冬色，河面被覆盖得严严实实，家家都把小孩看的严严的，不准到河面滑冰、滚雪球、打老牛，以防看不清的暗洞，闪失了孩子。大雪覆盖了田野，柴禾垛里的麻雀饿得叽叽喳喳乱叫，五爷老伴信佛，将米糠和剩饭倒在树下，立刻落下一群啄食。大树小树上都挂满了冰凌，特好看，却压得一些枝丫断裂，传来“咯嘣”的脆响声，四处白茫茫的一片。雪地上折射出清幽刺目的光，栓柱蹲在门口，看了一会，眼睛刺得流泪，又骂骂咧咧，抄着手，悻悻地回到院子，拿把扫帚，清扫院落。

这两个月，妖娆食欲不振，爱吃辣的，例假没来，自个到医院检查，怀孕了，妖娆知道这一家的心思和盯着她肚子目光的意思，还有奶奶整天神叨叨磕头作揖，都盼着她怀孕，要抱孙子，二口子也一直努着，可没少下功夫，现在检查怀上了，当然高兴极了，匆匆忙忙回家要告诉喜讯，进屋鞋都没脱，伸出双手从背后蒙上栓柱的眼睛，说：“你猜一下，有好事情。”顽皮地卖着关子，栓柱这两天从一起光屁股长大的人那里也听说了妖娆过去的情况，今天又是结婚一周年，睹物伤心，心里正烦着，还以为让他猜说结婚一周年的事，正说到痛处，没好气地说："猜个啥，老子没心情，烦着呢。"妖娆沉浸在喜悦之中，竟没听出话中之音，没有觉察出栓柱的情绪变化，转过身来，勾着栓柱的脖子一字一顿地大声说："我怀孕了。"栓柱眨着眼，不相信自己的耳朵，疑惑地说："我没听清，你说啥？""我怀孕了，我怀孕了，我怀孕了。"妖娆温柔地连说三遍，并优美地在地上转了一圈，栓柱的身子猛地一抖，心里想到传言属实，眼睛凶狠地射在妖娆肚子上，妖娆一看这样嗔道："你个木头，该当爸爸了，这么瞅着我，凶巴巴干什么？"话音未落，栓柱抬起手，响亮地扇了妖娆一个耳光，手抖着，结结巴巴地说："你个骚货，狗改不了吃屎，背着我和谁干这些丑事。"妖娆没有防备，被栓柱一巴掌打着踉踉跄跄地坐在了地上，妖娆扶着门起来，惊讶不解地望着栓柱，栓柱眼睛喷着怒火，仿佛要爆炸一样，歇斯底里地大喊着，把这几天听到的辛酸和目前不容争辩的事实发泄出来，声音惊动了一家人赶过来，连拉带劝，"这个婊子，在娘家不学好，怀了野种，说和谁干的，老子和他拼了。"栓柱怒不可遏地嘶喊着，挣着要从爹紧抱的手里扑出去，继续打，妖娆捂着火辣辣的脸，莫名其妙地流着委屈的泪水，怯懦地说："你说什么呀，你胡说，血口喷人，明明是你的孩子。"五爷一家盼有个孩子，天天想，做梦也想，今天听说有了孩子，又是这么个场合，心里如打碎了调味瓶，酸甜苦辣都有，酸的是真不知这孩子是谁的，甜的是好歹有个娃，苦的是儿媳妇这个样子，会败了门风，辱没祖宗，贻笑乡里，辣的是这日子搅和的怎么过呀。这时一些邻居也过来看热闹和劝架，栓柱已疯了，也顾不上家丑不可外扬，当着一院子的人怒吼着："我的孩子，笑话，老子到医院检查了，精子是死的，不能下种，你还敢糊弄老子。"

邻居们也七嘴八舌地表示着气愤，这娃就不对了，以前有问题，前夫休了，王家当黄花闺女一样迎过来，活不干一把，衣来伸手，饭来张口，像个娘娘一样伺候着，咋没良心，是个喂不熟的狗，丧良心，干这伤天害理的事。

妖娆耷拉着头，捂着脸，羞愧难当，嘴里不停地重复着："不可能呀，我没有呀，一定是你们弄错了，真的是你的孩子呀？你们这么冤枉我，叫我怎么活呀。"栓柱也喊累了，说："我没有孩子也能过，就是忍不下你给我戴绿帽子这口气，离婚，不过了，滚滚。"

妖娆捂着脸跑出了院子，竟然没有人去拦一下，挡一下，妖娆就这么带着屈辱，委屈，疑惑，不解，羞耻，落荒而逃，还是被赶走了，都有吧……

栓柱给自已整了个烟袋烟锅，像爷爷一样一口一口地抽起来，一锅抽完，在鞋帮上磕一下，长吁短叹一声。

五爷老伴呜呜地哭着，没有一个完整音符的号哭，充溢了整个小院，院子里一片凌乱，鸡飞狗跳墙，张屠夫的胸脯起伏得更厉害，如同他杀的猪，挨了刀的剧烈跳动，翠儿担心着儿子，守着栓柱抹泪。外人在院子里愣愣地挤成一团，劝着安慰着，整个院子显出一种没着没落的空寂景象，桂月看太奶奶大声嚎叫，奶奶抹眼泪，也吓得张嘴"哇"地哭着，五爷老伴赶紧止住哭泣，爬起身，抱起桂月，抹去鼻涕眼泪："乖、乖乖的，我的乖娃不哭。"

刘老又来"说病"，他已八十高龄了，这是他最后一次给人"说病"。

刘老语重心长地说："许多人想安稳踏实过此一生，却总是树欲静，而风不止。栓柱，你就是这样的人，栓柱娃啊！爷爷知道你这辈子不容易，小时候多灾伤身，自结婚以来，死一个菊花，伤透了心，跑一个疙瘩，恨透了心，这次妖娆的事，对你打击也很大，一定要记住我的话，从伤害和贪、痴、恨、嗔、怨中超脱出来，才能脱离苦海。”

五爷装好一袋烟递给刘老，刘老摇摇手，说吸不动了，接着说：“无论你遇见谁，他都是你生命该出现的人，绝非偶然，他一定会教会你一些什么。所以我也相信，无论我走到哪里，那都是我该去的地方，经历一些我该经历的事，遇见我该遇见的人。”

五爷听了这话，颇有感触，自言自语地说：“这都是娃命里注定的。”

五爷老伴泡好了茶，倒在白色瓷缸子里，端来递给刘老，刘老接茶时，手颤抖着。五爷老伴心里想，老了，我们都老了。

刘老端的茶水烫，抿了一下说：“你的难已经历完了，以后日子平顺了，会好起来。记住，恩人，给你帮助；敌人，帮你清醒；友人，与你携手；亲人，伴你左右；贵人，使你添福；能人，治你毛病；小人，使你谨慎；爱人，给你力量；贤人，解你迷津；众人，助你成功。”

五爷也跟着说：“娃娃啊！过去的，经历了，模糊了，就让他过去；日子是一天一天过的，饭是一口一口吃的，昨天过去了，饭吃到肚子里就烂了，没必要老惦记着；生活就像缸里的米，倒满了，吃浅了，没了，再添再加，这和时间一样，是一个漏斗，不去怨，不去恨，淡然一切，平常心对待。”

刘老在县政府打杂，接触的人多，经历的事多，又爱学习，鼓捣点新东西，活得成精了，嘴上一套一套的，他说：“人生，哪能事事如意；生活，哪能样样顺心。不和小人较真，因为不值得；不和社会较真，因为较不起；不和自己较真，因为伤不起；不和往事较真，因为没价值；不和现实较真，因为要继续。不要带给自己烦恼，也不要带给别人困恼。人生就是一阵风，起了，没了。理想就是一盏灯，燃了，灭了。人情就是一阵雨，下了，干了。

人生坎坷，一路爬坡，包袱越重，爬得越累，该扔下的赶紧扔下吧，要不然会被活活累死的！”

刘老说：“娃子啊！你过去不容易，陪伴你的爷爷奶奶，爹和妈，又何尝容易过，你小时候，多灾多难，少不经事，伤在你身，疼在他们心上，你婚姻不顺，疼在你心上，可农村结婚盖房容易吗?哪一次不是你爷爷奶奶和爹妈脱层皮，费了九牛二虎之力，你结了三次，想想他们熬煎了多少心，心力交瘁啊！”栓柱抬头看爷爷奶奶，突然发现都老了，心疼的如刀绞。五爷听着哽咽，老伴又开始抹眼泪；张屠夫心硬，心里想，这辈子遇了个讨债鬼，怨命不好，翠儿受打击，一蹶不振，病恹恹斜靠在墙边上，刘老说啥，因心疼着儿子，没几句听到心里去。

“你要振作起来，把家的责任扛在肩上。别为不值得的人掉眼泪，别为不值得的事费心思，人生苦短，一天都不能浪费在不快乐的事情上。人，总要寒心一次，寒心过后，愿你学会为自己而活，健忘是一种病态，善忘是一种智慧。应该忘记的东西，一定要尽快忘记。对那些令你不快的面孔，要在握手分别后就忘掉；对那些令你烦恼的事情，要尽力做到事一过就忘掉；对那些令你伤心的场景，要能够转身即忘。”

听到这里，栓柱攥紧了拳头，突然感到自己肩上的担子了，他语气也坚定起来，肯定地说：“谢谢刘老！我一定记住你的话。”然后抬起头来，看着爷爷奶奶和爹妈说：“我想明白了，爷爷、奶奶、爹、妈，孩儿不孝，让你们这么多年来，担惊受怕，操碎了心，爷爷奶奶，你们年岁这么大了，该享清福了，我会坚强起来的，把这个家担当起来。”

五爷老伴念佛多年，修身养性。听刘老说了这么多，又听栓柱懂事的表白，觉得栓柱的心通了，遂拿师傅经常讲的一段禅语来说：“人活在群体中，看看别人的错，再想想自己的过。人心越淡，伤害就越少，心有多宽，快乐就有多少。烦恼本无根，不捡自然无，困惑本无源，不究自轻松。世间之事，一念而已，心中若有事事重，心中若无事事轻。”

刘老听了，拍手叫好：“大妹子，说一千，道一万，道理全在你讲的这几句话里，讲得透彻啊！”

刘老这次说得最全面，最彻底。把做人的智慧讲完了。半个月后，他在家无疾而终，面带微笑走了。全村人争相为他送行，感念他的恩德、善良、慈悲、助人、乐善……

妖娆回了娘家。开春后不久，她的肚子已腆着，显显地，家里杏树枝上的花开花落，青杏也随着她肚里的娃在长，有了鸽子蛋大，毛茸茸，绿莹莹。妖娆的嘴已刁了，爱吃酸辣的东西，望着树上的青杏，就禁不住地咽口水，挡不住的嘴里和心里泛起的酸水，她馋涎欲滴，让他爹摘几个吃，她妈听到她想吃青杏，喜不自禁地说：“好哩，好哩，酸男辣女，我们快有小孙子了……”

“十一”五爷家又出了一件事，妖娆突然抱着娃回来了，一家人不知如何是好，要说栓柱该有个老婆生活，可是这女人不守妇道，外边乱七八糟，养着野种给栓柱戴绿帽子，是可忍，孰不可忍，一家人冷着脸，表示着不欢迎，妖娆说把栓柱的娃送回来，五爷老伴抱着小孙女出来说：“我们有亲孙女，不要你那野种。”妖娆心中很清楚，确定自己怀里抱的是栓柱的骨血，这事说不清楚，名声难听不说，一辈子也抬不起头来，更重要的是这孩子一辈子背个野种的名，如何成长生活，自己也没有能力抚养，想到这里，态度很强硬，坚毅地说：“这就是栓柱的娃，我拿自己的命保证。”栓柱听成名誉，抢着说道：“你连脸都不要，还拿什么名誉担保，可笑死了。”双方争执起来，五爷这会心软，还想着要留下来，好好看管，继续过日子，遂不多说话。妖娆被逼急了，提出亲子鉴定，栓柱急于推卸责任，爽快地说：“可以，你不怕丢人，咱去。”

五爷也支持，心里想，栓柱在外能有私生子，说不定这孩子也是栓柱的种，搞清楚也好，是自己的多好，复婚好好过日子，不是的，也不能让妖娆讹人。

两人抱着孩子去了，抽血，结果很快出来了，鉴定结论是栓柱是孩子的父亲，栓柱一下子愣了，傻傻的看着妖娆和孩子，半天缓过劲来伸手想抱娃，妖娆坚决地说："现在想，晚了。"说完抱着孩子头也不回地走了。栓柱在后面连撵带喊，妖娆连头都没回一下，消失在人匆之中。

栓柱回来把情况一说，五爷低着头说："我们张家亏先人哩，搞得妻离子散，好端端一个家，整散伙了，亏了人家妖娆，亏了自己的孙孙。"老伴又掉眼泪："那是我的孙子哟，长这么大，还没抱过养过，亏了娃儿，快想法子抱回来呀。"栓柱爹妈也思想一致地说："请回来，复婚，好好待人家！"

栓柱站在厨房门口，看着妈做饭，翠儿杀了只鸡，要好好招待妖娆，她妈还不知道妖娆走了，不回他们这个家的事，栓柱咕囔了一句："还还宰鸡呢，宰鸡你喂狗呢吗？人家早跑了。"说着，抱着头蹲在了门槛上。栓柱此刻的心里有喜有忧，喜的是他不是太监，他是个男人，能行的男人，先前的阴影和压力一扫而光，心里亮堂了，压力突然卸下，人立马轻松活泼，病去如抽丝，这时却突然间全好了。忧的是，他把那女人伤得太深了，覆水难收，现在悔得肠子都青了。

五爷高兴，将做好的饭菜连同鸡肉，摆在供桌上，上香祷告，祖宗保佑，也向先人汇报，老张家有后了，高兴得涕泪交下。

一个农民家庭，五爷已七十岁，栓柱爹妈五十岁，都奋斗了几十年，或者一辈子，在土里刨食，鸡屁股里下蛋换油盐酱醋，辛辛苦苦，勤勤恳恳，勒紧裤腰带，省吃俭用，完成农村盖房子，娶媳妇，生孩子几件大事，现在却鸡飞蛋打，妻离子散，花光了钱，身无分文，多么苦难啊。

张屠夫和翠儿带着厚礼，领着栓柱坐车去了亲家家里，快到时，每向前迈进一步，都很困难，都觉得难为情，脸难看，话难说。这回风水轮流转，人家该使性子给冷脸了，妖娆连面都没露，更别说想见娃了。老丈人一脸阴鸷地站在一边一言不发，直到爹给他使眼色，栓柱拿着礼物，叫一声“爸、妈”，上前两步，把提来的礼物放在面前，晃一晃，退过一边，扭捏不安地坐下，气氛一时有些尴尬，空气还是凝固了。栓柱爹妈赔着不是，连说：“妖娆是个好媳妇，医院把娃的事搞错了，弄得阴差阳错，我们冤枉了妖娆，请娃回去，两口子好好过日子。”栓柱嘴也学甜了，抹了蜜一样，甜甜的叫着爸爸妈妈，半晌，妖娆爸开口说：“栓柱，你既然提了东西上了我的门，我也不打上门客。”接着妖娆妈淡淡地说：“树活皮，人活脸，你们在家和庄子上把娃的名声毁了，脸皮烂了，不如个屁子了，怎么待得下去。”栓柱爸虽也近五十岁的人了，家里五爷说了算，掌家拿事定算盘，他经的事少，没有处理复杂问题的能力，况且清官难断家务事，可笑地说了一句：“我们给妖娆平反，给村里人说清楚。”“又不是前几年摘地主富农的帽子，下个红头文件就摘了，这种事越描越黑，你们当初说得轻巧，现在怕是吃进去的吐不出来，刮出去的风收不回来，说出去的话捡不回来了。”妖娆爸语中带着气愤和揶揄，噎得张屠夫说不出话来。张屠夫看着亲家说：“我栽的树我收果儿，我说错的话我担着。”亲家点点头：“有这句话就行！把覆水收起来就行。”说罢转身走了，回头把张屠夫和栓柱说的话学说给女儿听。妖娆出面了，质问栓柱，“当年你求亲的时候放了个屁，娶了我把我的名声臭了，弄得我不上不下，我咋办？”栓柱只好低着头说：“我听了别人胡说八道，都是我的错。改天我当着全村人的面给你赔不是。”妖娆气愤地两眼冒火盯着栓柱问：“你可以不要这张脸，你当时把屎盆子我头上一扣，给人家弄了个臭不可闻，我当时求你，你可听见一句，可看了夫妻情面，可给了我个台阶下，我走时，你们谁留过我，拦过我？如今嘴上两扇皮，上下一忽搭就完了？太不拿人当人了，拿人的名声不值钱了。”说完扭着腰走出院子。妖娆妈上前一步：“栓柱，我说句公道话，树活一层皮，人活一张脸。咱乡下啥东西最值钱？就是脸面、名声，尤其是女人家，脸面一丢，名声一臭，二流子都愁！”张屠夫和翠儿都挠头，不知道该咋办。栓柱的心彻底凉了。

一个回合败下阵来，栓柱去找医院，把当时的检查结果和现在的亲子鉴定结果拿出来，说：“你们医院怎么检查的，说我不行，现在媳妇把娃生下了，弄得我们误会，妻离子散，你们要给我个说法，我们也好给人家个解释。你们给我开个证明吧，就说你们弄错了。”医生看着这个幼稚激动的小伙，感到可笑，以严谨而科学的态度解释说：“不是诊断错了，而是你不懂科学，理解错了，你是在怀孕几个月前检查的，结论是精子成活率低，受孕率低，并没有说不孕，而且随着环境、心情、饮食、运动等因素的改变和发展，几个月后，精子成活率也会复活和改变，我们没有错，医院的证明又不是娃娃玩过家家，随便开。”栓柱听得云里雾里，通俗地说：“就是自己的东西一会儿行，一会儿不行。”医生说：“可以这么理解，你还挺幽默的。”

栓柱在为自己的事奔跑，妖娆也没闲着，思考着自己的未来和行动，父母不太管自己的事，让她自己拿主意，看在娃的分上，最好是回去过日子，有着农民传统的厚道和善良，妖娆感到那时受了奇耻大辱，被骂着滚出去，没有一个人挽留她，心里还憋着一口冤气没有出来，这么回去，心有不甘，来与闺蜜商量怎么办。刘彩霞与她发小多年，毕业后去了广州，现在穿金戴银，穿得花枝招展，浓妆艳抹，虽一身脂粉气，俗不可耐，但一块长大的女孩子却羡慕着，听了情况，说：“傻瓜，他们这么欺负你，拿你的好脸当尻子，往黑里抹，你那脸还能往哪里搁，越抹越黑，人言可畏，唾沫都能淹死你，以我之见，与我一起上广州，到歌舞厅，你这漂亮脸蛋才能派上用场，让那些臭男人宠着，大把地往你身上扔钱，吃好唱好耍好，一年挣个几十万，几年下来，开个店，有了钱，想咋过都行。”妖娆结过两次婚，骨子里就风流，近墨者黑，知道这是什么勾当，沉吟一会，就默然同意了，只担心孩子怎么办，刘彩霞出主意：“给他们家，也不能便宜了他们，要一笔青春损失费。”妖娆心里有了主意，把孩子留给爹妈，嘱咐至少五千元才能给他们孩子，随着刘彩霞南下了。

这婊子的招数果然毒辣，一切都按她的主意和设计走着，五爷一家又来过多次，甚至惊动五姨出面，都无济于事，大势已去，心疼着孙子，要传宗接代，家里的钱经盖房子，彩礼，结婚，折腾得所剩无几，仅有三千来元，加上栓柱打工挣的钱，刚好凑足五千元，一手交钱，一手抱回了孩子。

抱孙子回来当天晚上，在桌子上摆好祭品，燃好香，领着一家人跪在祖宗的牌位前磕头，对着祖宗的牌位，慢慢地跪拜下去：“祖宗，先人，儿，不孝子给爹妈报喜来了。”他哽咽着，涕泪悲泣，是高兴、快乐、幸福、喜悦，还有悲哀、伤心、磨难交织在一起，他抱来了亲重孙子，还有了亲重孙女，本该怀着一种喜悦的、完成责任的、对得起祖宗的、庄重肃穆的心情禀告先人。可此时，他经历了这么多磨难，栓柱的不幸和遭遇，重孙子回来了，可孙媳妇没回来，栓柱又是光棍，他的心里像堵着什么东西，酸甜苦辣都有，吐不出来又咽不下去。

五爷这一家，欣喜中带着沮丧。五爷老伴以泪洗面，一个木鱼敲得更勤更响，经念得更多，祈请佛祖保佑，爷爷后悔没有上去拦一下，挡一下，把孙媳妇这么气走了，栓柱窝在被窝里，不出门，几天下来马瘦毛长，胡子硬茬茬一片，眼睛充血，谁也不理，话也不说，娘陪着流了几天泪，爹蹲在门前，望着儿子那张惨不忍睹的脸，心里在流血。

栓柱已死了续弦的心，有时在家待着，有时外出搞点副业，应付着生活，消磨着时间，恢复着心里的创伤，也许是天不绝人之路，也许是妈和奶奶的祈祷，感动了佛祖菩萨，竟也出现天上掉馅饼的好事。

这年冬天，与去年一样的冷，黄河上结了厚厚的冰层，断裂声在河底如沉闷的雷声，冰面的裂缝也张牙舞爪似闪电，深冬的田野上覆盖着茫茫白雪，几乎没有人踪。没有云彩的天，显得高而深远，天冷的空气凝结，寒光青蓝，折射出青幽幽的光，如利剑刺得人睁不开眼睛，天地间氤氲着让人窒息的寒冷。人们偎在火炕上，过着老婆娃娃热炕头，不出门的生活。

二十一

小年将至，对了，又是小年，栓柱一生的重大事项好像都发生在小年这个时间段。下午太阳落得早，风追着撵着，太阳被驱赶着，跑着坠下西边天际，还不到六点钟，太阳已没了光彩，天边那一抹淡淡的云彩，像点个煤油灯的微弱火苗，将熄将灭，昏暗，光中带黄，带黑，好像将要熄了，又贪恋着美好的天空，不舍沉没。藏蓝色的天空上星星密匝匝的，闪着寒光，一动不动地挂在那儿，助着寒气。一股一股的寒风吹来了。煨在热炕上，贴着炕面的身子是热的，露在外面的仍然寒冷，不时传来黄河冰层胀破的嘎巴声，这声音听起来让人的骨头都凉透了。起风了，冬天的风就像泼妇洒泼似的，伸着尖利的爪子，直抓着人的心灵，披头散发，刷刮着、鞭策着空气，发出呼啸声。

到处白雪茫茫，村头的土路小道也被雪遮蔽着，这时一个女子，捂着肚子，步伐踉跄，在雪地里留下一串脚印，向村里走来，我家是村里最南头的第一排房院，这女子实在走不动了，一屁股坐在我家柴禾垛旁，看到一缕亮光照亮了屋子，风一声声尖叫，绕着柴火垛奔来、冲撞、肆虐，将柴火垛的边缘撕扯出一个豁豁，狂风摇曳，一根根，一颗颗柴草离开柴垛后随风如箭般射出去。这女子的肚子开始疼痛，她开始感知自己体内的变化。她疼得一会坐，一会跪，一会蹲，一会躺，都不能缓解疼痛，一阵比一阵的抽搐、开裂、撕扯，使她无法忍受，她没有生孩子的经验，她这时意识到，用什么样的方式生孩子也不妥当，她和孩子的生命都面临被寒冷和大风夺走的危险。她冲着有灯光的房子呼喊，无论多大的声都被风裹胁走了，随风飘逝。回应她的只有风，还有黑黢黢的寒夜。她的下边在流着热乎乎的液汁，不久，她感到液汁僵住了，把她跟干草僵在一起。老天不绝于人，冥冥之中，总有某种力量在救护着生灵，保护着生命，往常都是睡觉前填炕，这天，我妈觉得天特冷，炕也不太热了，趁早加把柴禾，先热热炕，到院墙旁柴火垛里拿柴，耳朵里隐约传来一个女人痛苦的呻吟声，循声到柴火垛背面，一年轻女子抱着肚子痛苦地扭捏着，我妈以为谁家丫头害肚子疼，倒在了这里，忙着几步赶近，才看清楚一个大肚子女人正在临盆之际，羊水已破，湿了裤子，这么冷的天，这还了得，我妈一个人扶不动那女子，呼喊我弟过来，一起搀扶着进了屋里热炕上，请来村里接生婆。

那女子虽然痛苦，头上冒汗，这会却一声不发，咬牙忍着，接生婆一会儿说这儿动动，那儿使劲，她配合着，嘴里却不吐一个字，折腾了个把小时，诞下一男婴，胖嘟嘟的小子足足有七斤重，一出娘胎，就惊乍乍地叫起来，随着一声洪亮的啼哭，一个新的生命诞生了，第二天早上，太阳喷薄而出，金灿灿的光泼洒下来，在雪面上映出一片金红，天气也开始暖和多了。我妈是热心人，拿着家里鸡蛋，红糖，小米，给那女子喝，问她哪里人，叫啥名字，父母是谁，好通知家人，送她回去，她闭着嘴，不吭一声，大家才觉得这媳妇子是个哑巴，直到第三天，这女子才说自己孤身一人，无家，然后闭着嘴不说一句话，不知道这人的归宿，不知如何是好。我妈突然想到栓柱，这不是捡个媳妇吗，径直去了五爷家，给五爷和老伴说明来意，五爷老伴嘴里念着："阿弥陀佛，真是佛祖显灵了。"说着到我家，接她到五爷那去住上几天。

五爷一家有着企图和用意，待那女子比闺女和儿媳妇还热情，炕烧热乎，换了洗干净的床褥被子，又赶上快要过年，五爷提前宰了一只羊，栓柱妈和奶奶对这女的像菩萨一样敬着，早晨熬好小米粥加荷包蛋，中午老母鸡炖汤加米饭，晚上是羊肉臊子揪面皮，真成了《沙家浜》上的一句唱词"管教你一日三餐大鱼大肉吃的饱"，婆媳二人轮番上阵，问寒问暖，关切备至，这女子用警惕的目光观察着这一家人，不吭一声，三天后婆媳聊天，媳妇说："这女娃生冷，不好来往。"婆婆说："粪土好捡，金子难寻，来个人就上人家炕暖被窝，你敢要吗？是块铁也会融化，时候不到，慢慢来。"叫来栓柱，探探口气，栓柱一开始还不明白家里来个坐月子的女人啥意思，男人粗心，在外闲逛耍着，听了妈和奶奶的用意，赶快表态："烧香遇了活菩萨，我求之不得，不知人家能看上我和这个家不。"奶奶说："瓜娃子，这女子肯定有难，不好开口，有家不能归，这是我和你妈念经拜佛给你求来的，你可不能走了眼，失了机会，你们年轻人好沟通，陪着聊聊。"栓柱为难地说："人家还未过月子，我一个男人咋好进去，人又不熟，说啥哩。"妈笑着朝他头上戳一指头："傻瓜，瓜都让我们种熟了，还不知道咋摘，饭要喂到你嘴里才能吃下去，满了月子，人家抱娃走了，你后悔都来不及，去倒个水，看个书，你们年轻人也许能说到一起。”

翌日早晨，栓柱端着一杯水进去，女的把被子往身上拉了拉，围严实，疑惑地看着栓柱，栓柱脸倒红了，不好意思起来，赶忙颤抖着手递着杯子说：“喝水。”女的不说话也不接杯子，栓柱尴尬地说：“我给你放这儿了。”不好意思地退了出来。

中午，栓柱拿了几本书进屋，说：“这是我看过的小说和读者文摘、意林、寓言故事，你看着赶赶心慌。”这女子上午思忖，这小伙腼腆，如今这么斯文老实的男人不多，大多是骗子流氓无赖，自己吃了这苦头，见了男人就恶心，仇视，见栓柱又来，说话温柔，眼睛低垂地看着地上，不在她身上巡视，有点好感，说：“你放下。”这是四天来对这一家人唯一说的三个字。

栓柱妈问婆婆：“你咋知道这女子有难，有家不能归。”“你看她看娃的眼睛，一会温柔慈祥，一会愤怒有火，温柔是自己身上的肉，心疼着爱呢，愤怒是从娃身上看到男人的影子火着呢。”婆婆分析得很有道理，可不是这样吗。这女子叫拓春花，从香山到广州打工，装配塑料玩具，工厂女多男少，两年多来，自己爱学习，知识面丰富，虽长相一般般，却心灵手巧，干活出力，月月装配数量第一，质量第一，被评为生产标兵和先进，引起同厂一修理工的关注，开始追逐春花，在花城的街道有两人的倩影，图书馆里一起学习，慢慢走向电影院，舞厅，身体逐步靠在了一起，男的海誓山盟，发誓爱她一辈子，娶她好好过日子，春花经不住那小子的花言巧语和温柔陷阱，委身于他，同居在一起，一年多来，二次堕胎，医生说春花子宫壁薄，已不能再堕胎，否则一辈子不能生育，春花也痴痴地爱着他，愿意为他牺牲一切，哪怕未婚先孕，也要生下这个小孩，坚决不堕胎。怀孕九个月时，那小子留下一封信，人突然失踪，像从人间蒸发了一样，没有家庭地址和电话。

信里这样说："亲爱的春花，谢谢你给我的爱，一辈子铭刻在心，感谢你，可我不能害你一辈子，我是一个有妻子的人，孩子已两岁，我原来打算悄悄离婚后娶你，可是看着两岁儿子那无辜的眼神，我下不了这个狠心，理智战胜感情，原谅我的不辞而别，我只能这样了结，我无法面对你的爱和眼睛说再见，原谅我这个懦夫，祝你找一个更好的，一生永远幸福快乐，爱你的 ×××。"

春花开始发疯地找她的心上人，朋友、工友、厂部、邻近的厂子、大街小巷，毫无踪迹，春花想到了死，绳子搭好挽着结准备把头伸进去，农药瓶拧开盖准备一仰脖子喝下去，结束自己，一了百了，可每当性命攸关之际，肚里的孩子好像知道危险的来临，在肚子里使劲踢腾挪动，提醒着她不能这样，孩子是无辜的，母爱的伟大战胜了死的渴望，可是天下之大，哪有她的容身之处，最该去的是孩子的家，他在哪里不知道，回自己的家，未婚先孕，父母、亲戚、乡邻唾沫都能淹死她，漫无边际，走哪算哪吧。她坐着回乡的列车，随着回家过春节的人一涌而出，就这么走着，没有目标，仿佛也没了意识，两天来没吃没喝，突然宫缩，疼痛一阵紧似一阵，她倒在了地上，肉体的疼痛算得了什么，心疼，疼得麻木，还有比这更痛，更不能忍受的吗，她倒下时呻吟两声，然后咬着牙，没有声音，没有眼泪，没有了未来，浑浑噩噩，就这样几天了。

二十二

春花父母年前接到一封信，春花说自己工作忙，春节不回家，妈还怨天尤人地说："这个死妮子，翅膀硬了，连父母都不看不管了。"这么长时间也不见个消息，正催促春花哥去看啥情况，把人拉回来算了。

早晨喜鹊在家木的枯树枝上叫个不停，左眼跳个不停，一边用手揉着，一边想有啥子事呢。这会儿，春花爹正在院子里抽着烟袋锅，坐在椅子上晒太阳，旁边卧着大黄狗，支棱着耳朵，转来转去，眼睛朝远方盯着，摇晃着尾巴，好像知道今天来贵客。不一会儿，远远地来了一行人，还未进院子，就听春花喊着："爹"，另一个后生，喊了一声叔儿，春花爹打了个激灵，烟袋锅掉在腿上，他抬眼仔细一看，女儿春花领着三个陌生男人进来，后生怀里还抱着个孩子，春花捡起烟袋锅递爹。五爷和张屠夫、栓柱三人仔细瞧着，春花家也是土坯院墙，土坯房，正面三开间正房，东西各二间偏房，围着主屋，又建了一排小房子，用作灶房、牲口房、鸡舍、茅房，周围全部用土坯围成了一个小院子，这样就能跟邻居隔离开，不用互相打扰。下西村很多人家房子都会围成小院，比五爷家小房还多，还齐整。

进了家，五爷先入为主，打着招呼："亲家，老汉带娃上门赔罪来了，两个娃在一起打工，自己成了家，给我们把孙子都生下了，才上门来认亲，失礼，失礼，多多包涵。"春花妈听着，脸上由阴转晴，稀罕地抱过孙子亲着，春花向五爷撇去感谢的眼神，多么善解人意地为她解了围，免除了尴尬，多少次梦里想到妈，多少次想不到回去的方法，让栓柱一家这么轻松地化解了。春花父母亲忙着招呼客人上炕，春花的爷爷奶奶也从东厦屋过来见面，五爷对着春花的爷爷奶奶，张屠夫对着春花的爹妈，春花的哥迎着栓柱，捉对儿聊了起来，五爷从袋子里掏出烟叶，给自己和春花爷塞进烟袋锅。春花爷赶紧用火镰子、火石、纸媒子打着火，给五爷点着烟袋锅，都相见恨晚，说着互相感谢和问候的话，宾主双方气氛友好，谈得十分融洽。山里吃两顿饭，春花家杀鸡宰羊，丰盛地招待亲家，老人们把孩子接在手里，传过来抱过去，亲热得爱不过来，尤其是春花的妈和奶奶，说眉毛鼻子像栓柱，栓柱听着脸红耳热的，春花忙说要喂奶了，打着圆场。

晚上聊起了春花制定的种瓜计划，春花爹说：“正有此意，两家合着一起做更好。”商量着明天一起去看地办手续。

春天又来了，香山的田野气息越来越浓了。与黄河边的平原不同，这里的山虽然不高，也不秀丽，更不挺拔，就是黄土塬形成的丘陵坡地，连绵不断，春花家在一个低山洼坡里，地形像个簸箕，后面略高的土山，像一道梁子，两边左青龙右白虎，开阔着一个斜坡向低处延伸，山是黄土和碎石组成的，山上光秃秃的，如秃头上有几缕碎发，稀落落地长着些树，山里凉，河北岸的平原柳树已有芽，地里有了隐约的绿意，河南岸山里还没有一点春色，丑陋地裸露着，如皮肤上长满了黑色的痣，或像苍蝇拍上粘了无数苍蝇蚊虫一样。五爷说：“这地，是乱石碎渣滩吗？”春花爹说：“这就是风水宝地，为什么叫作香山呢？有两种说法，一种说法是由于山里有座寺庙叫作香岩寺，因为烧香拜佛的人很多，整个山谷中都会闻到燃香的香味，故名香山；另一个说法则要上溯到唐代，并且流传了一段美丽的传说：相传唐代天宝之乱时，唐肃宗李享仓皇逃离长安，拥兵西进，由于长途跋涉，士兵又累又饿，途经中卫香山时，迫使停歇于山中，正值春暖花开之际，漫山有酒香扑鼻，肃宗非常惊奇，找来一地方官问之，才知是中卫的南山，扑鼻的酒香原来是山涧的野果随风坠入泉水之中，发酵所致，将士们喝了都说很香，肃宗觉得很神奇，捧碗大饮，连连称赞道：‘此泉香甜无比，可口至极！’在随行队伍中，肃宗有个妹妹叫妙香公主，长得聪慧漂亮，甚得肃宗喜爱，队伍停顿时，她留恋山中美景，骑马进入山中，再也没有回来。肃宗让将士们在山中苦苦寻找了半年也没找到妙香公主，人们传说妙香公主厌恶黑暗的宫廷生活，嫁给一位打猎的青年，隐姓埋名过起了百姓的自在生活。肃宗非常想念妙香公主，便将中卫的这座山起名叫香山，以表示对公主的思念和饮香山山泉的感念之情，从此后，香山留给人们了一段神秘而美丽的传说。香山是祁连山的余脉，主峰海拔 2361 米，历史上这里曾经也是水草中美的地方。由于气候的变化，香山便成了现在这个样子。北京的香山是漫山红叶，中卫的香山却光秃秃的什么都没有，但中卫却流传了一句古话：'此山不长树，山中必有宝'。正如古语所言，中卫的香山确实有三宝，第一宝是硒砂瓜，纯绿色无污染，从石头缝里长出来的西瓜，硒砂瓜每年 4~5 月份种植，7~9 月份成熟上市。当地群众把岩石碎片，拉运铺压在灰钙土土壤上，厚度为 10 厘米 ~15 厘米，其功效，一是可以提高地温，利用砂石这种热量不良导体，将白天吸收的太阳辐射热能传到下层土壤，就可积累热量，提高土温，满足硒砂瓜喜温的生长需求；二是可以蓄水保墒，在地表铺压砂石层，隔断了土壤的毛细管，减弱了土壤水分的蒸发，同时砂石可以全部吸纳储存降水，避免地表径流损失；三是可以抑制地表盐碱的积累；四是砂石中含有丰富的钙、磷、钠等农作物生长需要的营养物质，同时含有人体必需的锌、硒等微量元素，通过风化和雨水冲洗，沉积到土壤中，利于农作物根系吸收。硒砂瓜含有胡萝卜素、维生素、18 种氨基酸和锌、钙、钾、硒等微量元素，特别是每千克硒砂瓜含有硒元素 0.0056 毫克，具有延年益寿、抗衰老、抗癌作用。经国家绿色食品发展中心审查监测，已被认证为 A 级绿色食品。中卫香山硒砂瓜个大、皮厚、质硬，耐贮运，自然保鲜期 50 天以上，属外销型西瓜品种，90% 以上的硒砂瓜全部销往区外，畅销成都、重庆、西安、西宁、郑州、北京、上海、深圳、福州等大中城市，得到了广大消费者的充分认可。这里一年降水量不到水地的三分之一，多亏了这石头盖着，日头晒不到地上，才能保晌，种粮有石头挡着不行，下不了几棵苗，种瓜可以，一个缝里下个种，长三四米的蔓秧，山上日照丰富，砂地出瓜甜，大城市抢着要。”五爷种了一辈子地，一听就明白，感叹说：“老天爷是公平的，造下啥对人都是有用的，就看人识货不，懂得珍惜不。”无意中还说了句名言，到了看好的地段，两人合计谋划了一阵，五爷担心钱的问题，春花爸说这两年种瓜已挣了一万多，还可申请政府支持的无息贷款。五爷眯着眼，看着地陷入陶醉中，好像看到了瓜满地，钱满袋，看到了光明和前途，心里少有的舒畅和惬意。

春节过后的一场春雨，泥泞的路上一片片水汪，上头布满了车印、脚印和各种动物的印迹，大地已经湿漉漉的了，春花他爹赶着牛车，在泥泞的地上慢腾腾地往前走着。沿路的柳树低垂着头发，树枝已软，但还没有发芽，随风轻拂，一群群羊在山坡上滚动着，啃食着新鲜的破土而出的嫩芽芊，连拉车的老牛也不安分，不时低头，用宽嘴捋着路边去年遗留干死的黄草啃一口，春花爹由着牛性子，拿着鞭杆并不抽打，这牛在他眼里，就是他的难兄难弟，他的家族成员，他的亲人，亲着呢。这时节，山里老汉的基本装备，还是蓝布衫子罩着棉袄大裆裤，腰里别把镰刀和一杆烟锅，春花爹穿着从城里买来的新衣裳，剃着亮光光的头，胡子刮得干干净净，人显得很精神。路人庄邻见了，都夸赞着：“吃了吗？穿这么新，亮着头，走亲戚，有喜事啊。”春花爹显摆着，自豪地回答：“女儿姑爷回来了，给家里每人都买了新衣服，好，好着哩。”他的脚有力地踩着大地，就像车辕里的牛一样健壮。带着腐烂的气息和水腥味儿的大街上，车轮和牛蹄子溅起了泥水。牛的脚步恰好跟老人的脚步相吻合，这时大儿子的岳父出来碰上，喊了他一声：“亲家，哪儿去啊，穿这么新的衣裳？听说女婿来了，啥时候喝喜酒呀。”“啊，男方家办过了，娃娃们都在城里打工，走的新规程，漏了我们这一程，我来日补上。”春花爹用鞭子指了指家的方向。牛车稀里咣当地往前走着，发出吱吱嘎嘎的声音。

牛车上一把锨，一把镰刀，还有一根绳子。牛车好像没有终点，没有目的地，就这么走着。

春花的爷爷奶奶也是人逢喜事精神爽，赶着羊在村子里转悠着，闲谝着，对面的嘎子爷一见他，嘿嘿笑着说："你个老不死的东西，一天乐呵呵地咧着嘴笑，你还活着呢。"春花爷也嘿嘿笑着说："老天爷，阎王把我忘啦。"山坡上几十只羊见了面，融在一群，相互挨挨挤挤地亲热着，几个老人蹲在挡风的阳坡面，捉虱子，说着村里的事情，窝了一个冬天，有好多话要拉。春花给爷爷买了两条哈德门香烟，老汉从有四个口袋的衣服里掏出香烟，给每个老汉敬着，这衣服过去只有大干部能穿，老汉们接过烟，先不急着点燃，用手捋着，摸索着，拿在鼻子下嗅了又嗅，才点着抽了，那一口烟气直入肚腹，咕噜着翻滚几下，才徐徐吐出来。

十里不同音，隔山不同俗。香山这地方，夏和冬两季长，春秋相对短，有山区气候的特点，也有山区的规矩和讲究，可谓马瘦毛长，人穷讲究多，山多庙更多，山山水水都有神灵，历史人物都有崇拜，正月初一不可以拜年，拜生灵，先年屋里走了人，头年正月要祭拜，叫拜生灵。嘎子爷说："现在日子好了，喜事多了，你老怂都穿买的衣服了，抽洋烟，用洋火，赶着好时候了，这老家伙都不经日子，说走就走了，趁着有口气，择日不如撞日，赶快给孙女办了。"另一个老汉也附和着："虫老一日，人老一年，今年不割，不晓得明年我们还割得动吗？"隔壁谢奶奶看着大骚胡举着张扬的角打斗，感叹地说："人和动物，真是个反的。动物是公的漂亮，嘴巴也多。公鸡喜欢叫，羊公的也喜欢叫，还爱斗，人也是女的顺看，嘴巴子话也多。"嘎子爷说："我年轻时的事，记牢了就忘不了，老了眼前的事都记不住，村里好像没几个后生姑娘了。老哥，你说这么好的村子，地方不待着，这娃娃都往城里跑，城里人有什么好呢？死了一把火烧了！不如乡里人，还有个老屋睡！”春花爷，不爱听这话，因为自己的孙女春花也往城里跑，反说：“人死如灯灭，烧了还是煮了，哪个晓得？多少大人物，最后还不是一把灰！”几个老汉啧啧地叹声，这人图个啥……

这个地方，地旷人稀，庄子都不大，只有二十来户人家，隔个十来里路，才能看到下一个村庄，山高黄河低，没有水利灌溉的大沟小渠，靠天吃饭，种子撒下去，若风调雨顺，每亩地收个一二百斤，种植面积大，也够一家吃个二三年，若久旱无雨，就颗粒无收，家家有水窖，收集雨水，家家养羊，撒出去自由放养，家家院子大，养着牛、猪和鸡，房前屋后种树，长满了各种树木和果树，山核桃、山枣、山梨，都因日照时间长，吃的可口，有知名度，这时杏花和桃花开满了枝条，绒球似的繁密，许多蜂在杜树四周飞舞着并发出嗡嗡声。春花家宰了羊，五爷、张屠夫和春花的爷爹，坐在一起，吃着凉拌羊头肉，喝着羊杂碎汤，慢慢品着，不时端起酒杯，碰着喝着，相互捻烟打火，惬意地吐云喷雾，商量着春花和栓柱的婚礼，合计着共同种瓜点豆的营生。五爷看春花爷一眼，一起端起酒杯，吸溜一声喝干杯中酒，高兴地说：“亲家啊！我们有缘呢，俗语说，千里姻缘一线牵，这黄河南北的，我们走到一瘩里啦，我老汉一辈子好侍弄个瓜果蔬菜，拦了几十年羊，在这里对上茬口，有事干了。现在社会好啊，农民有地了，干点自己的营生，再不操心饿肚子的事了，手里还有点钱，能抽个烟喝口酒，将来种瓜若富裕了，这不就是梦里盼的好日子吗？”

五爷一家待了四天，计议妥当，胸有成瓜，踌躇满志地回来了。

春花已把自己当成了栓柱家的人，话都用不着挑明了，五爷与栓柱爹妈商量给他俩办婚事，春花听后说：“你们一家是我的恩人，不要再走形式，乱花钱了，栓柱以前结婚的东西都能用，我个人衣服从广州来时买了几件，又便宜又耐用，我身上还拿着打工的钱，把家里亲戚叫来家里吃上二桌饭，就行了，明天我们去把证领了。”五爷感动得热泪盈眶，老张家遇到好人了，栓柱这辈子苦到头了，依着春花有好日子了。

栓柱和春花两人进城照相领证，五爷和张屠夫跟着进城买瓜种，顺便回家把羊赶过来，农具带过来，在照相馆，五爷和张屠夫如刘姥姥进了大观园，牵羊照相出洋相。一对新人在照相师的指挥下，男的穿西装，女的穿白色婚纱，两人相勾着脖子深情对望着照，五爷说：“喜穿红，丧穿白，这扮相算是怎么回事。”咔嚓咔嚓，那男的搂着女的腰来一个，接着又把女的横抱在怀里照，更厉害的是两人脸挨着作陶醉状，然后又拉手手，亲口口，五爷看不下去，说：“丢先人哩，伤风败俗的，栓柱你们端端正正地拿个样子，不要学他们。”春花脸颊就红了，栓柱说：“爷、爹，你们出去在街上先逛逛，我们一会就来了。”爷和爹出去后，栓柱捏紧了春花的手，说：“他们是老封建，没见过世面，我们就来浪漫的。”摄影师递过一本婚纱影集，翻开一看，有拉手的、抱着的、搂肩搭背的……看得心热脸红，一套好几百块钱，栓柱想来一套，春花对着栓柱说：“等明年挣钱后，我们再来浪漫也不迟。”两人拿着照片去登记，很快拿到了大红本的结婚证，栓柱走路轻快地跳着，哼着歌曲，拉着春花的手回了家。

五爷请本家亲戚，在家里摆了两桌饭，正式宣布栓柱与春花结婚了，席间，把三个小重孙抱来，让亲戚们看了亲热一番，婚礼简约，内容丰富，该有的都有了，不该有的也有了。

春花与栓柱住在了一起，开始了新的生活。那天晚上，在一片温柔的灯光下，栓柱第一次认真地端详了一番自己的女人，虽比不上菊花情深，比不上疙瘩丰满，也比不上妖娆美丽，这女人却端庄贤惠，有知识有学问，吃苦耐劳，是个正经过日子的人，情人眼里出西施，女人的肌肤里，经受了寒冷生娃，还没有缓过劲来，少了点血色，难掩憔悴，眉宇间洋溢着喜悦和羞涩；还有山里人的高原红特征，两腮泛起淡淡的红晕，人少了风骚，多了端庄，少了轻浮，多了气质，少了无知，多了知识，少了娇生惯养，多了吃苦耐劳。栓柱经过几次婚姻的打击，现在才明白眼前这女人正是他所需要的，家庭所需要的，孩子需要，事业需要，相夫教子的贤妻良母，他的胸中腾腾上升了尊敬的爱意，他一把搂过女人，紧紧地抱在怀里。春花也喜欢着这个家，觉得这家人善良、慈悲、和睦，是个本分人家，过日子的人家，这么多天来，这一家人对她无微不至的关怀，救了她和孩子的命，维护了她的名誉，救她于水火，出离苦海，她怀着感恩的爱，娇媚羞答地凝视着自己的男人。两人你恩我爱，沉浸在幸福快乐之中。春花感激着这个家，爱着这个家，也努力地改变着这个家，风风火火，从里到外地收拾、打扮、装点，面貌一新。

有空和栓柱一起看书学习，增长知识，一次，春花给栓柱说文解字，劣，是因为比别人少出了力，就会差人一等，人生来平等，后天懈怠、懒惰，不肯比别人付出更多努力，就劣；路，就在各自的足下，每个人都能走出一条人生之路，要靠自己，不能指望别人；舒，舍得给予别人，自己就能收获快乐；福，有衣穿，一块田，有饭吃，就是福；道，迈开步，抬起头，走正确的路；患，多心就是病；途，给别人留有余地，自己才有路走；怕，是因为内心空虚，才恐惧。栓柱听了，深受启发，两人一道筹划着美好的未来。

二十三

香山，春姗姗来迟，人间四月芳菲尽，山寺桃花始盛开。香山四月里，山上的野杏树和不知名的野花，密匝匝地一齐开了，过了清明后，天地截然不同，天蓝蓝的无尘无埃，碧空如洗，地绿绿的，无遮无隐，一望无际，山里略显清冷，村庄静静的，没有喧嚣，脱离红尘。春花娘家和婆家合在一起，七个人扛着锄头，提着筐，走村出家门，踩着碎石，走向瓜田，微风轻柔地拂动，几只麻雀在田畔石头上欢快地跳跃，像是欢迎光临着这些人。他们开始翻松土地，平整碎石，挖瓜窝子，培土，做好下种的准备工作，这是体力活，五爷和栓柱爸是一辈子下地的人，比栓柱还有耐力，心中有了希望，吃点苦算得了什么，这身肉，不出点力，还不搁在身体里捂馊了，旁边那一群羊，是五爷的三十多只赶过来，与春花爷爷的合在一群，白云似的在地上挪动，天上云在走，地上的白棉絮团也在晃动，闻着那春天的气息，啃着那一抹绿，犹如人吃着美味佳肴一样，也在欢动着。两家人，一块田，从早到晚忙了二十多天，才有了几分眉目，女人们在家也不闲着，春花有文化，领着奶奶妈妈在育苗，西瓜种子在15至25度条件下发芽，外边天还冷，在家利用床架和搭好的木头架子，烧着炉子，热炕，盘着电热丝，春花计算着公式，温床面积 = 额定功率 ÷ 功率密度 =1000 瓦 ÷ 100 瓦 / 平方米 =10 平方米。使用着布线长度和往返次数，电热线上铺着薄薄的煤灰或沙子，将水温热，喷洒在上面，用草炭、腐叶土、蛙石、菇渣等按比例配合作为育苗基质，将瓜种倒入55度的温水中浸二十分钟，然后保持在25至30度水温再浸泡四至八小时，在30度恒温箱中保持二十四小时，再降温至25度二十四小时，每天早晚漂洗种子，致使“露白”时及时移到冷凉处10度环境下，抑制生长，移至准备好的催芽设备上，覆盖地膜，准备播种，这是科学种瓜，技术含量高，只有春花能弄明白，比生孩子养娃娃还费事，在她们的精心培育呵护下，苗已长出了三叶一心，一棵棵移植到瓜地里。山区日照充分，没有遮掩，老人们晒了一辈子，皮糙肉粗，无所谓了，春花蒙着个头巾，汗渍渍的，又是半个月下来，栓柱脸上晒得脱了层皮，这是他这辈子最出力最累最苦的一段劳动，可是与春花在一起，尽管腰酸胳膊疼，心里一点也不累。

晚上吃饭，栓柱碗里多了两个荷包蛋，他故意露给春花看，晚上睡下，他用胳膊搂着春花问："你知道你妈为什么给我多加两个荷包蛋。"春花不解地问："不知道为什么，可能你出的力多呗。""对了，这是丈母娘给女婿加料呢，要我晚上多加把劲。"春花抿着嘴一笑，用手指头压着栓柱的嘴巴，悄声提醒："声音低点，老人们睡觉轻，别让听着。"

她关了灯，黑暗在粗重的喘息中显得低矮和仓促。

隔壁屋子，翠儿领着三个孩子，并排躺着，大孙女桂月两岁多，二大孙子军军一岁多，小孩子兵兵才四个月，三个小家伙这个哭了那个笑了，这个睡了那个醒了，这个尿了那个拉了，有的能走，有的会爬，有的还不会翻身，各个憨态可爱，忙得不亦乐乎。听到孩子的哭声，她嘴角上流露出甜甜的微笑，看到孩子的笑样，她心里比吃了蜜还甜。军军醒了，他睁开眼睛，看了看屋子里的人，一声不响地翻过身来，在炕上乱爬着，跟猫一起玩，还转过脸冲翠儿笑。兵兵醒了，只会哭，眼睛如天空澄澈，大孙女已会玩泥巴。

一个院子有四个爷爷奶奶，四个太爷爷奶奶，每天逗着，亲着三个小家伙，天伦之乐，其乐融融，活活泛泛，生机勃勃。

西瓜好吃苗难栽，工序繁多，选种、育苗、定植、水肥、防病虫害、整植留瓜、吊瓜、采摘，一环套着一环，主要时刻，农忙顾不过来时，全家不分男女老幼一起上阵，还雇了帮工，功夫不负有心人，八月份最热的季节，瓜田遍地，一望无际，每个瓜枝蔓爬着地伸出三四米远，瓜秧互相攀着纠缠着，如一张张荷叶铺天盖地，绿色遮盖了一切，平铺着，直竖着，斜窜着，厚厚的铺垫着绿，虽比不上草原广阔，却比草场深厚，比绿地毯浓绿，那叶子肥厚壮硕，随风轻柔摆着，迎着太阳，似一群穿绿裙舞绿扇的方队在舞蹈，绿得扎实，浓郁，苍葱，瓜吸足了养肥绿叶肥油光闪亮，滑滑柔柔，似仙人掌，似抹了油的少女的嫩皮肤，能滴出水来，绿得着实可爱。两家人顶着烈日，冒着酷暑，浑身像雨淋了似的出着汗水，在地里施肥。

等孩子睡熟后，春花和栓柱便悄悄起了床，拿着手电，去瓜地守着，这个时候西瓜快成熟了，空气中氤氲着甜蜜的气息，大老鼠、野猪、獾、猫头鹰等野物闻风而来，糟蹋西瓜，也有人顺藤摸瓜。夜风吹来，并不给人带来丝毫凉意，只带着秧苗散发出的一丝丝清香，夹杂着一丝丝腥臊之味。瓜田离家不远，就在村子边。已是后半夜了，村子里零星的灯清晰可见，鸡鸣犬吠声也能清清楚楚地听到，栓柱说："难为你了，这么多天，整天让你面朝黄土背朝天，不是日晒就是雨淋，你脸都变黑了，人也变瘦了。"春花妩媚地说："'嫁鸡随鸡，嫁狗随狗'，我既然已嫁给了你，还去说这些干什么？我们不富裕，但我们一直在打拼，我心里踏实。我脸是变黑了，黑又怎么啦？经得起日晒雨淋，健康！我瘦了？这不现在时兴减肥吗？瘦了好！"春花说着，抚摸着栓柱的脸，心疼地说："你也瘦了黑了。"在这时间里，为了凑齐各种投资，两人没买过一件像样的衣服，连生活也是精打细算，春花没有怨言；为了使种植出效益，栓柱更是跟着春花风里来雨里走，看着外出打工的同村人春风得意、披金戴银地回到家来，春花没有眼馋，她和栓柱一样的想法，只要肯坚持，自己总会有出头的日子。不几天，五爷知道了他俩晚上看瓜的事，坚决地顶替了他俩，五爷说："'老年人贪财怕死瞌睡少'，我过去干过这营生，便搭了个看瓜棚，日夜蹲守在瓜地里。"春花非常感动，对栓柱说："家有老，是个宝，这话真是千真万确。"

丰收在即，春花很有远见地出外跑销路，先后去了郑州、洛阳、武汉，提前一个月落实了销路，这个季节，其他品种的瓜早已上市或下架，硒砂瓜却晚一个半月到两个月，日照时间更长，早晚温差更大，积聚了大量天然葡萄糖、维生素、氨基酸和多种微量元素，才造就了这一独特的品种，个大、瓤红、汁多、鲜嫩、甘甜、解渴。

一个半月后，汽车开进了瓜地，地里黑幽幽地卧了一地的绿枕头，也好似戴着绿色钢盔的士兵匍匐了一地，整装待发，春花爸捡大的留下培种，大的近三十斤，小的十来斤，前后拉了三卡车，春花随车押运，几天后背来了一包现金，晚上春花妈和婆婆望着一堆哗啦啦的票子，眼睛都绿了，忙着数钱，也许是激动还是文化程度不高，将成沓捆好的票子，一会数成九十九张，一会数成一百零一张，不断重复着来数，春花说："妈，那钱银行验钞机数过，不用再数。""数数心里踏实。"春花妈回说着，一边往手上沾着唾沫，一边一二三四地数着念叨着，足足两个时辰才数停当，说"数钱的指头都酸了"，春花爹打趣道"天生是拿搅屎棍的爪子，不是搂钱的笊篱"。

秋天，收过的瓜地被松了土，在秋阳下暴晒着，接着麦子泛红，高粱低头，苞谷泛金，到处都在收获，树上的核桃、山枣、榛子也感谢辛苦了一年的人，奉献着果实，犒劳着人们，隔了不久，果树叶片凋零，余下的在晨霜中颜色粉红，远看上去，像是一群穿着红绸衣服堆在一起嬉笑的妇女。核桃树的叶子颜色发黄，留在树上的那些则呈墨黑色。它们被霜打的身体充满了浓重的无奈和压抑的愤怒。大片的洋槐树早就干枯了，满地的碎叶子被羊只一次次拣食和践踏。桂月和别的孩子一样在瓜地里追逐和被追逐，军军已走得很稳，兵兵在地里爬着，看着这一切，手里又有了钱，一家人的日子美极了。冬麦破土而出，青青的身子在表面发白的泥土上，在徐徐展开的秋风中摇晃着身子。

赶在春节前，栓柱与春花补照了婚纱照。

“春花抓紧吃呀，饭菜上好了。”栓柱催着在说。

春花知道栓柱有了钱，烧包得很，鼓动着她上城照相、买衣服和首饰，故意磨蹭着，逗他说：“咱一个农村人，长得又不咋地，白花那冤枉钱干吗？”

“咱俩都在广州打过工，你看看人家咋活的，把个脸抹得比尻子白，眼睫毛比头发长，嘴唇红的，那才好看哩！你看人家那女的，穿的戴的每天不重样，哪像我们这儿的女人，一个裤衩子穿好几年，破了还打补丁。”

春花故意嗔怪道：“你咋知道城里女人的装扮，你是不是偷看过，是不是嫌弃我是农村土包子。”

栓柱做贼心虚，感叹女人的敏感，赞叹春花心思缜密，以后说话可不能顾前不顾后，露了马脚，嬉皮笑脸地说：“走，有你的好事，咱也当回城里人。”

县城的商店在市场经济大潮催动下，一天天多了起来，商铺一个挨着一个，走街串巷的人更多，脸上都洋溢着吃饱穿好，富裕起来的喜色，同样是冬天，镇街上被晌午的日光涂抹得温暖，甚至有点发热，比乡村暖和多了。栓柱故意逗春花：“有人说外国的月亮比中国圆，过去我认为是崇洋媚外，现在我信了。”“为什么？”“你觉得不，县城的太阳比乡村光多，城里比乡村暖和多了”。春花也有这个感觉，看他在前面走得很有劲，两条膀子甩得有点得意洋洋，小跑着跟在栓柱屁股后面，说：“干嘛走这么快？哪像个逛街的，倒像个强盗赶场子。”

她不知道，栓柱在学校爱好体育，又在广州当保安，军事化训练，有点当兵的雷厉风行的作风，再加上想到照相馆拍浪漫相，心里也急着要吃热豆腐，腿快心急，能不快吗？两个多月不见，新增加了好几家照相馆，两人比较和犹豫着，不知哪一家便宜还好。栓柱突然一拍脑门子，对了，先买衣服和首饰，穿金戴银穿上才好看呢。他不回头地和春花说："你只管跟我来。"他跨进了一个小首饰店。首饰柜里迎门供奉着弥勒佛像，笑哈哈地看着他俩，灯光明亮刺眼，服务小姐热情地招呼着："先生给爱人买哪样，我们这里货全，样式多，价格最便宜。"玻璃柜台摆放着花样繁多的戒指、耳环，手镯，还有一根根项链盘卧在盒子里，金光闪闪的，眼花缭乱。栓柱说："你挑选一件吧，出门时，爷爷和娘嘱咐我一定给你买一件的。"春花绕着柜台看了一圈，心里却有自己的主意，自己买不买倒是其次，关键是婆婆辛苦了一辈子，帮她带娃，对她那么好，应该给婆婆孝敬一件。

栓柱指着耳环说："这个好，戴上显眼。"

春花说："看你烧包的，给谁显摆去，也不怕被贼看了惦记着。戴耳环有啥好，把好好的耳朵戳两个眼儿，真是自我作践！"又看项链，心里寻思，颈脖上被链拴着，像拴狗链子，被人说闲话。最后两人商定买戒指，春花见本村老婆婆有戴戒指的，乡下女人祖辈都有戴戒指的传统哩，不算怪耍。春花便仔细瞧那一颗颗戒指，服务小姐托个盒子，一枚枚地拿出来让她试戴，都很漂亮，大小不一，价格从几百元到上千元，一颗小小的戒指，哪怕是最便宜的一颗，就是一个农民一年的收入，春花给自己选了个轻的，四百余元，又拿一个重些的，七百多元。栓柱不解："咋选两个一样的，多余，另选个项链多好。"春花说："到时候你就知道了。"

又走了几家服装店。现在时髦风刮得很快，去年广州沿海城市有的，今年就到了内地的小县城，国营的百货商场，楼高地方大，可花花少，款式落后，个体户的商铺很多，小小店面，可是专营，这个女装，那个男装，童装等等，花样多，款式新，还可以讲价。进了一女装店，栓柱说："你好好选上两套衣服。"春花这瞧瞧，那摸摸，问了价格，感觉比她打工那城市贵得多，里边有好多女人，尤其是年轻女孩试衣服，穿了脱，脱了穿，栓柱都不好意思抬头。尤其是一条条胸罩和粉色、黑色裤衩在那里，看得脸红耳热，看了半天，春花悄悄话对栓柱讲：“这里衣服太贵，我有工友在广州，让她们在那里买好寄过来，便宜一半。”脸红地买了条乳罩，匆匆走了，好像买了避孕套似的。

春花把贵的戒指给了婆婆翠儿，翠儿欢喜得不得了，问多少钱，春花说不贵，栓柱这才知道春花的用意和孝心，赶紧表功似地说：“快八百了。”“多少？”翠儿以为听错了，眼睛和嘴都张的大大的，吃惊得合不拢，栓柱大声慢慢说：“八百。”翠儿手抖着，差点将戒指掉落下去。嘴里嗔怪道：“这孩子，一个戒指近千元，我要两年才能挣回来，能管吃管喝管过日子么，只不过是指头上的一个玩意，真是的。”春花说：“妈，你辛苦了一辈子了，应当花点、吃点，戴个好东西，享享清福了，钱就是用来花的，只要栓柱和我一起努力，日子会越来越红火”。几句肺腑之言，暖人心的话，说得翠儿热泪盈眶，哽咽着说：“我的好孩子，娘烧了高香了，遇上你这么好的孩子，娘跟着你们享福了，娘高兴……”

翠儿戴上了金戒指，栓柱和春花照了婚纱照，在村子里像唱戏一样被人津津乐道。“走，我们走，栓柱和春花像城里人一样浪漫，瞧瞧去。”村子里婆婆媳妇大姑娘都来瞧热闹，看样子，咂着舌头，羡慕着，鼓动着自家老公也学学，看人家怎样活人，不枉来人世走一遭。

栓柱的心里常有一种幸福徜徉，让他老有一种莫名的激动，苦日子结束了，苦难到头了，天地无情人有情，有情姻缘终无悔。和春花结婚一年多了，感觉这个西北女人的伟大，他觉得处朋友，谈对象，最初看上一个人，始于容貌、漂亮、身材、气质，但要结婚，过日子，敬于才华，合于性格，久于善良，终于人品。她那瘦小的身子，总能产生无穷的力量，早起收拾屋子，打扫庭院，做早餐，喂猪喂鸡给羊填草，收拾得里外干净，井井有条，像上足了劲的钟表齿轮，不停地运转，不知疲惫和劳累；随顺命运的耐力是那样强大，不管男人是什么样子，嫁鸡随鸡，嫁狗随狗，无怨无悔，哪怕跟个讨饭的，拿支棍子也能走一生，不管多么悲怆凄婉的命运，住着土房低屋，吃着粗茶淡饭，穿着补丁衣服，也能活出个人样，活出人的尊严，把老人让在前头，娃娃捧在手上，与丈夫同甘共苦，哪怕委屈了自己，吃不饱，穿不暖，都在所不惜；她们像河流江水总会无怨无悔地冲过艰难险阻，哪怕像溪流或者水洼也会慢慢地渗过去的，从来不放弃对生活的希望，从来不抱怨封建礼教对他们的歧视，不愤恨大男子主义，不觉得老人拖累了自己，为了夫家的香火和子嗣，生了一个又一个，生男生女由男人下的种决定，而她们生了女孩，有人遭老人的白眼，大夫的虐待，也逆来顺受，她们就知道，无论怎样，日子总得要过，路总要走，苦总要受。做了男人的女人，公婆男人儿女必须是她们活着的理由，丈夫受一点苦，都觉得自己心里疼，儿女受一点委屈，自己就心酸，至于自己，总是无所谓，连名字都可以没有，连祠堂也不能进，吃饭连桌子也不能上，好像连自己都没有想过、思索过，女人和男人为什么不能平等，还有没有一条女人为自己活着、活好、活出尊严、活出自由平等、活出价值的理由，她们只知道与生俱来就是如此，祖祖代代，父辈传承下来的就该如此，她们从小就耳濡目染着来自长辈们的思维定式和生活方式，甘愿套上枷锁，做牛做马，受苦役，受虐待，侍候一家老小。西北女人，说人的基因也好，说麻木也好，说愚昧也好，说封建礼教也好，说传统也好，无论说什么，看到她们瘦小的身躯，承担着无穷的压力和重担，受着捆绑和束缚，任劳任怨。都说女人是水做的，有着水的特质和秉性。《道德经》：“天下莫柔弱于水，而攻坚强者莫之能胜，以其无以易之！弱之胜强，柔之胜刚，天下莫不知，莫能行。是以圣人云：‘受国之垢，是谓社稷主。受国不祥，是为天下王。’正言若反！”最柔，最静，最虚下，最平均，最自然的，便是水。水善利万物，处污下而不争，所以说上善若水。但水的形质虽柔弱，而他的精神却极刚强，任你最坚强的器物，都要被水溶化。最容易见的，便是水蚀铁，水穿石。反过来说，任你有大力坚硬的器物，都不能损害水。甚至将水煮沸，成为气质，一遇冷，又变成流质了。你总无法减少他，消灭他的。水不为人欲所屈服。天下之至柔，驰骋天下之至坚。西北的女人流水一样地坚韧地过着，日子往前走着，过得去也得过得去，过不去还得过得去的劲儿，你就不由得深刻地理解到不可抗拒的水的力量，你会慢慢有一种刻骨铭心的体悟，她们身上那种朴素而真诚的品性就是热爱生命，生命不息的不可阻挠的力量，这种力量的伟大正是她们身上所发散着的那种没有抱怨只有责任的爱的光芒，这种光芒正是独一无二的母性之爱的光芒，厚重如广袤邃古的高原母亲的爱的光芒。

栓柱觉得自己的女人，春花就是这样的女人，这样的贤妻良母。这个女人是他家的福星，他的恩人，婆媳妯娌关系和睦融洽，她对三个孩子一碗水端平，对不是自己生的桂月和军军视同己出，疼爱如亲生女儿，让他心存感激。她有理想，有奋斗目标，像飞上天的风筝，那线始终在家里，飞高而不逾越，始终不出农村，不出村子，她的想法符合农村和家里人的实际，坦露心底的亮光，给栓柱这家人舒展了一个如梦的心愿，描绘了一个美好的红火日子。心愿随月儿升起，银闪闪的，像长了翅膀，缓缓飞升，又能扑下身子，一砖一瓦，将希望变成现实，五爷一家成了这个村的首富，日子和睦，顺遂，五爷的心亮了，张屠夫的心宽了，五爷老伴和翠儿头磕得更勤了，念的经更多了，感谢着佛菩萨。

栓柱越来越感恩春花，发现她的美，就如喝一瓶陈年老酒，时间越长，会发现她越来越美，越来越甜，越来越阳光，处的久了，自己心里就不会晦涩，就会快乐，嘴角常带着微笑，做事有主见，有奔头，有睿智，有能力，遇事就不迷茫。

几个孩子都快上学了，五爷不抽烟锅子的黑烟了，抽着春花买来的香烟，抽着不辣、不呛，咳嗽轻了许多，整日里叽叽嘎嘎在他眼前晃动的几个孙子，让他眼睛亮亮的，心里敞敞的，浑身舒坦惬意，人年龄长了，却更精神了，最高兴的还是老伴，一天三个孙子围着身子转，绕膝承欢，亲了这个爱那个，嘴都笑得合不拢。

春花彻底改造了这个家，旧宅拆迁后，平整土地，灰砖碧瓦的仿古建筑庭院式新居建成，脊字型屋瓦上安装了太阳能热水器，屋内铝合金门窗是窗明屋亮，厨房里的灶具不是过去烧煤架柴燃放的袅袅青烟，而是煤气灶、太阳能灶，干净又环保。家具铮亮，家电齐全，院内给五爷留了块地，种植各类花卉，争奇斗艳，满屋逸香。地面一并贴了雪白的地瓷砖显得干净亮堂，过期的土炕也不再盘砌，冬天有地暖。卫生间里的抽水马桶替代了过去旱厕茅坑里的臭气冲天。任何时候想洗个澡，换个水，打开热水器水龙头，便可沐浴净身。购置了新的沙发、彩电、冰箱。缝制了新的铺盖被褥。

二十四

村人都感叹这一家发达了，五爷家祖坟冒烟了，发达了发福了，享福了……

栓柱和春花很孝敬老人，两家老人衣食无忧；光阴日子都在人前，五爷在亲友面前有了荣耀尊贵，感到这辈子足了，他常对儿孙们说，日子富足了，别忘了舍散，接济贫困人，要感谢党的好政策，遇上明君了，社会好啊，有盼头。

他家的大彩色电视机，是庄子上头一个，每天屋里来好多人看电影，凑热闹，五爷把老人让上炕，地上给年轻人放了条凳，递烟敬茶，和气热情，为人称道。春花从广州寄来一家人四时不断的衣服，开始五爷还不乐意，摇着手说："我这把年龄，穿新和旧一样，又不给人看，还是我这几十年的老羊皮实在暖和，不花那冤枉钱了，你和栓柱娃娃们多扯两件衣服吧。"春花故意埋怨道："爷爷，苦了一辈子了，也该享享福了，这地里的活路，你操心最大，受苦最多，是我们家大功臣，该戴大红花了。"也是的，五爷在大集体生产队时，被多次评为先进，奖状在墙上贴了一溜，翻盖新房时被老伴小心撕下，压在箱子底下，说到劳动光荣，老动受表扬，劳动致富，老汉心里还是很受用的，心里感谢着孙媳妇，这真是个能人呢。还给娃娃买了汽车、手枪、波浪鼓一大堆玩具。

这个村子人现在生活越来越好了，地被人承包改成了蔬菜种植大棚，每亩地给四百元，帮着种菜还拿计件工资，剩下的地种粮够吃饭，年轻人大多出外搞副业，打工，手里有了钱，新房也越建越多，老人们还是习惯住在有着前后院子的土坯房里，故土难离，地方宽敞习惯了，住着舒心，虽然脏乱差，可以养猪、鸡、羊，活活泼泼，自己种点菜，西红柿茄子白菜黄瓜，想吃什么稍微种一点，手脚动着，心里踏实。

最能干的还是春花，种瓜已上了路子，雇了人，她主要抓管理，负责优良品种和销路，每年都有大把的钱进家，小孩子们都在家里摸爬滚打，嬉闹着玩着，老人们则坐在家里，惬意的看着电视，颐养天年。

这年又过小年了，春花到香山把一家老小接过来，好好地热闹起来。大年三十，翠儿走到锅台跟前，正要生火做饭时，春花说她亲自来，她买了好多熟食，连农村人没见过的海鲜，不常见的鱼都拿来了，摆了一大桌子，擀了长长的“拴魂面”给全家吃。栓柱写对联，春花贴门神，军军和兵兵放炮，二脚踢、冲天炮、火焰山，足足燃了半小时，炮仗碎皮红红的落了一院子。置起了麻将桌，四个老头欢乐地打了起来，五爷和春花爷说：“这东西，解放前摸过，这几十年没动过了，竟然熬了一个通宵。”合家团圆，一派天伦之乐。

初一，全家开会，商量几件大事，一是桂月该上学了，后面的两个也快了，请五爷和爹张屠夫给娃起名。五爷拿出家谱，摆上香案，上香叩头，祷告祖宗，这一辈是忠字辈，五爷和儿子商量，分别取名张忠秀，张忠军，张忠兵。二是春花提议，家里有了积蓄，钱不能闲放着，要投资，钱要生钱，给后代留下点东西，春花和栓柱的奶奶和妈，三个老女人，头都摇的拨浪鼓式的，这日子红火的，做梦都想不到，活成人了，咱家也是人尖尖了，够了，不折腾了。栓柱的爷爷和爹，也不懂投资是个啥，也说不出个道道，拿不出个主意，但都相信孙子孙女的能力，五爷鼓励春花：“你见的世面多，道道多，你说道一下。”

春花说：“咱家祖坟下埋着铁矿，这是先人留给我们的聚宝盆，前些年国营企业开，现在亏的干不了，可是私营企业有干的，听说效益不错，这活好干，办个执照和许可证，听说政府鼓励私营企业开采废弃的小矿，销路也不成问题，原先的国企不开矿了，但是收矿，剩下的就是投资和劳动力，咱家有这个投资能力，村上地被人承包了，剩余劳动力多的是，给村里人寻个活路，带动大家一起致富，也符合党的政策。”

一家人听了，倒也无话，由着两个年轻人干去，闯去。

隔了半年，春花的铁矿开起来了，老张家烧高香了，祖坟下面有个丰富的铁矿。五爷请郑阴阳隆重地迁了祖坟。铁矿轰轰烈烈干起来，效益很好。

乡长带人过来考察，把他们家树立为致富带头人，精神文明家庭。还说他们是农工养殖全面发展，农是西瓜种植大户，工是铁矿开采，养殖是两家的羊合在一起，在香山已发展到一百多只。

日子好过了，时光也快了，转眼忠军已上了小学五年级，家里开矿种瓜养羊，家底殷实，运道发达。

这年秋，栓柱的奶奶七十岁正，她自知不久于人世，去世前，家人围在身边，她嘱咐家人不要悲哀，不要哭泣，丧仪简单，素食待客，不准杀生吃肉喝酒，她是在家居士，释家弟子，这叫往生，家人应随喜，从经典里拿出一篇道教经典《太上感应篇》，让栓柱给家人念读。

栓柱读完，奶奶怀着敬畏之心，颤颤地说："世人不信因果，因果何曾饶过谁？世间行为有两种：一是高尚的，一是卑劣的。若行持高尚的行为，今生快乐，来世也会快乐；若行持卑劣的行为，今生痛苦，来世也会痛苦。多行不义之人，自以为聪明，所作所为神不知鬼不觉，但却不知因果丝毫不爽，自己所做的一切，早晚都要为它付出代价。"

奶奶咽气前，要家人相信因果，以《太上感应篇》和这个故事为警示，经常教育家人，诸善奉行，诸恶莫作。春花念着老人的恩德和一生的辛劳，想好好发丧，但奶奶有叮嘱，一切从简。

五爷也七十一岁，连续过了两个寿辰，摆了宴席，请村里上年纪的人喝几盅，老汉们都赞叹着遇到明君了，天下太平，世道昌盛，人人安居乐业，吃饱喝足，过着舒心日子，这把老骨头，赶上这做梦的好日子，足了，尤其是他五爷，娶了这么好的孙媳妇，迎来了个财神呀，你们一家有福气啊。

栓柱妈比较溺爱大孙子，对待三个娃有了差别，春花看在眼里，也不吭声，她还是一如既往地一样对待三个娃娃。忠秀长的很像栓柱，又是个没爹没娘的弃儿，栓柱心里总觉得这个娃可怜，又是家里唯一的女孩，眼里就多了些关注。忠军调皮，欺负妹妹弟弟，奶奶听了就合不拢嘴地笑“这么个小人，你看能的，比他爹强”，小家伙瞅着啥要啥，不买就坐地躺倒不起来，耍赖撒泼，奶奶赶忙掏钱，反正这几年也有了钱，忠军穿的吃的喝的玩的，竟比城里娃上档次，奶奶有时还炫耀地对别人说：“我就这么一个亲孙子，没妈疼着怪可怜的，家里现在日子好了，这点家底迟早儿是他的，他爹还拼命挣钱给他攒着，要啥给啥，由着他花吧。”栓柱有时提醒着妈：“不能这样惯孩子，长大了管不住。”“你心偏着呢，你不疼娘疼着我的宝贝孙子。”娘责备地说着。从香山拉来一大堆瓜，放在地上，忠军打开一个，吃一口，不甜，再打开一个又扔了，连着切开三五个，爷爷说：“可不能糟蹋了。”小家伙梗着脖子，张着小嘴不满地说：“种瓜的还怕没瓜吗。”奶奶在一旁笑呵呵地说：“乖孙，不好吃，就不吃，奶奶给你买棒冰、甜瓜，哈密瓜，你想吃啥，跟奶奶要。”忠军受到鼓励挺着胸膛说：“我想吃杏子、桃子、苹果。”这季节哪有前两样东西，奶奶还催着栓柱快去买。“孩子想吃就去买呗，钱有什么打紧的，可不能亏了你儿。”忠军在溺爱中，娇生惯养，衣来伸手，饭来张口，随着年龄的增长，又学会了抽烟喝酒，上高中时交女朋友，下馆子，进歌厅，出入高档场所，出手阔绰，糟践着钱财，挥霍着青春。

忠秀埋头学习，一直在班里名列前茅，高中毕业，考上了名牌大学。临走时，栓柱一家坐在一起，拿出了当年在火车上遗留她的包袱和那张纸条，语重心长地讲了经过，告诉了忠秀的真实身份，忠秀听了，当时就懵了，耳朵嗡嗡响着，大哭大喊：“不，这不是真的，不可能的，我就是你们亲生的。”春花一把搂过忠秀，也陪着流泪，说：“孩子，不管啥情况，你都是娘的亲生女儿，你可要想开，你也是娘的心头肉，这辈子，我们不离开，天塌下来，爹娘给你撑着，遇到啥困难，爹娘给你扛着，这家就是你的避风港，乖，不哭了。”

栓柱说：“孩子，可想过，不是万不得已，他们绝不会抛弃自己的亲生骨肉。也许，在爹捡到你的时候，他们就在一边看着，直到爹抱走了你，他们才悄悄离去；也许，他们的目光从没离开过你。也许，也许，唉，不说也许了，总之，你不能把这笔债算在他们上，也不能记恨你的亲娘老子。这世间上的人和事，一切都是命中注定的，我们就是前世修来的缘，我们命里注定该做一家人。所以，你什么也没欠爹的，也没欠我的。”听完这一席话，忠秀早已是泪流满面了。多么好的爹和娘啊，为了打开她心头所谓的结，不惜违心地把这一切都说成是“命中注定”的事。

忠秀考上一名牌大学，毕业后又上美国深造，取得硕士学位，在北京工作，经常接栓柱两口子到北京住，到风景名胜地旅游观光，给父母讲健康理念，养生之道，买大包大包的营养健康补品给父母，极尽孝道，让春花热泪盈眶，感到温暖温馨，很是受用满足。

忠军无所事事，在家混日子，浪荡公子一个，在家休呆三年，出外打工时认识一女朋友，结婚在家，坐吃山空，奶奶去世后，为要钱经常与栓柱红脸，最后分家另过，栓柱给了他一院房子，买了一辆车送给他跑运输，还经常接济他，真应了“是你的儿子讨你的债”那句卦语。

忠兵高中毕业考了一所农业大学，继承了母亲的优点，有头脑，有思路，踏实肯干，胆大心细，稳健实在。回来后承担了娘的担子，继续种植硒砂瓜，开矿，发了大财，成了大老板，因与我同村，知道我学过政治，经济，法律，在大企业里呆的时间长，有点经验，还经常向我咨询，请教，我也是热情有余，能力不足，照猫画虎，纸上谈兵，更多地提示他，依法合规，注重以人为本，安全环保，关注慈善，终究是纸上谈兵，有一次我们在春节见面闲聊，他说：“叔，听你讲得多了，条条杠杠，规规矩矩一大堆，我咋觉得自己胆子小了，约束得不敢像过去那样甩开膀子干了。”我说：“秀才干不成事，你是村里人的骄傲和榜样，后生可畏，我应当向你学习才对。”真是这样，百无一用是书生，我只能动动嘴皮子，要要笔杆子，栓柱他家里的经济来源由他提供，经常请父母出去转转，还跨洋过海地去了欧洲、澳大利亚、新马泰。

栓柱给我讲完这些，深有感慨地说：“都是命啊。”

少年多灾伤身，生下来掉在石头上，右太阳穴疤痕如太阳，头被拖拉机砸破皮形成个月亮形弯曲伤口，至今印迹还在，水里被蚂蟥咬，地里被马踹掉一卵蛋，从车上粮垛的空中摔下，搅棒打断右脚，从楼上空中摔下断了左小腿。

成年多难伤心，与四个女人有缘，难死一个，伤透心；跑一个，恨透心；冤一个，悔透心；捡一个，爽透心。

不是你老婆生你娃，是你老婆不生你娃，栓柱和妖娆举行了婚礼，符合礼仪的名，而妖娆被前夫赶出门，没有办理离婚手续，与栓柱没有领结婚证，生活不到一年，有名无实，却生了栓柱的娃，菊花早逝，疙瘩跑了，都无后代，春花虽没有在村里隆重举行婚礼，礼仪上有欠缺，却与栓柱领了证，生活了一辈子，真正的恩爱夫妻，老夫老妻，却生别人的娃，不是栓柱的亲生子。

“是你娃不像你，像你不是你娃，你娃来讨你债，不是你娃来还你债。”栓柱抱来别人遗弃的桂月，长得像栓柱，人很乖巧，对栓柱和春花，对爷爷奶奶都很孝敬，忠兵虽非栓柱亲生，人有本事，能干，挣大钱，支撑这一大家子，这两娃应了“不是你的娃给你还债”的卦语，忠军是栓柱亲生的，唯一有血缘的儿子，从小衣来伸手，饭来张口，不学无术，干啥啥不成，其长相、性格、为人处世，都不像栓柱，一辈子靠老人养着、扶助着，成了“啃老族”。

五爷最终没有熬过这个冬天，春节后，病情越来越重。

在他们灰砖碧瓦的仿古建筑庭院里，一直笼罩阴郁气息，那种气息像是一种看不见的阴，摸不着的雾，闻不见的死亡气息，是从他们家人的哀叹和忧郁中散发出来。是一家人的恐惧心、慈悲心、担忧心、不舍心、期盼心、焦虑心，逐渐汇聚，一点点积攒累积起来，像雾霾一样突然涌出来的。

五爷病了一个冬天。冰冻三尺，非一日之寒。这个冬天，并非历史上最严寒的冷，而是最阴郁的天，天空总是阴阴沉沉的，乌云密布，也不见下一场雪，乌云散开，还留着淡淡的薄雾，不阴不阳，太阳羞羞答答，一会钻入黑云，天色暗下来，一会挣扎着钻出厚厚的云层，露出半个脸，洒下可怜的光，刚感觉有点温暖，就又被拥来的云扯进去，不见出来。晚上，那月亮总是瞅不见，到了十五，才发出惨淡的寒光，云遮雾绕，月亮也像爬满了苍蝇的月饼，昏黑一片，脏兮兮的，看不到美好的清辉。河水一年比一年少了，河心岛露出了船底一样的身子，被水泡过的土壤犹如水中淹死泡涨的尸体，没有草和树木，裸露的难看，岛被人承包后，树砍光了，草烧光了，平整了，却没了秀丽，没了颜色。河面窄而低，冰冻了一半，断断续续，水也没了力量，没了激情，懒洋洋地淌着。

秋末初冬，五爷杵着拐，到渡河的铁索船上，看着与以前不一样的河，变了样的河心岛，眼睛混浊，空洞而无神，沉闷地抽着烟，好像从这时候起，他的魂魄走了，精气神丢了……

入了冬，他坐在院子里的石凳子上，发呆，愣神、呓语，很少说话，饭量越来越少，白色的头发开始垂下来，一丝丝随风飘走，他的脸和皮肤松弛、皱褶、斑点密布，他的身体松垮垮的支撑不起他了，坚强的五爷躺下了，他自己也知道自己去日不多了，开始絮叨了，回忆多了，爱提老事了，爱与庄子上一起长大闯过来的人见面了，好像是告别，用他枯萎毫无血色的手，拿着那张发黄老旧的纸，讲栓柱的过去，痛惜栓柱的灾难，感谢佛菩萨的大慈大悲，说社会的好政策……

五爷面对死很坦然，他多次说过，抱上重孙子了，家道兴旺了，过上好日子了，没有不了的事了，可以安心无悔地上路了。

正月二十五，老汉无疾而终，寿终正寝，用了最好的松木寿材，做了一院子纸活，出殡时棺材上罩了罩子，隆重地送了老人，村上老人都感叹五爷两口子走的好，走的风光。葬礼隆重，村里老人羡慕，走的风光啊。

家祭勿忘告乃翁，在五爷的新坟墓前，栓柱重重地磕了三次头，将那纸点燃焚烧，一阵青色的烟雾在空中弯曲、扩散，被风吹远。